Anna Gasthauser
Godeks Keller

Anna Gasthauser

Godeks Keller

I

Harvey Godek klopfte sich den Staub und die Sägespäne von Hemd und Hose, bevor er sein Haus betrat. Ihm blieb noch eine Stunde, bis sein Sohn, dieser Nichtsnutz, aus der Vorschule kam. Eine Stunde, auf die er sich schon den ganzen Tag gefreut hatte. Sein Puls beschleunigte sich, als er an das Mädchen dachte, das ein paar Meter unter ihm im dunklen Keller bereits auf ihn wartete. Auf der Werkbank, gefesselt. *Gleich, Flittchen. Nur Geduld. Gleich bin ich bei dir* ... Er öffnete die Kellertür und schritt die Stufen hinab. Langsam, um seine Vorfreude noch auszukosten. Und weil er wusste, dass es ihre Angst vor dem, was ihr heute bevorstehen mochte, ins Unermessliche steigerte. Er stellte sich vor, wie das kleine Herz in ihrem nackten Leib pochte. Die Panik würde ihr Adrenalin ankurbeln und ihrem geschwächten Körper doch noch etwas Energie verleihen, die sie dazu brachte, sich auf der Werkbank zu winden und an den Fesseln zu zerren. In der lächerlichen Hoffnung, sie würden sich wie durch ein Wunder doch noch lösen, bevor er bei ihr war. Godek vernahm ein leises Wimmern. Aus der Ferne sah er das Zucken ihrer Füße. Sie hatte ihn also gehört. Sie wusste, dass er auf dem Weg zu ihr war. Voller Vorfreude bewegte er das Messer zwischen seinen

Fingern. Ein Lächeln lag auf seinen Lippen, während er die letzten Stufen nach unten stieg.

2

29 Jahre später

John Godek lag reglos auf dem Boden. Er befand sich inmitten der Ödnis, meilenweit von seinem Haus entfernt, und der böige Herbstwind wehte immer wieder trockene Blätter über ihn. Nicht mehr lange, dann würde er vollständig unter Laub und Dreck verborgen sein. Er stellte sich vor, wie sein Körper nach dem Tod verwittern und mit der Zeit ganz verschwinden würde. Irgendwann würden sich Käfer und Maden an ihm zu schaffen machen, ihm das Fleisch von den Knochen nagen, bis schließlich in ein paar Wochen eine Schneedecke über seinem Kadaver lag. So weit draußen fand ihn so schnell sicher niemand. Und im Frühjahr war vermutlich nicht viel mehr als ein verdorrtes Gerippe von ihm übrig.

Die Kälte des Bodens war längst in seine Muskeln gedrungen und hatte die Glieder steif gemacht. Doch statt eines Taubheitsgefühls spürte er die Schmerzen überall. War er wirklich schon verzweifelt genug, hier auf dem Erdboden im Dreck liegen zu bleiben? Allein, dass er sich die Frage stellte, sprach dagegen. Und dennoch ... Er dachte an Jennifer. Nicht einmal jetzt, in dieser Lage, konnte er sie aus seinem Kopf verdrängen. Ihr Blick war so kühl gewesen, so fest entschlossen, als sie ihm mitgeteilt hatte, dass sie ihn verließ. Sie hatte die Koffer gepackt und war mit Glen und dem Hund in die Stadt gefahren. Erst nach Tagen hatte John erfahren, dass sie nicht in einer Pension untergekommen, sondern direkt zu Jennifers Boss in die Wohnung gezogen waren. Das Techtelmechtel mit dem Lackaffen hätte er ihr verziehen. Sie hätten sich aussprechen und wieder zusammenraufen sollen. Doch Jennifer lag nichts daran, ihre Ehe zu retten.

Seit einiger Zeit bedeckte Laub sein Gesicht. Obwohl er die Augen geschlossen hielt, wusste er, dass es langsam dunkel wurde. Vielleicht würde er demnächst einschlafen und nicht mehr aufwachen. Vielleicht dauerte es nicht mehr lange, bis alles vorbei war ...

Plötzlich packte ihn jemand an der Schulter. John erschrak und war mit einem Mal hellwach. Er stieß sich vom Boden ab und rollte sich auf den Rücken. Ein heftiger Schmerz durchfuhr seinen verkrampften Nacken, als er den Kopf anhob, um zu sehen, wer ihn eben so barsch angestoßen hatte. Doch da war niemand. John berührte seine Schulter. Er war sich ganz sicher, den Griff einer Hand gespürt zu haben, aber außer ihm war weit und breit keine Menschenseele zu sehen. Der eisige Wind zog durch seine Kleidung und John schlang die Arme um sich. Ein lächerlicher Versuch, sich vor der Kälte zu schützen.

Die Vorstellung, hier draußen zu erfrieren und auf diesem Weg zu sterben, war ihm für ein paar Minuten verlockend erschienen, doch jetzt musste er sich eingestehen, dass er sich geirrt hatte. Es würde keineswegs schmerzlos ablaufen und es würde auch nicht schnell gehen. Womöglich war es sogar weniger qualvoll, sich ein Küchenmesser in die Brust zu stoßen, doch für so etwas war John nicht der Typ. Messer und andere Waffen schieden aus. Es sollte kein Blut im Spiel sein. Und es sollte möglichst schmerzfrei ablaufen. Zumindest schmerzfreier und angenehmer als das hier ... Er entschied, sich zu Hause bei einer Flasche Whiskey aufzuwärmen. Wenn er wollte, konnte er dort in Ruhe über eine geeignetere Methode nachdenken.

Er blinzelte, als ein Windstoß das Laub aufwirbelte und ihm eine Ladung Dreck ins Gesicht fegte. Der Sand stach ihm in die Augen. Er hob den Kopf und wieder spürte er den Schmerz in seinem Nacken. John stöhnte auf, ließ sich langsam zurück auf den Boden sinken und rührte sich für eine Weile nicht. Dann begann er, die tauben Finger ganz vorsichtig zu bewegen. Er zog das linke Bein an und richtete sich sehr langsam auf. Ihm ging durch den Kopf, dass das Bild auf einen zufälligen Beobachter wie die klassische Szene eines Horrorfilms wirken musste. Er war der Untote, der plötzlich zu neuem Leben erwachte und aus seinem Grab auferstand. Aber hier gab es niemanden, der ihn beobachtete. So weit draußen trieb sich kein Mensch herum.

Er hockte auf den Knien und sammelte Kraft, um sich vom Boden hochzustoßen. Als er sich irgendwann in eine aufrechte Position gezwungen hatte, stöhnte er auf. Trotz des Taubheitsgefühls waren die Schmerzen in den Muskeln überdeutlich zu spüren. Dutzende kleine Nadelstiche schienen sich Wirbel für Wirbel in seinen Rücken zu bohren. Er wankte, bis er endlich sicher auf den Beinen stand. Vielleicht hätte er doch einfach liegen bleiben sollen. Vermissen würde ihn so schnell niemand. Das Wochenende stand bevor, also musste er morgen nicht in die Schule. Und am Montag, wenn die Kollegen sich fragten, warum er nicht zur Arbeit erschien, wäre er vermutlich längst tot.

John atmete tief durch. Der kalte Wind tat seinen Ohren weh. Jetzt bereute er es, seine Jacke nicht mitgenommen zu haben. Aber die Jacke war das Letzte gewesen, woran er gedacht hatte. Nachdem er von der Arbeit gekommen war, hatte er es in dem leeren Haus nicht mehr ausgehalten. Wie ein Wahnsinniger war er Hals über Kopf losgelaufen. Um sich abzulenken und um die Gedanken, die ihn krank machten, das Selbstmitleid und die Unzufriedenheit aus seinem Hirn zu vertreiben.

Er blickte sich um. Auch wenn er im Halbdunkel nicht mehr weit sehen konnte, wusste er, dass er sich mitten im Nirgendwo befand. Er hatte sich so weit von seinem Wohnhaus entfernt, dass es hinter dem schwachhügeligen Horizont verschwunden war. Ihn umgab nichts als triste Steppe, ein paar Sträucher und vereinzelte Bäume, die kaum noch Blätter trugen. Die Landschaft wirkte tot und trostlos.

Er musste hier weg! John schätzte, dass er gute zehn Meilen von seinem Haus weg war. In Gedanken verfluchte er sich selbst für diesen Irrsinn. Noch einmal blickte er sich in alle Himmelsrichtungen um. Obwohl er zu wissen glaubte, in welcher Richtung sein Haus lag, verspürte er eine gewisse Furcht, den falschen Weg einzuschlagen.

Die ersten Schritte, die er machte, waren holprig. Die Füße gehorchten ihm noch nicht so gut und er hatte Angst, über sie zu stolpern. Doch nach ein paar Metern wurde er sicherer.

Die bloße Vorstellung, noch einmal so weit laufen zu müssen, beunruhigte ihn. Was hatte er sich dabei gedacht, solch eine Strecke zurückzulegen? In den letzten Wochen hatte er sich in einen saufenden Stubenhocker verwandelt, der sich ausschließlich von Fastfood ernährte, wenn er überhaupt mal etwas aß. Jetzt fühlten sich seine Beine so schwer an, als wären Gewichte an den Füßen befestigt. Weil ihm schwindlig wurde, richtete John den Blick schnell wieder geradeaus. *Verdammt!* Er hatte heute noch nichts getrunken und sein Körper musste völlig dehydriert sein. Kein Wunder, dass er sich so schlecht fühlte. Plötzlich erschien ihm die Distanz unüberwindlich. Ihn überkam Panik, er könnte zusammenbrechen und tatsächlich hier draußen in der Wildnis draufgehen.

Wenige Minuten später keuchte er bereits heftig, doch er wollte keine Pause einlegen. Der Gegenwind peitschte ihm ins Gesicht und John rieb sich immer wieder Sand aus den Augen. Jedes Mal, wenn er den Laufschritt verlangsamte, schienen seine Beine noch ein paar Pfund schwerer zu werden und die Knie drohten unter ihm einzuknicken. Er kannte das von früheren Läufen. Wenn er sich sehr verausgabt hatte, fühlten sich die Beine hinterher für kurze Zeit an wie Gummi, doch heute war es weit schlimmer.

Mit einem Mal wurde ihm schwarz vor Augen und bevor er wusste, wie ihm geschah, landete er hart auf den Knien. Der Fall brachte eine Welle der Übelkeit mit sich und John übergab sich auf der Stelle. Er spuckte nichts als bittere Flüssigkeit und trotzdem schüttelte ihn ein weiterer Krampf, als wollte der Magen auch das letzte bisschen Saft aus ihm herauspressen. Es brannte in seiner Kehle und die verkrampften Bauchmuskeln schmerzten. John wischte sich mit dem Pulloverärmel über den Mund. Sobald er Luft holte, drohte ein weiterer Würgereiz über ihn zu kommen. Er schloss die Augen, versuchte, sich zu beruhigen und zu einer gleichmäßigen Atmung zurückzufinden.

Die Blätter raschelten, als sie über den Boden fegten. Das Rauschen des Windes war so laut, dass es John unwirklich erschien. Ihm ging durch den Kopf, dass dies das unangenehmste Geräusch war, das die Natur zu bieten hatte. Der Herbst war auf dem Höhepunkt und der Winter streckte bereits seine langen Finger aus.

3

Irgendwie hatte es John geschafft, sich zurückzuschleppen. So einfach starb man eben doch nicht! Inzwischen war es völlig dunkel geworden, deshalb sah er von weitem nur die Umrisse der Person, die vor seiner geöffneten Haustür hockte. Erst jetzt wurde ihm bewusst, dass er losgelaufen war, ohne abzuschließen. Ursprünglich hatte er ja auch nicht vorgehabt, den halben Bundesstaat zu durchqueren. In den vergangenen Stunden hätten Diebe ausreichend Zeit gehabt, sein komplettes Haus leerzuräumen.

Er erkannte Phil an seinem hellblonden Lockenkopf. Er saß auf dem Fußabtreter und rauchte, während der rostige Pick-up ein paar Meter abseits parkte. Wahrscheinlich hatte Phil John überall im Haus gesucht und dann beschlossen, hier auf ihn zu warten.

»War laufen«, sagte John knapp, weil sein Kumpel ihn mit großen Augen musterte.

»Bis zur völligen Erschöpfung? Kannst du nur extrem?« Phil stand auf, schnipste die Zigarette weg und machte Platz, um ihn ins Haus zu lassen. John steuerte die Küche an und als er den Hahn aufdrehte und sah, wie sich der perlende Wasserstrahl in das Spülbecken ergoss, erschien ihm das wie die Rettung.

Wahllos griff er nach einer der herumstehenden schmutzigen Tassen, füllte sie mit frischem Wasser und trank gierig. Phil war ihm gefolgt und beobachtete ihn schweigend.

»Ich hatte Lust, mich auszupowern und hab meine sportlichen Fähigkeiten überschätzt. Bin eben keine zwanzig mehr«, erklärte John seinem Freund, während er die Tasse zum dritten Mal mit Wasser füllte. Phil nickte. Der Gestank nach Erbrochenem stieg John in die Nase und erinnerte ihn daran, dass er einen fleckigen Pulli trug. Schnell zog er ihn aus, knüllte ihn zusammen und warf ihn ein gutes Stück entfernt auf den Boden.

»Stress mit Jennifer gehabt?«, riet Phil, der jetzt Johns nackten Oberkörper musterte.

John zuckte mit den Schultern, was Phil wohl als ein eindeutiges Ja verstand. Kopfschüttelnd ging er an den Kühlschrank und holte zwei Bierdosen heraus, wovon er eine John in die Hand drückte.

»Jennifer ist 'ne miese Schlampe«, sagte er. »Du hast beschissene Jahre hinter dir. Die Ziege hat dir die Lebensgeister ausgesaugt und Glen, dieses Balg, ebenfalls. Ich bin froh, dass du sie los bist! Aber dass sie sich immer noch in dein Leben einmischt, ist echt beschissen.« John musste schmunzeln. Manchmal zählte er in Gedanken mit, wie oft Phil das Wort *beschissen* verwendete. Es kam ihm besonders häufig über die Lippen, wenn von Jennifer die Rede war. Er hatte noch nie einen Funken Sympathie für sie gehegt und das beruhte auf Gegenseitigkeit. Aus diesem

Grund hatte John Phil früher selten hierher eingeladen. Falls doch, hatten sie sich im Keller oder draußen aufgehalten.

John entging nicht, dass Phil sich umsah und den chaotischen Zustand der Küche in Augenschein nahm. Vermutlich dachte er gerade, dass es doch noch einen Ort auf der Welt gab, an dem es schlimmer aussah als bei ihm daheim. Erst jetzt nahm John einen Geruch von Benzin wahr. Phil roch immer nach Tankstelle. John war froh, weil es den Gestank des Erbrochenen, den er die ganze Zeit über nicht aus der Nase bekommen hatte, ein wenig überdeckte.

»Ich versteh' überhaupt nicht, warum du immer noch mit Jennifer verheiratet bist!«

»Über Scheidung haben wir noch nicht ernsthaft gesprochen«, antwortete John schnell. »Aber darauf läuft es vermutlich hinaus.«

Phil grinste. »Wenn du nicht so scheißgut aussehen würdest, hätte sie sich bestimmt schon vor Jahren von dir scheiden lassen! Wie ich das sehe, kann sie die Finger nicht von dir lassen, egal, wie sehr du ihr auf die Nerven fällst. Wie oft musst du's ihr eigentlich noch besorgen?«

John rollte die Augen, konnte aber nicht verhindern, ebenfalls zu grinsen. »Dafür hat sie jetzt Jensen«, erinnerte er Phil.

»Ach, ihren Boss? Der Fettsack hat bestimmt Cellulite am Hintern.«

Lachend öffnete John sein Bier und trank die halbe Dose auf einmal leer.

»Wie geht's deiner Oma?«, fragte er, um das Thema von Jennifer und ihrem neuen Bettgefährten wegzulenken.

»Die hat auch Cellulite am Hintern und ich besorg's ihr täglich«, scherzte Phil trocken. John verzog das Gesicht. Phils Großmutter war 102 Jahre alt und bis vor wenigen Monaten noch relativ rüstig gewesen. Nun war sie aber ans Bett gefesselt und Phil pflegte sie, so gut er konnte.

»Ich *besorge* ihr täglich ihren Babybrei und den Fencheltee«, erklärte Phil. »Das ganze Haus stinkt nach Fencheltee und Pisse. Sie schläft die meiste Zeit, aber sonst ist sie noch ganz die Alte, meine Omi.« Er lächelte. John wusste, dass sich die resolute alte Dame sein ganzes Leben lang um Phil gekümmert hatte und er sich für sie verantwortlich fühlte. Nach dem Tod seiner Eltern vor einigen Jahren war sie die einzige Familie, die ihm geblieben war. Die jetzige Situation war sicher nicht leicht für ihn, auch wenn er es nicht zugab.

Phils Anwesenheit empfand John als angenehm. Neben Jennifer und Glen war er der wichtigste Mensch in seinem Leben. Er war sein bester Freund und ein guter Kerl, auch wenn er ständig irgendwelchen Unsinn ausbrütete. Natürlich spürte Phil auch, dass es ihm gerade nicht gut ging, und John wusste, dass er jederzeit mit ihm reden konnte, wenn er wollte. Mit ihm konnte er über *alles* reden.

Nachdem er sein Bier ausgetrunken hatte, verabschiedete sich Phil. »Bevor ich verschwinde, will ich dich noch einmal daran erinnern, dass Jennifer eine Hexe ist. Schieß sie endlich in den Wind.«

John zog die Augenbrauen hoch. Das Thema Jennifer hatten sie eigentlich vor ein paar Minuten abgehakt. »Du hast sie ja schon immer gehasst«, seufzte er und rieb sich die Oberarme. Seine Haut fühlte sich eiskalt an.

Phil nickte und machte ein mitleidiges Gesicht. »Und *du* hast sie immer vergöttert.«

»Damit ist es vorbei«, brummte John leise. Er folgte Phil zur Tür und sah ihm nach, wie er zu seinem Wagen ging und zum Abschied die Hand hob. Die kalte Luft auf Johns Oberkörper ließ ihn erschaudern. Schnell schloss er die Tür und lief nach oben ins Schlafzimmer, um sich einen frischen Pullover zu holen. Seine Gedanken kreisten um Jennifer. Er vermisste sie. Früher hatte er oft darüber nachgedacht, wie seltsam es war, dass sie sich ausgerechnet in ihn verliebt hatte. Sie waren sich ein Jahr nach Johns Entlassung aus dem Heim begegnet und hatten sehr spontan nach kurzer Zeit geheiratet. Hätte Jennifer sich damals mehr Zeit genommen, hätte sie gemerkt, dass er nicht der Passende für sie war, aber sie hatte sich nun mal in ihn verguckt. Eine vorübergehende Schwäche ihrerseits, anders konnte man es wohl nicht erklären. Ein Fehler, der ihr in ihrer Jugend passiert war. Doch wie es aussah, würde sie diesen Fehler demnächst bereinigen. Es war wohl nur eine Frage der Zeit, bis sie die Scheidung einreichte.

4

Der Pullover und der Schluck Whiskey aus der fast leeren Flasche, die John auf dem Wohnzimmertisch gefunden hatte, reichten nicht, um seinen ausgekühlten Körper aufzuwärmen. Und beides reichte schon gar nicht, um ihn sich besser fühlen zu lassen. Er beugte sich über die Seitenlehne des Sofas und angelte nach einer Wodkaflasche, die dort auf dem Boden stand. Er stellte fest, dass auch darin nur noch ein kleiner Rest war und kippte sich die Pfütze hinunter.

Er lehnte sich zurück, betrachtete seine Hände und bewegte die Finger, die sich noch immer etwas taub anfühlten. Dann blickte er sich im Zimmer um. Es sah unordentlich aus. Wenn er sich tatsächlich umgebracht hätte, hätte er ein ziemliches Chaos hinterlassen. Die Vorstellung war ihm unangenehm. Aber heute, so redete er sich ein, hatte er nicht ernsthaft vorgehabt, sich umzubringen. Er war ohne Jacke nach draußen gegangen. Damit hatte er allenfalls eine Erkältung riskiert. Sein Blick glitt über die Regale und den vollgemüllten Tisch, auf der Suche nach einer Flasche Schnaps, aber da war nur jede Menge anderer Krempel. Er war gezwungen, in den Keller zu gehen, um Nachschub zu holen. Am besten gleich zwei oder drei Flaschen, damit er so schnell nicht noch mal da runter musste. Schwerfällig erhob er sich von der Couch und brachte sich in die Senkrechte. Er trug nach wie vor seine Schuhe, was gut war, denn vor ein paar Tagen war ihm auf der Kellertreppe eine Flasche aus der Hand gerutscht und die Glasscherben hatte er noch nicht zusammengefegt.

Langsam durchquerte er das Wohnzimmer und ging durch den Flur bis zur schmalen Kellertür. Der Riegel war nicht vorgeschoben. Das war seltsam. Er achtete seit jeher darauf, die Tür zu sichern. Nicht, dass es irgendeinen Sinn gemacht hätte ... Glen war längst alt genug, um nicht mehr die Kellertreppe hinunterzufallen. Außerdem wohnte er nicht mehr hier. Doch auch wenn John allein im Haus war, sperrte er *immer* ab. Diesmal musste er es einfach vergessen haben.

Die Tür knarzte, als er sie öffnete. Dieses Geräusch hatte sich schon vor Jahrzehnten in sein Gehirn eingebrannt. Er betätigte den Lichtschalter. Die nackte Glühbirne glimmte auf und tauchte den Raum in ein düsteres Licht. Als John abwärtsstieg, hörte er die Glassplitter unter seinem Schuh knirschen. Hier unten stank es immer noch nach dem vergossenen Fusel. John ging zum Regal, das sich bis dicht unter die niedrige Decke erstreckte. Es war vollgestopft mit Flaschen, Konservendosen und Einweckgläsern. Einige der Obstgläser hatten möglicherweise schon vor seiner Geburt dort gestanden und waren mit einer solch dicken Staubschicht überzogen, dass man ihren Inhalt nicht ausmachen konnte. Er streckte den Arm aus, um zwei völlig staubfreie Wodkaflaschen vom oberen

Regalboden zu nehmen, als ein winziges Geräusch ihn ablenkte. Er drehte den Kopf in die Richtung, aus der das Rascheln gekommen war. Er lauschte, aber jetzt war es wieder totenstill. Vermutlich war es eine Maus oder eine Ratte gewesen. Sein Blick glitt über den Boden, suchte die Kanten und Winkel des Raumes ab. Keine Spur von einer Ratte. In den dunklen Schatten konnten sich die Biester natürlich gut vor ihm verstecken. Dann lenkte die Werkbank Johns Aufmerksamkeit auf sich. Das wuchtige Ding war ebenfalls eingestaubt. Zuletzt hatte er sie vor etwa einem Jahr benutzt. Damals hatte sie ihm als Schreibtisch gedient. Um den ständigen Streitereien mit Jennifer auszuweichen, hatte er hier unten über Wochen hinweg die Klassenarbeiten seiner Schüler korrigiert. Vielleicht war das der beste Zweck, den dieses Ungetüm aus Eichenholz jemals erfüllt hatte. Soweit John sich erinnern konnte, hatte auch sein Vater nie daran gewerkelt. Diese Werkbank war der Ausgangspunkt so vieler Schmerzen gewesen und einmal hatte es auch John getroffen. Er wollte nicht an diesen grausigen Tag denken, aber er konnte sich nicht dagegen wehren ... Sein Vater war betrunken gewesen und aus irgendeinem Grund hatte er eine ungeheure Wut auf ihn gehabt. John war damals etwa sieben Jahre alt gewesen. Harvey Godek hatte seine Hand gepackt und sie auf diese Werkbank gedrückt, während er in der Rechten den Hammer gehalten hatte. John erinnerte sich, wie sein Vater ihn angebrüllt hatte, er wolle ihm zur Strafe die Finger brechen. Trotz des Alkohols war der Mann stark und vor allem war er unberechenbar gewesen. Bevor John begriff, was ihm bevorstand, war der Hammer auf seine Hand niedergesaust. Hätte er nur ein paar Zentimeter tiefer getroffen, hätte er sie ihm vermutlich zerquetscht. So wurde nur die Spitze seines Daumens erwischt. Die Brutalität und das Krachen hatten John so sehr erschreckt, dass er den Schmerz erst Sekunden später wahrnahm. Dann hatte er geschrien. So laut wie nie zuvor in seinem Leben. Immerhin ließ ihn sein Vater augenblicklich los. John erinnerte sich nicht mehr daran, wie er aus dem Keller geflohen war. Nur an die vielen Stunden danach, in denen die Schmerzen ihn fast verrückt gemacht hatten. In der Schule behauptete er, sich beim Spielen verletzt zu haben. Irgendwann hatte sich der Nagel vom Finger gelöst.

Schmerzen sind das einzige Mittel, mit welchem man zu einem Menschen durchdringen kann, hatte sein Vater oft gesagt. Vielleicht stimmte es sogar. John hatte zumindest das Gefühl, noch nie in seinem Leben wirklich zu einem anderen Menschen durchgedrungen zu sein. Nicht zu Jennifer, nicht zu Glen und auch nicht zu seinen Schülern. Aber nie war er auf den Gedanken gekommen, Gewalt anzuwenden.

Trotzdem zerbrach sich John zuweilen den Kopf darüber, inwieweit all die Dinge ihn beeinflusst hatten ... Der frühe Verlust seiner Mutter, an die er sich kaum noch erinnern konnte. Sie war die Kellertreppe hinabgestürzt und hatte sich das Genick gebrochen. Und dann die Jahre, in denen er seinem gewalttätigen, lieblosen Vater ausgeliefert war. Einem Mörder. Er war der Teufel gewesen, hatte ihn an schlechten Tagen grün und blau geprügelt und an guten Tagen einfach ignoriert. Nach dessen Verschwinden war John in ein Heim gekommen. Er hatte die Jahre und Monate, schließlich die Wochen und Tage gezählt, bis zu seinem achtzehnten Geburtstag, an dem er endlich zurück nach Hause durfte. Wenn man all die Umstände bedachte, unter denen er aufgewachsen war, war er vermutlich ganz gut geraten. Er hatte es zum Lehrer gebracht. Er hatte sich verliebt und sogar geheiratet. Er war witzig, sah passabel aus und bislang hatte er sein Leben im Griff gehabt …

Ihm wurde bewusst, dass er seit geraumer Zeit bewegungslos vor dem Regal stand und die Werkbank anstarrte. Langsam ging er auf sie zu. Dieses verdammte Monstrum hätte er längst entsorgen sollen, um es nicht mehr sehen zu müssen. Aber die Werkbank war sperrig und selbst mit Phils Hilfe würde er es nicht schaffen, sie rauszutragen. Außerdem würde es nichts ändern. Auch wenn er alle Relikte seiner Vergangenheit aus dem Haus verbannte, die ihn an seinen Vater und an die grauenhaften Ereignisse erinnerten, die sich hier zugetragen hatten, würde das Haus selbst immer noch existieren. Die Erinnerungen, die Schatten und Echos der Vergangenheit würde er niemals vertreiben können.

John erstarrte, als er den Abdruck in der sonst so unversehrten Staubschicht auf der Werkbankoberfläche erblickte. Ein Handabdruck. Das Beunruhigende daran war jedoch seine Größe. Er war zu klein, um von ihm zu stammen. Und er befand sich etwa an der Stelle der Werkbankplatte, auf die sein Vater damals seine Hand gepresst hatte, bevor der Hammer ... John schüttelte den Kopf. Die Geschichte lag über zwanzig Jahre zurück.

Die Spur stammte jedenfalls nicht von ihm. Auch nicht von Phil, dem Einzigen, der in letzter Zeit mit ihm hier unten gewesen war. John spürte Wut in sich aufsteigen. Seine Hände verkrampften sich zu Fäusten, bis sich die Fingernägel ins Fleisch seiner Ballen drückten. Er drehte sich um, hastete die Treppe hinauf, indem er mehrere Stufen auf einmal nahm und warf die Tür hinter sich zu. Dann griff er zum Telefonhörer und wählte Jennifers Nummer. Es dauerte eine Weile, bis sie sich meldete.

»Du hast Glen in den Keller gelassen. Bist du eigentlich völlig wahnsinnig? Ich hab dir gesagt, dass er da unten nichts verloren hat«, brach es aus ihm heraus. Er hielt sich nicht mit einer Begrüßung auf. Am anderen Ende der Leitung blieb es still. »Da unten gibt es jede Menge Möglichkeiten, sich zu verletzen!«

»Bist *du* wahnsinnig?« Jennifer hatte zu ihrer Sprache zurückgefunden. »Wie redest du überhaupt mit mir?«

Die Aufgebrachtheit in ihrer Stimme sorgte dafür, dass Johns Wut, die eben noch so drängend gewesen war, von einem Moment auf den nächsten abflaute. »Er ist noch ein Kind. Der Keller ist kein Spielplatz«, erklärte er ihr jetzt in ruhigem Ton.

»Ich versteh' immer noch nicht!« Jennifer war sauer, das war nicht zu überhören. Und offenbar stellte sie sich dumm.

»Ich habe einen frischen Handabdruck von ihm gefunden. Auf der Werkbank«, half John ihr auf die Sprünge. »Wann seid ihr hier gewesen?« Er nahm an, dass Jennifer hergekommen war, um ein paar Dinge zu holen, während er arbeiten war. Die Vorstellung, dass sie zu einer Zeit hier im Haus gewesen waren, in der sie sicher sein konnten, ihn nicht anzutreffen, tat ihm weh.

»Du solltest Glen nicht in den Keller lassen, verdammt!«, schimpfte er, weil Jennifer noch immer nichts sagte. Dann hörte er, wie sie ausatmete, und konnte ihr angespanntes Gesicht fast vor sich sehen.

»Nichts liegt mir ferner, als Glen in deinen Gruselkeller zu lassen.«

»Dann ist er heimlich da runter. Pass nächstes Mal besser auf«, brummte er.

»Ich bin nicht bei dir draußen gewesen, John. Seit zwei Wochen war ich nicht in deinem Haus, schon gar nicht mit Glen!«

Dein Haus. Sie hatten hier fast zwölf Jahre zusammen gelebt. Aber Jennifer hatte es immer *sein* Haus genannt. Die ehrliche Empörung in ihrer Stimme zeigte ihm, dass sie die Wahrheit sagte.

Er fingerte an der Spiralschnur des Telefons herum. »Hast du getrunken?«, hörte er sie jetzt fragen. John legte auf, ohne sich zu verabschieden. Er war nicht betrunken, aber es wurde verdammt noch mal Zeit für einen Schluck! Einen Moment lang starrte er zur Kellertür, dann setzte er sich in Bewegung. Entschlossen hastete er wieder hinunter zum Regal und nahm die zwei Wodkaflaschen an sich. Noch einmal näherte er sich der Werkbank. Diesmal hielt er einen halben Meter Abstand, als ginge irgendeine Gefahr von dem Handabdruck aus. Vielleicht war es ja wirklich angebracht, vorsichtig zu sein. John blickte sich in dem düsteren Raum um. Die Glühbirne schaffte es nicht, jeden Winkel auszuleuchten. Überall gab es Schatten und dunkle Ecken. Wohin er sah, gab es Stellen, die so finster waren, dass sich dort werweißwas verstecken konnte. Und womöglich hockte in einer dieser Ecken genau jetzt irgendetwas, das ihn aus der Schwärze heraus beobachtete. Er erinnerte sich daran, dass der Riegel nicht vor-geschoben war. Vielleicht war während seiner Abwesenheit etwas hier heruntergeschlichen und hatte sich an diesem Ort eingenistet … John schüttelte den Kopf über seine törichten Gedanken. Ohne näher an die Werkbank zu treten, beugte er sich vor, um den Abdruck genauer zu betrachten. Er erschrak vor seinem eigenen Schatten, der ihm plötzlich die Sicht verdunkelte, und zuckte zurück. Um ein Haar wären ihm die Flaschen aus der Hand gefallen. Er keuchte und spürte, wie sein Herz auf einmal raste. »Dreh nicht durch«, sagte er zu sich selbst, atmete tief ein und versuchte, sich zu beruhigen. Dann heftete er den Blick wieder auf den Abdruck. Das Ganze war lächerlich. Die Form erinnerte sicher nur zufällig an eine Hand.

Er wechselte die Flaschen nach links und betrachtete die Handfläche seiner Rechten. Dann presste er sie auf die Werkbank, direkt neben dem rätselhaften Abdruck. Im direkten Vergleich war dieser deutlich kleiner als sein eigener.

Bestimmt waren ein paar seiner Schüler bei ihm eingedrungen. Das waren allesamt Mistkröten, die sich einen Spaß daraus machten, ihm einen Schrecken einzujagen. Wenn das stimmte, war es ihnen gelungen. Aber wie waren sie in sein Haus gekommen, ohne ein Fenster oder die Tür aufzubrechen? Wenn er nicht abgeschlossen hatte, war das kein Kunststück. So wie heute, als er stundenlang draußen *unterwegs gewesen* war. Die Theorie mit den Kids war zwar unwahrscheinlich, aber die einzige andere Erklärung, die John einfiel, war, dass es ein Gespenst gewesen sein musste. Der Gedanke, einen Geist in seinem Haus zu haben, machte ihm keine Angst. Schon gar nicht, wenn dieser Geist die Größe eines Kindes hatte. John seufzte innerlich und wischte über den Abdruck. *Geister.* Das war Schwachsinn! Er hatte nur noch Mist in seinem Kopf. In diesem Keller war das ja auch kein Wunder! Hier waren so viele grausame Dinge vorgefallen. Gemessen daran war ein Handabdruck – woher er auch immer stammte – wirklich nichts Bedrohliches.

5

Es war tiefe Nacht. John stand in der Mitte des dunklen Kellerraums. Der modrige Geruch umhüllte ihn wie feuchter Nebel. Es war still und alles wirkte normal. Nur der Boden unter seinen nackten Füßen fühlte sich falsch an. Wie ein kratziger Teppich aus Filz.

Er wusste, dass er träumte. Obwohl das letzte Mal lange zurücklag, kannte er sich in diesem Traum aus. Er war ein Kind, vielleicht fünf Jahre alt, und er hatte absolut nichts hier unten zu suchen! Sein Vater würde ihn verhauen, wenn er es herausbekäme. Die Glühbirne über seinem Kopf flackerte fortwährend, als wollte sie ihn warnen. *Verschwinde. Raus aus dem Keller. Worauf wartest du noch?* Doch John wagte es nicht, sich den Stufen zu nähern. Wie hypnotisiert starrte er zur Treppe. Dort glitten, lautlos wie Spinnenbeine, schmutzige Finger durch das Geländer und klammerten sich um die schmalen Holzstreben. Das Unheimlichste an diesem Traum war wohl, dass John nie das Wesen erkennen konnte, zu dem die Finger gehörten. Unsichtbar lauerte es im Schatten. Eine quälend lange Zeit ruhten die Finger bewegungslos an einer Stelle, doch irgendwann begannen sie, sich zu rühren, und glitten bedrohlich langsam an dem Geländer abwärts. Das Wesen kam auf ihn zu. John starrte noch immer wie gelähmt auf die Finger, die nun fast das Ende des Treppengeländers erreicht hatten. Er wollte weglaufen, aber seine Füße ließen sich kaum vom Boden lösen. Er strauchelte und fiel rückwärts.

John schlug die Augen auf. Früher war er regelmäßig schweißgebadet aus dem Traum erwacht. Manchmal hatte er sogar geschrien. Damals hatte ihn der Albtraum so durcheinandergebracht, dass ihm die Angst auch noch Stunden danach im Nacken gesessen hatte. Jetzt klopfte sein Herz wie wild und er atmete heftig, aber es war längst nicht so schlimm.

Er zog die Wolldecke etwas höher, bis sie sein Gesicht zur Hälfte bedeckte, und starrte an die Decke. Durch die Scheibe warf das Mondlicht Schattenflecken an die Wände, die sich bewegten wie unförmige Kreaturen. Er hatte schon lange nicht mehr geträumt, doch es wunderte ihn nicht, dass es gerade jetzt wieder passiert war. Der Abdruck im Keller hatte es vermutlich ausgelöst. Nun ärgerte sich John darüber, die Spur weggewischt zu haben. Gern hätte er sie sich unter einem besseren Licht noch einmal angesehen. Wenn er bei klarem Verstand war. Mit Sicherheit hätte er dann festgestellt, dass das Gebilde nur oberflächlich betrachtet an eine Hand erinnerte.

Seufzend drehte er sich auf die Seite, schloss die Augen und versuchte, an etwas anderes zu denken als an den Handabdruck im Keller.

6

Mitten in der Nacht stand John in der Küche und stocherte mit einem Bleistift im Abfluss des Spülbeckens herum. Er hatte sich ein Glas Wasser holen wollen und da war ihm die Verstopfung aufgefallen. Weil er barfuß war, kroch die Kälte des Bodens langsam an seinen Beinen hinauf. Aber er dachte nicht daran, nach oben zu gehen, um sich Strümpfe zu holen oder Schuhe anzuziehen. Nicht, bevor er dieses Problem gelöst hatte! Er öffnete die Schublade und durchwühlte sie auf der Suche nach einem geeigneteren Werkzeug. Das Fach war vollgestopft mit Besteck und allerlei anderen Dingen. Er fand eine kaputte Schere, eine Grillzange, Gummiringe, Zahnstocher, einen Schraubenzieher und ein Feuerzeug. Ein langer Häkelhaken wäre ideal gewesen, aber etwas Vergleichbares konnte er nicht entdecken. Genervt versetzte er der Schublade einen Stoß.

Im Keller würde er vermutlich fündig werden. Dort lagerte jede Menge Krempel, und irgendwo hatte er kürzlich ein stabiles Stück Draht herumliegen gesehen.

Seit er den rätselhaften Handabdruck entdeckt hatte, waren vier Tage vergangen. Während dieser Zeit war er nicht mehr unten gewesen. Er redete sich ein, dass das Zufall war und keinesfalls daran lag, dass der Abdruck ihn beunruhigt oder sogar verängstigt hatte. Nein ... es gab schon seit langer Zeit keinen triftigen Grund mehr, in diesem Haus Angst zu haben. Und das sollte sich auch niemals wieder ändern! Entschlossen lief er zur Kellertür und stieg die Stufen hinunter, doch er kam nicht weit. Etwas Grobes stach in seine Fußsohle und bohrte sich ihm ins Fleisch. Verdammt! John keuchte auf, klammerte sich am Treppengeländer fest und verlagerte das Gewicht auf sein anderes Bein, um den verletzten Fuß zu entlasten. Er hob ihn an und betrachtete die Sohle. Angewidert stellte er fest, dass ein großes Stück Glas in seinem Fuß steckte. Die Wunde pochte, aber der Anblick war für John zunächst schlimmer als der Schmerz. Ächzend setzte er sich auf die Stufe und stieß einen Fluch auf seine grenzenlose Dummheit aus. Bevor er sich überwand, die Wunde genauer zu untersuchen, atmete er tief durch. Dann betastete er zögerlich den Bereich um die Scherbe herum. Einige kleinere Splitter klebten zwar an seiner Haut, schienen aber keine weiteren Verletzungen verursacht zu haben. John entfernte sie vorsichtig. Er ließ sich damit Zeit. Doch auch wenn er es hinauszögerte, würde es ihm nicht erspart bleiben, das Glasstück aus dem Fuß zu holen. Jetzt hielt sich der Schmerz zwar in Grenzen, doch eben hatte es sich angefühlt, als hätte sich das Glas tief in den Fuß gebohrt. John biss die Zähne zusammen und nahm das Ende des Glasstücks zwischen die zitternden Finger. Mit der freien Hand umkrallte er seinen Fußknöchel, so fest er konnte. Dann schloss er die Augen und zog die Scherbe mit einem Ruck heraus. Der Schmerz kam zeitversetzt. Noch immer presste John die Kiefer aufeinander, sodass er statt eines Schreis lediglich ein Knurren ausstieß. Er keuchte auf, sah das blutige Stück Glas, das noch größer war, als er befürchtet hatte und warf es beiseite. Dann betrachtete er erneut den Schnitt, aus dem jetzt Blut rann. *Dummheit muss bestraft werden,* hallte die Stimme seines Vaters in seinem Kopf. Den Satz hatte er als Kind allzu oft von ihm gehört. Und um die Strafe hatte der Mann sich anschließend persönlich gekümmert ...

Jetzt, nachdem es John gelungen war, den Fremdkörper aus dem Fuß zu ziehen, waren die Schmerzen schlimmer als zuvor. Er hoffte, dass sich keine weiteren Splitter in der Wunde befanden. Vielleicht war es ratsam, sie zu desinfizieren. Automatisch ging sein Blick hinüber zu den Schnapsflaschen im Regal. Er umfasste das Treppengeländer und zog sich hoch. Vorsichtig setzte er den Fuß auf, wobei er bemüht war, dass nur der äußere Rand den Boden berührte. Er suchte die nächsten Stufen nach Glasstücken ab. Noch einmal wollte er sich nicht verletzen.

Eine neuerliche Schmerzwelle durchfuhr seinen Fuß, sobald er das Gewicht darauf verlagerte. Wieder fiel sein Blick auf die Wodka- und Whiskeyflaschen. Er beschloss, sich zusammenzureißen und sich in Bewegung zu setzen. Die Alternative war, dass er in einer halben Stunde noch immer hier herumstehen, den Fuß in die Luft halten und sich auf die Schmerzen konzentrieren würde. Also presste er die Lippen aufeinander und machte einen weiteren Schritt. Er humpelte, versuchte, den verletzten Fuß so wenig wie möglich zu belasten, und ignorierte die Tatsache, dass er blutete. Ohne noch einmal anzuhalten, erreichte er das Regal, griff nach einer Flasche Whiskey, schraubte sie auf und trank einen großen Schluck. Wärme breitete sich in seiner Kehle aus. Es entspannte ihn fast augenblicklich. Er vermied es, zurückzublicken und die blutigen Abdrücke zu betrachten, die er mit Sicherheit auf dem Boden hinterlassen hatte. Ihm fiel wieder ein, dass er eigentlich heruntergekommen war, um nach einem Stück Draht zu suchen. Den Abfluss konnte er auch morgen noch frei machen, aber wenn er schon mal hier war, sollte er wenigstens kurz nachsehen. Er nahm einen weiteren Schluck aus der Flasche, dann schraubte er sie zu und stellte sie zurück auf das Regal. Anschließend humpelte er durch den Kellerraum und steuerte die Aufbewahrungsboxen an, die sich neben der Werkbank stapelten. Im schummrigen Licht sah er die Schlieren auf der Stauboberfläche, dort, wo er den vermeintlichen Handabdruck weggewischt hatte. *Hirngespinste.*

Er wollte keinen Gedanken mehr an diesen Abdruck verschwenden. Stattdessen lenkte er seine Konzentration auf die Kisten. Auf nichts hatte er weniger Lust, als sie zu durchsuchen. Wer konnte sagen, welche Erinnerungen sie zutage bringen würden! Missmutig wandte er sich einer der großen

Holzkisten zu, die bis zum Rand mit Krempel vollgestopft war. Wenigstens existierte dieser Behälter erst seit ein paar Jahren. John konnte also sicher sein, dass ihn darin keine böse Überraschung aus einer anderen Zeit erwartete.

Er fröstelte und entschied, nur einen oberflächlichen Blick hineinzuwerfen und die Sucherei zu vertagen, falls er nicht gleich etwas fand. Er hob einen alten Fußabtreter hoch, der oben auf lag, um eine bessere Sicht auf die anderen Dinge zu haben. Doch im düsteren Kellerlicht konnte er nicht allzu viel erkennen. Er ließ den Fußabtreter in den Zwischenraum zwischen Kellermauer und Kiste gleiten. Sicher hatte er bei dieser Aktion ein paar Spinnen aufgeschreckt. Hier gab es beeindruckend große Exemplare. John wartete kurz, ob eines davon aus dem Schatten heraus die Mauer hinaufgekrochen kam. Nicht, dass er sich vor ihnen fürchtete, aber man konnte sich schon mächtig erschrecken, wenn sie unerwartet auftauchten.

Nach ein paar Sekunden ließ er den Blick wieder über die staubigen Gegenstände wandern. Er sah eine Radkappe, eine Schachtel Zigaretten, einen Flaschenöffner, Bücher, eine Tasse, deren Henkel abgebrochen war, eine rostige Säge, eine Spule Garn. Nichts, das sich für seine Zwecke eignete. John wollte die Suche schon abbrechen, als er doch noch etwas entdeckte. Er griff nach einem dicken, mit grünem Gummi umwickelten Draht. Das Stück war gute vierzig Zentimeter lang, recht stabil, aber dennoch biegsam. Daraus ließ sich ein prima Haken formen, mit dem er der Verstopfung im Küchenabfluss zu Leibe rücken konnte. Er bog den Draht zusammen, schob ihn in seine Gesäßtasche und drehte sich um. Nur noch schnell den Whiskey vom Regal holen und dann nichts wie raus hier!

Er beschloss, gleich ein paar Flaschen mehr mitzunehmen. Es war nicht verkehrt, einen gewissen Vorrat oben zu haben. Jetzt, wo er das Haus für sich allein hatte, konnte er den Alkohol schließlich genauso gut in der Küche lagern und musste ihn nicht im Keller verstecken.

Auf einmal spürte John, dass etwas nicht stimmte. Als er den ersten Schritt machte, gab es ein leises plätscherndes Geräusch. Er blickte nach unten und erstarrte. Der Boden stand unter Wasser. Und dieses Wasser ragte so hoch, dass Johns Füße bis zu den Knöcheln darin verschwunden waren. Doch dann begriff er, dass er sich getäuscht hatte. Das Zeug, in dem er stand, war kein Wasser. Es sah vielmehr aus wie ... *Blut?* Er schrie auf und stürzte rückwärts. Die Holzkiste bremste seinen Körper ab. Er riss einen Fuß aus der Flüssigkeit und betrachtete ihn entsetzt. Die Haut hatte sich tiefrot verfärbt. *All das Blut konnte doch unmöglich von seiner Wunde stammen!* Ein Tropfen löste sich von den Zehen und fiel zu Boden. John sah die feinen Wellen, die sich ringförmig auf der Oberfläche ausbreiteten und kurz darauf wieder verschwanden. Mit aufgerissenen Augen starrte er hinab und war nicht imstande, es zu begreifen. *Träumte er?* Als wollte sein Körper ihn für diesen törichten Gedanken bestrafen, spürte John das Brennen der Wunde jetzt wieder deutlicher. Es tat zu weh für einen Traum.

Doch was war es dann? John nahm sich nicht die Zeit, darüber nachzudenken. Er setzte sich so abrupt in Bewegung, dass er ausrutschte und hart auf dem Rücken landete. Das Blut drang durch seine Kleidung, und dann spürte er es warm auf der Haut.

Er blickte sich um. Er saß in einem schwarzen See und erst, als er die Hände aus der Flüssigkeit zog und sie betrachtete, erkannte er wieder deutlich die blutrote Färbung. John stieß sich vom Boden hoch. Die Hose klebte ihm an den Beinen. Er rannte zur Treppe und hastete die Stufen hinauf, ohne auf Glassplitter und seine Verletzung zu achten. Er hatte bereits die Hälfte der Stufen hinter sich gelassen, als er innehielt. Das Licht flackerte und für den Bruchteil einer Sekunde rechnete er fest damit, dass die Glühbirne durchbrennen würde. Aber die Beleuchtung kam zurück. John löste die Finger vom Geländer, an das er sich in seiner Panik festgeklammert hatte, und stolperte die letzten Stufen nach oben. Sein Körper stieß hart gegen die Holztür, bevor er den Knauf zu fassen bekam. Er rüttelte an ihm herum, doch das Schloss klemmte. Dann verschwand das Licht erneut. Und dieses Mal blieb es dunkel.

John wusste nicht, was hier geschah. Die Tür hatte, seit er sich erinnern konnte, noch nie geklemmt. Jemand musste ihn eingeschlossen haben. Derselbe Jemand, der den Keller geflutet hatte. Hektisch tastete er nach dem Lichtschalter, und als er ihn fand, drückte er ihn sechs, sieben Mal, doch es blieb finster. Wieder rüttelte er am Türknauf, stieß sich mit ganzer Kraft gegen das Holz und trommelte mit der Faust dagegen, bevor er kraftlos und schwer atmend zu Boden sank. Seinen Körper presste er eng an die Tür. Es änderte jedoch nichts daran, dass er gefangen war.

Irgendjemand erlaubte sich einen bösen Scherz mit ihm. Ob Phil dahintersteckte? Mit seinen Albernheiten hatte er John schon oft den letzten Nerv geraubt. Aber das hier traute er ihm nicht zu.

Vielleicht versuchte jemand gezielt, ihn in den Wahnsinn zu treiben! John überlegte, ob ein paar seiner Schüler infrage kamen. Sie steckten voller Ideen, wenn es darum ging, ihre Lehrer zu piesacken. Und er gehörte weiß Gott nicht zu den beliebteren Lehrern. Doch dass dies ein Schülerstreich war, erschien ihm immer unwahrscheinlicher, je länger er darüber nachdachte. Blieb noch Jennifer. Sie verachtete ihn, aber hasste sie ihn genug, um so etwas zu tun? Zumindest kannte sie viele Leute, die sie um den Finger wickeln konnte, damit sie ihr die Drecksarbeit abnahmen. Trotzdem sah ihr das hier nicht ähnlich. Und ganz bestimmt wollte sie ihn nicht in den Wahnsinn treiben. Ein Ehemann, der verrückt geworden war, wäre ihr peinlich gewesen.

Dann kam ihm ein weiterer Gedanke, und dieser war weit beunruhigender. *Was, wenn niemand dahintersteckt? Was, wenn ich bereits verrückt bin?*

Die Dunkelheit, die ihn umgab, war undurchdringlich. Er starrte hinab, auf der Suche nach etwas Licht, das womöglich unter der Tür hindurch zu ihm drang. Aber es gab keinen Spalt, der ausreichend breit gewesen wäre. Natürlich nicht. Sein Vater hatte dafür gesorgt, dass der Zugang massiv genug war, um möglichst keine Laute aus dem Keller nach oben dringen zu lassen.

Was auch immer die Erklärung für diesen ganzen faulen Zauber war, es würde John nicht kleinkriegen! In der Finsternis nickte er leicht mit dem Kopf. Er lauschte, aber alles, was er hörte, waren seine Atemzüge.

Atemzüge? Hatte er nicht eben die Luft angehalten? Hatte er sich das Geräusch eingebildet? Die Angst traf ihn so plötzlich wie ein Schuss, der sich unerwartet aus einer Pistole gelöst hatte. War noch jemand hier in diesem Raum?

Er erhob sich, stemmte sich gegen die Tür und rüttelte erneut am Knauf. Es war ein Wunder, dass der Griff nicht abbrach. John gab nicht nach. Er musste versuchen, sich aus diesem Gefängnis zu befreien. Denn irgendwo unter ihm, verborgen in der Dunkelheit, lauerte womöglich etwas, das ihn die ganze Zeit über beobachtet hatte. Vielleicht hatte die Kreatur auch in dieser Sekunde ihre Augen auf ihn gerichtet.

Noch einmal hämmerte er mit den Fäusten gegen die Tür und rüttelte am Schloss. Irgendwann sackte er kraftlos zu Boden. Verzweifelt kauerte er sich auf die oberste Stufe und presste die Handflächen so fest auf die Ohren, dass er nur noch seine eigenen, rasenden Atemzüge hören konnte.

7

Als John erwachte, wusste er sofort, wo er sich befand
und auch, warum er auf dem Treppenabsatz kauerte.
Es mussten Stunden vergangen sein, seit er eingeschlafen war, denn inzwischen fühlte sich sein
Rücken ganz steif an. Ohne Rücksicht auf seine
schmerzenden Muskeln zu nehmen, erhob er sich so
schnell, dass ihm schwindlig wurde. In der Dunkelheit
hielt er sich an der Tür fest, bis er glaubte, sicher auf
den Beinen zu stehen. Selbst wenn es darauf hinauslief,
dass er irgendwann als Gefangener in diesem Keller
verhungern sollte, würde er weiter versuchen, hier
auszubrechen! So lange, bis es vorbei war. John atmete
ein, dann stieß er sich mit all seiner Kraft gegen die
Tür und riss zeitgleich am Knauf.

Die Tür öffnete sich so unerwartet, dass er nach
vorn fiel. Er prallte der Länge nach auf den
Dielenboden und das gleißende Licht des Flurs stach
ihm wie Dolchklingen in die Augen. Er hielt sich eine
Hand vor das Gesicht, während er sich aufsetzte. Er
blinzelte und sein Blick fiel auf die blutige Hose, dann
auf die Hände, die ebenfalls blutverkrustet waren. Er
stieß einen dumpfen Schrei aus. Falls das eine
Halluzination gewesen sein sollte, dauerte sie noch
immer an! Und wenn er gefallen war und sich so stark

am Kopf verletzt hatte, dass es doch *sein* Blut war, das an ihm klebte? John betastete seinen Hinterkopf und bewegte Gelenke und Knöchel, um sie nach eventuellen Verletzungen abzusuchen. Da war nichts. Außer der Schnittwunde unter seinem Fuß und den verspannten Muskeln spürte er keine Schmerzen.

Dann starrte er durch die geöffnete Tür in die Schwärze des Kellers, die ihn bis eben gefangen gehalten und nun wieder ausgespuckt hatte. Er verpasste der Tür einen Tritt und sie krachte laut ins Schloss. Erleichtert atmete John auf, als hätte er damit in letzter Sekunde verhindert, dass das Monster aus dem Keller zu ihm in die Freiheit gelangte. Natürlich wusste er, dass Monster nicht wirklich existierten. Doch für den Moment war er einfach nur froh, entkommen zu sein.

Schwer atmend drückte er sich vom Boden hoch. Er hielt sich an der Kommode fest, weil er sich noch immer benommen fühlte. Es war unglaublich hell. War das Licht in diesem Haus überhaupt jemals so grell gewesen? Doch nach den Stunden in der Dunkelheit wäre es ihm wohl selbst auf einem nächtlichen Friedhof während einer Mondfinsternis hell vorgekommen. Ihm schoss die Frage durch den Kopf, welcher Wochentag heute war. *Dienstag.* John wandte sich um und starrte zur Uhr, die seine Befürchtungen bestätigte. »Verflucht!« Es war nach zehn. Die Schule hatte vor Stunden begonnen und er war nicht zum Unterricht erschienen. Diesmal würde er sicher größeren Ärger bekommen als im letzten

Monat, wo er in der Mittagspause in die Abstell-kammer der Schule gekrochen und dort eingeschlafen war. Erst am Nachmittag hatte Mrs. Nelson ihn dort gefunden, weil sie die verdammte Alaskakarte holen wollte. Vor Schreck hatte die Furie das ganze Schulgebäude zusammengebrüllt und hinterher überall herumerzählt, dass sie meinte, Fusel gerochen zu haben. Dabei war er an jenem Tag völlig nüchtern gewesen. Seine Nüchternheit war schließlich das Problem gewesen, sonst hätte er die Zuflucht in die Abstellkammer, um sich für eine Weile auszuruhen, vielleicht gar nicht nötig gehabt. Dummerweise hatten die verdammten Kids aus seiner Klasse Johns Abwesenheit ausgenutzt und das Schulgelände verlassen. John hatte sich eine dicke Standpauke von Schulleiter Wilson abgeholt. Heute würde er nicht so einfach davonkommen. Und vermutlich hatten die Nelson und die anderen Aasgeier bereits eine neue Hetzkampagne gegen ihn gestartet.

Schluss mit dem Herumstehen! Er stieß sich von der Kommode ab, lief nach oben, rannte ins Bad und zerrte sich noch unterwegs das Hemd vom Körper. Er brauchte eine heiße Dusche, frische Klamotten und dann musste er so schnell wie möglich in die Schule und sich um Schadensbegrenzung bemühen. Während er darauf wartete, dass die Temperatur des Wassers endlich in einen angenehmen Bereich kam, sah John an sich hinab. In den letzten Wochen hatte er an Gewicht verloren und jetzt, wo seine Haut blutverschmutzt war, betonte das jede Rippe nur noch deutlicher. Der Anblick erschreckte ihn nicht. Er nahm es lediglich zur Kenntnis. Dann trat er unter den Wasserstahl, griff zur Seife und begann, sich den Dreck abzuwaschen.

Auf seinem alten Fahrrad hatte John den Weg zur Schule in einer neuen persönlichen Bestzeit zurückgelegt. Als er vom Rad abstieg, spürte er wieder den Schmerz seiner Verletzung, die er unterwegs beinahe vergessen hatte. Er hatte sich nach dem Duschen nicht die Zeit genommen, die Wunde zu verbinden. Er hatte den Fuß nur halbherzig mit dem Handtuch trockengetupft und eine Socke übergezogen, ohne sich darum zu kümmern, ob er immer noch Blut verlor.

Seine Knie waren butterweich. Es fühlte sich nicht an, als wäre er sieben Kilometer gefahren, sondern als hätte er einen Marathon bestritten. Zugegeben, er hatte die Strecke in hohem Tempo zurückgelegt und seine Fitness war miserabel, aber trotzdem sollte er sich nicht *so* schlecht fühlen!

Es lag wohl daran, dass er seit einer Ewigkeit nichts gegessen hatte. Seine letzte Mahlzeit hatte er gestern Mittag gehabt. Die Tüte Zwiebelcracker und die Dose saure Limo hatten zusammen einen widerlichen Nachgeschmack ergeben. Er hatte noch ein paar Kaugummis gekaut, um den Geschmack loszuwerden. Nachmittags hatte er im Pausenraum einen Kaffee aus dem Automaten getrunken. Und so weit er sich erinnerte, hatte er zu Hause nichts mehr gegessen, bevor er in den Keller gegangen und dort eingesperrt worden war. Kein Wunder also, dass er sich elend fühlte.

John lenkte sein Rad an einer Pfütze vorbei und schob es in den Fahrradständer. Er verzichtete darauf, es anzuschließen. Es war das älteste Model, das hier weit und breit zu sehen war. Niemand würde sich daran vergreifen.

Er fuhr sich mit den Fingern durch die Haare und versuchte, seine Frisur zu ordnen. Wahrscheinlich sah er furchtbar zerzaust aus. Als er zu Hause gestartet war, waren die Haare noch nass gewesen, aber der Fahrtwind hatte sie schnell getrocknet.

John blickte auf die Uhr. Die dritte Stunde war in wenigen Minuten vorbei. Dann hatte er zwanzig Minuten Zeit, um sich irgendetwas Zuckerhaltiges aus dem Automaten zu holen, das ihm wieder Energie zuführen würde. Aber zuerst musste er sich dem Oberhaupt stellen. John seufzte. Etwas kitzelte ihm an der Schläfe, und als er sich dort kratzte, stellte er fest, dass seine Haut schweißbenetzt war. Schnell rieb er sich mit dem Jackenärmel über die Stirn und öffnete den Reißverschluss, um kühle Luft an seinen Hals zu lassen. Er war komplett durchgeschwitzt und entschied, dass er dringend einen Guss kaltes Wasser brauchte, bevor er dem Schulleiter unter die Augen treten konnte. Er atmete noch einmal tief durch und zog die teure Lederaktentasche vom Gepäckträger, die Jennifer ihm geschenkt hatte. Der Verschluss der Tasche hatte von Anfang an geklemmt und John konnte nicht sagen, wie oft er schon auf das Ding eingeschlagen hatte, um es zu öffnen. Unter seinen Schülern löste er mit dieser Handlung regelmäßig Gelächter aus. Er klemmte sich die Tasche unter den Arm, betrat das Schulgebäude und steuerte den Waschraum an.

In dem hellgefliesten Raum roch es unangenehm. Eine Mischung aus Reinigungsmitteln, Feuchtigkeit und jahrzehntealtem Mief. John trat an das letzte Waschbecken und stellte die Aktentasche auf den Fußboden, der voller Schuhabdrücke war, nachdem heute schon an die hundert Schüler hier ein- und ausgegangen sein mussten.

Sein Spiegelbild hatte mehr Ähnlichkeit mit einer Leiche als mit dem lebendigen John Godek. Unter seinen Augen lagen dunkle Schatten. Seine Haare sahen zerzaust aus. Er knöpfte das Hemd auf, nahm ein paar Papierhandtücher, benetzte sie mit Wasser und rieb sich damit ab. Anschließend spülte er sein Gesicht kalt ab. Danach fühlte er sich etwas besser.

John ging davon aus, dass der Direktor in den vergangenen Stunden wegen seines Fernbleibens wütend auf ihn gewesen war. Doch dieser Ärger wich aus Wilsons Gesicht, sobald er ihm gegenüberstand. »Wie sehen Sie aus?«, fragte der Mann mit besorgter Miene.

»Tut mir leid, dass ich jetzt erst auftauche. Ich weiß, dass das nicht in Ordnung ist«, begann John. Er hatte sich keine Erklärung für seine Verspätung zurechtgelegt, dabei waren sieben Kilometer dafür Zeit gewesen. »Es ging mir heute Morgen nicht gut.«

»Ihnen geht's auch jetzt nicht viel besser, oder, John? Vielleicht brüten Sie etwas aus?«

»Das könnte sein, ja«, bestätigte John. Das schien ganz gut zu laufen. Sein grauenvoller Anblick spielte ihm in die Taschen. Der Direktor kaufte ihm ab, dass er nicht in der Verfassung gewesen war, pünktlich zur Arbeit zu erscheinen, und das rettete ihm sicher den Hals.

»Warum haben Sie nicht angerufen und sich krank gemeldet?«

John suchte nach einer Antwort. Warum hatte er daran nicht gedacht? Er hätte einfach zum Telefonhörer greifen und sich für heute entschuldigen sollen.

»Ich fürchte fast, dass Sie mir gleich umkippen. Gehen Sie besser sofort zum Arzt. Conner hat Ihre Klasse übernommen. Wir haben heute sowieso nicht mehr mit Ihnen gerechnet.«

Der letzte Satz versetzte John einen Stich. Sie hatten ihn also bereits abgeschrieben, obwohl er sich noch gar nicht gemeldet hatte. Vermutlich waren sie alle davon ausgegangen, dass er blaumachte, um seinen Rausch auszuschlafen.

»Die vierte Stunde werde ich wieder übernehmen«, sagte John mit fester Stimme. Der Direktor musterte ihn. Er sah aus, als wäre er sich nicht sicher, ob John die Unterrichtsstunde überleben würde. Aber dann seufzte er und nickte. Letztlich war er vermutlich erleichtert, dass John doch noch aufgekreuzt war. Der hohe Krankenstand der Lehrer war eine Herausforderung. Ein zusätzlicher personeller Ausfall hätte ihm nur noch mehr Schwierigkeiten bereitet.

»Also gut, wie Sie meinen ...«, sagte der Direktor, auch wenn sein Gesichtsausdruck verriet, dass ihm nicht wohl bei dieser Entscheidung war. Ohne ein weiteres Wort drehte er sich um und ging.

John atmete erleichtert auf. Wie es schien, kam er glimpflich aus der Nummer heraus. Und während er seinem Vorgesetzten nachsah, spürte er sogar ein wenig Stolz. Er hatte die Nerven behalten nach diesem sonderbaren Vorfall. Er war nicht durchgedreht und hatte sich auch nicht unter der Bettdecke verkrochen. Er war hier und würde seinen Job machen!

8

Nach Johns Rückkehr aus der Schule war er froh, seinen verletzten Fuß endlich aus dem Turnschuh und der Socke befreien zu können. Ohne sich den Zustand der Wunde genauer anzusehen, schlang er ein Geschirrtuch darum und verknotete es. Anschließend machte er sich auf den Weg in den Keller. Er betätigte den Lichtschalter und erst, als sich der Raum erhellte, fiel ihm ein, dass die Glühbirne doch eigentlich durchgebrannt war. Wieso funktionierte sie jetzt wieder? Hatte die gestrige Dunkelheit nur an einem zeitweisen Stromausfall gelegen? Wahrscheinlich war das die Erklärung.

John zögerte. Er verspürte eine gewisse Furcht, die Stufen hinabzusteigen. Doch dann schüttelte er den Kopf. Er verhielt sich lächerlich. Ganz gleich, was gestern hier unten vorgegangen sein mochte ... Ob es ein übler Scherz von jemandem oder eine Halluzination gewesen war: Er würde sich nicht davon verrückt machen lassen. Und auf keinen Fall würde er sich eingestehen, dass er sich in seinem eigenen Haus ängstigte.

Bevor er nach unten ging, wollte er sich trotzdem absichern. Um auszuschließen, noch einmal eingesperrt zu werden, schob er die Kommode im Flur ein Stück vor die geöffnete Tür. Dann erst stieg er langsam die Treppe hinab und bemühte sich dabei, den Glasscherben auszuweichen.

Unten angelangt, starrte er verwirrt auf den Boden. Anscheinend war das Blut – oder was es auch gewesen war – inzwischen restlos in den porösen Stein gesickert. Die Oberfläche wirkte allenfalls noch etwas feucht, aber tat sie das nicht immer? John ging ein paar Schritte in dem kleinen Raum hin und her. Er war nicht sicher, ob der Boden sich vom Blut verfärbt hatte oder ob er schon immer so dunkel ausgesehen hatte. Er konnte nicht einmal sagen, ob sein gleichmäßiger matter Schimmer von der gewohnten Kellerfeuchte rührte. Er legte die Handfläche auf den Boden, rieb darüber und betrachtete dann seine Finger. Es sah aus wie ganz normaler Schmutz. Dunkler feuchter Staub. John roch daran und meinte einen feinen Geruch von Blut wahrzunehmen. Er erinnerte sich, wie er als Kind hier unten hatte putzen müssen. Stundenlang hatte er auf der Erde gekniet und versucht, das Blut vom Boden zu wischen, bis das Wasser im Eimer tiefrot war. Damals war das Blut echt gewesen. Sein Vater hatte ihm gedroht, ihn zu bestrafen, wenn der Boden nicht sauber würde. Doch es hatte sich als unmöglich erwiesen, alles aus dem porösen Untergrund herauszubekommen. John erschien es nur logisch, dass er jetzt meinte, Blut zu riechen. Womöglich steckte der widerliche Geruch noch immer in den Eingeweiden des Hauses. Womöglich war die Erinnerung an den Gestank aber auch nach all den Jahren noch so präsent, dass er ihn nun für real hielt. John zog sein knittriges Stofftaschentuch aus der Hosentasche und rieb damit über den Boden. Anschließend betrachtete er es. Der Schmutz auf dem Tuch sah aus wie normaler Dreck.

»Was tust du hier?«

Er schreckte hoch, ließ augenblicklich das Taschentuch fallen, als wäre er bei etwas Verbotenem ertappt worden. Jennifer kam die Treppe herunter und John hörte das Knirschen der Glasscherben unter ihren Stiefeln. Auf halber Höhe blieb sie stehen und sah ihn an wie jemanden, der den Verstand verloren hatte.

»Jennifer.« John blickte kurz auf das schmutzige Tuch vor seinen Füßen. »Ich hab hier nur gerade etwas sauber gemacht«, erklärte er.

»Du schrubbst den Kellerboden mit einem Taschentuch, während der Rest deines Hauses im Chaos versinkt?« Dann fiel ihr Blick auf seinen verbundenen Fuß. »John, was ist los?« In ihren Augen sah er, dass sie sich sorgte.

»Nichts ... ich hab mir den Fuß aufgeschnitten und den Boden mit Blut besudelt. Hab die Sauerei nur eben weggewischt«, meinte er und gab sich Mühe, entspannt zu wirken.

»Bist du nicht beim Arzt gewesen?« Sie starrte wieder auf den dilettantischen Verband. »In dem Drecksloch holst du dir eine Blutvergiftung.« Für John klangen ihre Worte nicht wie eine gutgemeinte Warnung. Sie hörten sich eher an wie eine

Prophezeiung. Jetzt war auch die Sorge aus ihrem Gesicht verschwunden. Ihr Blick war ebenso kühl wie in den zurückliegenden Monaten.

»Die Wunde ist nicht tief«, winkte er ab.

»Du hockst immer noch am liebsten hier unten«, wechselte sie das Thema. »Selbst jetzt, wo wir nicht mehr da sind.«

John antwortete nicht. Sie gab ein resigniertes Seufzen von sich. »Ich will nur schnell die Schallplatten holen.« Einen Moment ruhte ihr Blick auf ihm und John glaubte, ihre Gedanken lesen zu können. Sicher dachte sie, welch ein elender Versager er doch war. Dann machte sie kehrt, stieg die Stufen hinauf und kurz darauf hörte er das harte Pochen ihrer Absätze über sich, als sie durch das Wohnzimmer schritt.

John wartete im Keller, bis Jennifer verschwunden war. Sie hatte sich nicht von ihm verabschiedet, aber das Knallen der Haustür und das Aufheulen des Motors, als sie davonfuhr, waren nicht zu überhören gewesen.

Er lief nach oben ins Badezimmer. Auf den Bodenfliesen entdeckte er etwas Blut, das vermutlich von seinem Fuß stammte. Das fleckige Handtuch lag mitten im Raum. Er trat ans Waschbecken und fischte die Hose aus dem Wasser, die er zum Einweichen dort hineingelegt hatte. Er hob sie hoch und nahm sie in Augenschein, ohne sich darum zu kümmern, dass er den Boden volltropfte. Die Hose wirkte völlig sauber.

John legte sie zurück ins Wasser und nahm als Nächstes das Hemd heraus. Doch auch darauf konnte er keine Spur von Blut finden.

Also hatte er sich das *alles* tatsächlich nur eingebildet. Das Blut, die kaputte Lampe und die verschlossene Tür. Beinahe war er froh, dass er nicht aus dem Keller gekommen war. Vielleicht hätte er sonst in seiner Panik die Polizei gerufen und von dem vermeintlichen Blut im Keller erzählt. Im besten Fall hätten sie ihn einfach für verrückt erklärt. Aber es hätte auch schlimmer kommen können ... Undenkbar, was geschähe, wenn sie herumschnüffelten. Er stellte sich vor, wie sie den Kellerraum auf der Suche nach Blutspuren mit einer Schwarzlichtlampe ausleuchteten. Der Raum würde vermutlich greller leuchten als ein Tatort von Jack The Ripper.

Vielleicht sollte er mit Phil sprechen. Ihm erzählen, dass er neuerdings Wahnvorstellungen hatte ... Aber sein Kumpel hatte gerade selbst genug am Hals mit seinem Job und der Großmutter. Außerdem, was sollte es bringen, darüber zu reden? Letztlich hatte er eine Halluzination gehabt. Das bedeutete ja nicht, dass er völlig den Verstand verloren hatte. Die simpelste Erklärung war doch, dass sein Hirn die Vergangenheit verarbeitete, wenn auch auf eine unangenehme und erschreckende Weise. John hatte sogar eine Erklärung dafür, dass es gerade jetzt passierte. Immerhin war sein Leben an einem Wendepunkt angelangt. Seine Frau und sein Sohn wollten nichts mehr von ihm wissen. Das letzte Mal, als Jennifer mit Glen hier gewesen war, hatte der Junge nicht mal sein Spiel auf dem Smartphone unterbrochen, um aus dem Auto zu steigen und ihn zu begrüßen. John erinnerte sich daran, wie er an die Autoscheibe geklopft hatte, aber Glen hatte nur kurz die Hand zum Gruß gehoben und ihn kaum angesehen. Das war der Moment gewesen, in dem John begriffen hatte, dass er abgeschrieben war.

Beim Gedanken daran zog sich sein Herz schmerzhaft zusammen. Und es war ein weit bitterer Schmerz als das Brennen der Wunde in seinem Fuß.

9

Am folgenden Morgen betrat John das Schulgebäude pünktlich. Er trug eine saubere Hose und ein frisches Hemd. Sein rechter Fuß war noch immer mit dem Geschirrtuch umwickelt, doch in den Turnschuhen konnte das kein Mensch sehen.

Es war so zeitig, dass der Schulflur noch menschenleer war. John war froh, wenn in der Frühe außer ihm noch niemand durch die Gänge schlich oder die Kollegen bereits im Lehrerzimmer hockten. Er hasste es, sich schon am Morgen unterhalten zu müssen. Eigentlich konnte er auch zu jeder anderen Tageszeit darauf verzichten.

Vor einem der hohen Fenster blieb er stehen und ließ den Blick hinaus über den trostlosen Schulhof wandern. Dort gab es nicht viel mehr zu sehen als Schotter und Wege aus Pflastersteinen. Es hatte einst eine Tischtennisplatte und einen Basketballkorb gegeben, aber die waren irgendwann kaputt gegangen und nicht mehr ersetzt worden. John zog den Apfel aus seiner ausgebeulten Jackentasche und biss ein großes Stück ab. In der nächsten Sekunde hörte er Schritte, die sich ihm näherten. Er wandte sich um und erkannte den Direktor.

»Mister Wilson. Guten Morgen«, brachte John etwas undeutlich hervor, nachdem er sich das Apfelstück in die linke Backentasche geschoben hatte.

»Morgen, John. Sie sind überaus pünktlich heute.«

John zerkaute eilig den Apfel und würgte ihn hinunter. Wilson würde ihn auf jeden Fall in ein Gespräch verwickeln.

»Sie wirken übernächtigt«, stellte der Direktor fest. In John regte sich augenblicklich Misstrauen. »Es ist früh am Morgen«, erklärte er schulterzuckend.

»Ich glaube nicht, dass es nur daran liegt, John.« Ein ungewohnter Klang in Wilsons Stimme und die Tatsache, dass er ständig seinen Namen sagte, beunruhigten John. Was wollte der Alte von ihm?

»Sie wirken schon seit einer ganzen Weile angegriffen. Ich habe Sie eine Zeit lang beobachtet und gehofft, das würde sich wieder geben, aber ...«

John starrte den Mann finster an, der seinem Blick auswich, während er redete.

»Vielleicht sind Sie gesundheitlich angeschlagen? Vielleicht haben Sie auch ein gewisses Stressproblem?«

»Ein Stressproblem?«, wiederholte John. »Was meinen Sie? Mir geht es gut.«

Wilson nickte zwar, schien aber nicht wirklich zuzuhören. »Der Job als Lehrer ist kräftezehrend«, fuhr er fort. »Dazu kommt, dass Sie auch im Privaten einiges durchmachen. Ich spreche von der Trennung von Ihrer Frau. Sie müssen sich eine Pause gönnen, wenn Sie verhindern wollen, dass es Sie völlig zerreibt.

Gehen Sie nach Hause und ruhen Sie sich eine Weile aus.«

»Was bedeutet *eine Weile*?«, fragte John ratlos.

Wilson zupfte sich einen imaginären Fussel vom Ärmel seines Jacketts. »Einige Tage oder ein paar Wochen. Kommen Sie wieder, wenn es Ihnen besser geht.«

John wollte widersprechen, aber stattdessen stand er schweigend vor Wilson. Sein Kopf war leer und ihm fiel nichts ein, das er hätte sagen können. Wilson schickte ihn tatsächlich in Zwangsurlaub! Und das, wo er doch jeden Lehrer brauchen konnte.

»Hat die Nelson etwas damit zu tun?«, brach es aus ihm heraus. »Die alte Ziege hat mich noch nie leiden können.«

»Hören Sie auf, John.« Wilsons Gesichtsausdruck war ernst. Natürlich würde er nicht zugeben, wenn die Nelson ihn angeschwärzt hatte. Johns Fingernägel bohrten sich in das Leder der Aktentasche. Am liebsten hätte er sie seinem Boss um die Ohren gehauen. Doch statt Wilson zu schlagen, warf er die Mappe mit aller Kraft gegen die Wand. Der Direktor sprang erschrocken rückwärts, hielt sich schützend die Hände vors Gesicht, dabei lag die Tasche bereits am Boden.

John atmete schwer. Entsetzt über seinen plötzlichen Ausbruch, starrte er auf die Tasche, dann zu Wilson.

»Gehen Sie, sofort.« Wilsons Stimme klang drohend. Hinter ihm öffnete sich eine Tür und die

Schulsekretärin steckte vorsichtig den Kopf durch den Spalt. »Mr. Wilson. Ist alles in Ordnung?«

»Ja. Es ist alles in Ordnung, Mildred«, antwortete er, ohne den Blick von John zu lösen. »Soll Mildred jemanden rufen? Oder gehen Sie freiwillig nach Hause?«

10

John stand vor dem offenen Kühlschrank und suchte nach etwas Essbarem, das man nicht erst kochen oder braten musste. Da war noch eine Zwölferpackung Minidonuts, die nach reinem Zucker schmeckten. John verspürte einen gewissen Appetit auf diese Dinger, aber sie steckten in einer solch störrischen Plastikverpackung, dass er sie vermutlich selbst mit einer Schere nur umständlich aufbekam. Der Aufwand erschien ihm zu hoch, deshalb inspizierte er den sonstigen, spärlichen Inhalt des Kühlschranks, der sich auf ein halbes Glas Senf, eine Flasche Essig und zwei schrumplige Äpfel beschränkte. Als er die Wohnungstür klappen hörte, schlug er den Kühlschrank zu. Schnell huschte sein Blick durch die unaufgeräumte Küche und hinüber in Richtung Wohnzimmer. Dort sah es noch schlimmer aus. Eine Sekunde später stand Jennifer vor ihm und John verspürte augenblicklich einen Stich in der Magengegend. Ein Gefühl, das ihm bewusst machte, wie sehr er sie vermisste.

Er durchquerte den Raum und umarmte sie, noch bevor einer von ihnen ein Wort gesprochen hatte. Während er die Arme um sie geschlungen hielt, blieb Jennifers Körper steif. Mit dieser innigen Begrüßung hatte er sie ebenso überrascht wie sich selbst. Es war einfach über ihn gekommen, aber jetzt fühlte es sich unangemessen an. Schnell löste er sich von ihr. Sie rümpfte die Nase. »Du stinkst. Und du siehst aus wie ein Lumpensammler«, stellte sie fest. Beim Anblick des Geschirrtuchs um seinem Fuß schüttelte sie den Kopf.

»Du trägst noch immer diesen Lappen? Willst du, dass sich der Fuß entzündet und abstirbt?«

John zuckte schweigend mit den Schultern. Natürlich hätte er das Geschirrtuch längst entfernen und es gegen einen sauberen Verband austauschen sollen, doch die Wunde tat kaum noch weh und so hatte er gar nicht mehr daran gedacht. Ihm war klar, dass Jennifer nicht übertrieben hatte. Er sah heruntergekommen aus. Passend zum furchtbaren Zustand seines Heims. In den vergangenen zwei Tagen hatte er das Haus nicht verlassen. Er war nicht einmal in die obere Etage gegangen, um zu duschen. Er musste ja nicht mehr zur Arbeit, und nachdem Jennifer erst kürzlich hier gewesen war, hatte er nicht so bald wieder mit einem Besuch von ihr gerechnet. Er hatte sich gehen lassen, hatte viel geschlafen, ferngesehen und Schnaps getrunken. Er trug noch immer dieselbe Hose und dasselbe Hemd, seit Wilson ihn aus der Schule nach Hause geschickt hatte. Jetzt wünschte John, er hätte wenigstens geduscht und die Kleidung gewechselt.

»Ich hab dich vermisst.« Im ersten Moment war er nicht sicher, ob er die Worte laut ausgesprochen hatte oder ob sie nur in seinem Kopf geklungen hatten. Ihr so etwas zu sagen, war genauso unangemessen wie seine Umarmung von eben. »So?« Jennifers Reaktion machte ihm klar, dass er es tatsächlich laut geäußert hatte. »Hier sieht es noch chaotischer aus als beim letzten Mal.« Während sie sprach, sah sie sich um. »Glaubst du, es zieht mich zurück in solch ein Drecksloch? Denkst du etwa, ich habe Sehnsucht nach diesem milbenzerfressenen löchrigen Teppich?« Mit der Schuhspitze stieß sie gegen den runden Häkelteppich, sodass dessen Rand umklappte und eine kleine Staubwolke aufwirbelte.

»Ich war ein paar Tage krankgeschrieben, aber inzwischen geht es mir wieder ganz gut. Ich wollte heute aufräumen«, log John. Jennifer zog die Augenbrauen hoch. »Spar dir den Mist. Ich war es, die dafür gesorgt hat, dass Direktor Wilson dich für eine Weile nach Hause schickt.«

John stand einen Moment lang der Mund offen. »Er hat mich auf deinen Wunsch hin vor die Tür gesetzt?«

»Ich fand, es wäre besser so. Und wenn ich mich hier umblicke …«

»Du fandest es besser so?«, fuhr er ihr dazwischen. Er konnte sich denken, was der wahre Grund war, hinter seinem Rücken an Wilson heranzutreten. Sie fürchtete, dass John noch mehr Mist baute. Die Schule war ein öffentlicher Ort und jeder Ausrutscher, der ihm dort passierte, machte sofort die Runde in der Stadt. Das war peinlich für sie. Gerade jetzt. Sie war die angehende Bürgermeisterin, wenn es nach ihr ging.

Da durfte sie sich keine Eskapaden erlauben. Und keinen Ehemann, der sie lächerlich machte.

John war wütend. Weniger auf sie als auf Wilson, der natürlich den Schwanz eingezogen hatte und alles tat, worum die aufstrebende Stadträtin ihn bat.

»Du bist in keiner guten Verfassung, John. Du brauchst die Auszeit.« Ihr Gesichtsausdruck war jetzt weniger hart. John wusste, dass er ihr nicht völlig gleichgültig war. Ohne Zweifel sorgte sie sich um ihr Image, aber auch um ihn.

Er nickte zögernd. Sie meinte es gut. Eine Auszeit. Zur Ruhe kommen. Aber er wusste nicht, was ihm das bringen sollte. Vielleicht war es gerade die Ablenkung durch die Arbeit in der Schule, die er brauchte. Und vielleicht war es der geregelte Tagesablauf, der ihn davor bewahrte, zugrunde zu gehen. Wenn er an die letzten zwei Tage dachte ...

»Ich werde noch mal mit Wilson reden«, überlegte er und beobachtete Jennifers Reaktion. Ihr Gesichtsausdruck blieb gelassen. Sie wusste vermutlich, dass Wilson von seiner Entscheidung nicht abweichen würde, solange sie dem Mann kein grünes Licht gab.

»Jetzt komm erst mal selbst wieder klar. Vielleicht fährst du ein paar Tage weg. Ein Tapetenwechsel«, schlug Jennifer vor.

Wegfahren? Wo sollte er denn hinfahren? »Mal sehen«, antwortete er. »Aber du bist doch nicht gekommen, um mir Urlaubsziele zu empfehlen. Willst du mich nicht lieber noch ein bisschen beschimpfen, bevor du wieder gehst?«

Jennifer zog die Stirn kraus. »Was willst du hören? Dass du beschissen aussiehst? Dass du der schlimmste Fehler meines Lebens warst oder dass du einfach nur peinlich bist?«

John gelang es, zu grinsen, und winkte ab. »Schon gut. Spar dir noch ein paar Sachen für deinen nächsten Besuch auf.«

Ihm wurde bewusst, dass sie genau unter dem Mistelzweig standen, den er vor Jahren an der Küchendecke angebracht hatte. Er warf einen kurzen Blick nach oben, als müsse er sich davon überzeugen, dass das Ding noch immer dort hing. Der vertrocknete Zweig baumelte direkt über ihren Köpfen. Dank einer dicken Staubschicht hatte er eine graue Farbe angenommen. Jennifer folgte Johns Blick. Dann verdrehte sie die Augen, als ginge sie davon aus, dass das eine billige Anmache von ihm sein sollte. Nichts lag ihm ferner, als ihr in diesem Moment romantisch näherzukommen. Er erinnerte sich daran, wie er den Mistelzweig aufgehängt hatte. Jennifer hatte ihn gerade mal zehn Sekunden lang romantisch gefunden und danach als Staubfänger bezeichnet. Trotzdem hatte sie ihn nie abgehängt und weggeworfen.

Sie seufzte. »Im Auto ist etwas für dich.« Dann wandte sie sich ab, um zu gehen. »Putzmittel und Mülltüten?«, scherzte John, aber sie reagierte nicht. Er atmete durch, strich sich die Haare zurück, zupfte seinen Hemdkragen zurecht und folgte ihr nach draußen.

II

Kaum hatte Jennifer die Heckklappe ihres Kombis geöffnet, sprang Penny heraus und kam schwanzwedelnd auf John zugelaufen. Ihm stockte der Atem, als er die hellbraune Mischlingshündin mit dem zotteligen Fell und den großen, dunklen Augen erblickte. Er hatte sie vermisst und sie freute sich offenbar genauso, ihn nach all den Wochen wieder-zusehen. John widerstand dem Drang, in die Knie zu gehen und das Tier zu streicheln. Während es zu ihm aufsah und hechelte, rammte er die Hände in die Hüften und blickte Jennifer wütend an, ohne Penny Beachtung zu schenken. Der Hund begann, an seinem verletzten Fuß zu schnüffeln, wobei er John einmal komplett umrundete.

»Was soll das heißen?«

»Stell dich nicht dümmer, als du bist«, antwortete Jennifer. Sie wirkte auf einmal müde. Als fehlte ihr die Kraft, eine Diskussion mit ihm zu führen. Natürlich war ihm klar, was sie wollte. Sie wollte das Tier loswerden und John sollte es ihr bitte so leicht wie möglich machen. Er war nicht überrascht, dass sie mit dem Hund zu ihm kam. Um ehrlich zu sein, hatte er schon eher damit gerechnet.

»Die Nachbarn haben sich beschwert. Eine Dachgeschosswohnung ist auf Dauer nichts für einen Hund«, erklärte Jennifer, als wäre es seine Idee gewesen, mit dem Hund in die Stadt zu ziehen. John hatte den Hund damals gar nicht anschaffen wollen. Er war gegen ein Haustier gewesen. Nicht, weil er wusste, dass Glen sich kaum darum kümmern und die Arbeit letztlich an ihm selbst hängen bleiben würde. Vielmehr hatten ihn Jennifers Beweggründe für die Anschaffung von Penny gestört. Er hatte damals den Eindruck gehabt, dass sie ihn damit noch mehr ans Haus fesseln wollte. Mit Hund war es ihm nicht mehr möglich gewesen, sie auf ihren gelegentlichen Geschäftsreisen zu begleiten. In den Ferien oder an Wochenenden hatte er das manchmal getan, aber er hatte auch gespürt, dass ihr das nie so ganz recht gewesen war. Er war nicht gerade vorzeigbar. *Man kann dich einfach nirgendwo mit hinnehmen.* Diesen Satz hatte er oft von ihr gehört.

»Du weißt doch, wie sie auf Fremde reagiert«, sagte Jennifer. »Jedes Mal, wenn einer der Nachbarn das Treppenhaus betritt, bellt sie wie eine Verrückte.«

Penny gab die Hoffnung anscheinend auf, ein paar Streicheleinheiten von ihm zu bekommen, und tappte durch die offene Tür ins Haus.

»Vergiss es!«, knurrte John und sah Jennifer fest in die Augen. Er hatte nichts gegen Penny. In Wahrheit hatte ihm die alte Hündin so sehr gefehlt, dass er sich oft gewünscht hatte, wenigstens sie wäre ihm geblieben. Aber das würde er nicht zugeben.

»Es tut dir bestimmt gut, wieder ein bisschen Verantwortung für ein anderes Wesen zu übernehmen«, sagte Jennifer.

John trat auf der Stelle. Er spürte die kalte Erde zwischen den nackten Zehen seines verbundenen Fußes.

»Hast du nicht eben gemeint, ich müsse mal eine Pause machen und solle mich eine Weile um gar nichts kümmern?« Er schüttelte den Kopf und verschränkte die Arme vor der Brust. »Was ist mit Glen? Stört es ihn nicht, von seinem Hund getrennt zu werden?« Dabei konnte er sich die Antwort denken. Glen hatte andere Interessen. Er würde den Hund vermutlich genauso wenig vermissen wie seinen Vater.

»Hier geht es darum, eine sinnvolle Lösung zu finden«, sagte Jennifer.

John lachte auf. »Die Lösungsfindung hast du ja schon allein übernommen. Und jetzt stellst du mich vor vollendete Tatsachen.« Es war ein Wunder, dass sie nicht einfach gewartet hatte, bis er nicht zu Hause war, um Penny vorbeizubringen. Auf die Weise wäre sie jeglicher Konfrontation und Diskussion aus dem Weg gegangen.

»Reiß dich zusammen, John. Verhalte dich wenigstens in dieser Sache einmal wie ein Erwachsener.«

Seit Monaten fühlte es sich an, als würde Jennifer Bomben über ihm abwerfen. Eine nach der anderen explodierte und er stand nur da und rieb sich den Staub aus den Augen.

»Bei mir geht Penny früher oder später ein«, murmelte John. »Ist vermutlich besser, du gibst sie ins Tierheim.«

»Sei nicht albern! Es ist ein Hund und keine Zimmerpflanze. Penny macht sich bemerkbar, wenn sie etwas braucht.«

»Darauf hab' ich aber keinen Bock. Ich wollte das Tier nicht anschaffen.«

»Ja, und du hattest absolut recht damals«, gab Jennifer zu. »Aber erinnere dich auch daran, wie gut es dann funktioniert hat.«

John lachte wieder auf. »Funktioniert? Du bist unglaublich! Ich war der Einzige, der sich um Penny gekümmert hat!«

»Siehst du, das meinte ich doch!«

John wurde bewusst, dass er Jennifer auf den Leim gegangen war. Genau das hatte sie hören wollen.

»Räum dein Leben auf. Kümmere dich um Penny. Und alles wird gut.«

John war längst klar, dass er die Hündin behalten würde, aber so leicht wollte er es Jennifer nicht machen. Doch statt etwas zu sagen, wandte er den Kopf zur Seite und schwieg.

»Und wechsle den Verband. Du solltest mit der Wunde nicht im Dreck herumlaufen.«

John sah an sich hinunter. Das Geschirrtuch war mittlerweile sichtlich schmutzig. Er bewegte die Zehen, aber selbst das verursachte jetzt keine Schmerzen mehr.

»Ich werde in nächster Zeit öfter vorbeikommen und nach euch beiden sehen«, sagte Jennifer.

Etwas an ihrem Blick brachte John auf den Gedanken, dass sie häufiger kommen wollte, weil sie sich mehr Sorgen um *ihn* machte als um den Hund. Vielleicht vermisste sie ihn ja doch ein wenig. Wieder einmal regte sich Hoffnung in ihm. Hoffnung, dass nicht all ihre Gefühle für ihn gestorben waren.

»Und Futter?«

Ihr Blick hellte sich auf. Sie öffnete die Autotür und zerrte einen schweren Beutel von der Rückbank. »Hilf mir doch mal.«

John war bereits zur Stelle und nahm ihr den Sack ab. Er blickte hinein und sah neben jeder Menge Dosen auch Spielzeug und eine Decke. »Hast ja an alles gedacht«, stellte er fest und warf sich den Beutel über die Schulter.

»Geh lieber schnell rein und sieh nach ihr. Nicht, dass sie gerade deine letzten Essensreserven entdeckt hat«, versuchte Jennifer einen Scherz. *Da drinnen wird sie nichts finden*, ging es John durch den Kopf, aber er biss sich auf die Lippen und schwieg.

Jennifer sah aus, als könnte sie es jetzt kaum erwarten, wegzukommen. Er trat demonstrativ einen Schritt beiseite und entfernte sich vom Wagen. Sie verstand die Geste offenbar sofort und verabschiedete sich von John. Ohne eine Umarmung. Nur ein verlegenes Kopfnicken, ein künstliches Lächeln. Vielleicht lag es daran, dass er wirklich übel roch. Aber wahrscheinlich hatten sie inzwischen einfach eine

Phase ihrer Beziehung erreicht, in der Umarmungen hinter ihnen lagen.

Sie stieg in den Wagen und fuhr davon. John blickte ihr nach, sah, wie sie die ersten paar hundert Meter in gemächlichem Tempo zurücklegte und dann aufs Gas drückte.

Es verursachte ihm jedes Mal ein schmerzhaftes Brennen in der Brust, wenn sie ihn verließ. Selbst dann, wenn sie sich kurz zuvor nur gestritten hatten.

Sie passten einfach nicht zusammen, aber irgendwie hatte John trotzdem immer gedacht, dass es klappen würde ... Er hätte sich mehr Mühe geben müssen. Doch als ihm das klar geworden war, war es zu spät gewesen. Da hatte ihr Boss sich bereits an sie herangemacht und sie darin bestärkt, sich nicht mit solch einem Klotz am Bein zu belasten.

Er hatte Jennifer wohl auch viele Gründe geliefert, um ihr peinlich zu sein. Erst letzten Sommer hatte er sein Auto zu Schrott gefahren. Er war übermüdet gewesen und hinter dem Steuer eingeschlafen. John war auf gerader Strecke mit dem Wagen im Straßengraben gelandet und in der Stadt ging anschließend das Gerücht um, dass er betrunken gewesen war. Direktor Wilson hatte ihm damals vorgeworfen, dass der Vorfall ein schlechtes Licht auf seine gottverdammte Schule warf. Als gäbe es weit und breit eine andere Schule, auf welche die Eltern ihre Kinder schicken konnten! Fortan war John auf den Bus oder sein klappriges Fahrrad angewiesen gewesen. Selbst dieses Bike war Jennifer peinlich und sie hatte ihn gebeten, sich nicht mehr mit dem Rostding sehen zu lassen. Sie prophezeite ihm, dass ihn die Schüler mit rohen Eiern bewerfen würden, wenn er damit in der Schule auftauchte, aber die Kids interessierten sich kein Stück für sein Rad. Anscheinend hatte Jennifer immer befürchtet, die Leute würden ihn irgendwann mit Heugabeln aus der Stadt jagen. Dabei war er unsichtbar. In Wahrheit interessierte sich niemand für ihn. Jennifers ständige Angst vor möglichen Peinlichkeiten hatte John oft als übertrieben empfunden. Vielleicht war sie ja diejenige von ihnen beiden, die ein wenig verrückt war.

12

John öffnete eine Dose Hundefutter für Penny und füllte eine Salatschüssel mit Wasser. Das Essen rührte sie kaum an, aber das Wasser trank sie fast bis auf den letzten Tropfen leer. Anschließend trottete die Hündin ins Wohnzimmer und ließ sich auf der Decke nieder, die ihr John neben die Tür gelegt hatte. Sie rollte sich zusammen, stieß ein wohliges Seufzen aus und schloss die Augen. Anscheinend war sie zufrieden, wieder zu Hause zu sein.

John befolgte Jennifers Rat. Er duschte und schlüpfte in frische Sachen. Dabei zog er sein graues Baumwollshirt auf links, wie immer, wenn er vorhatte, demnächst schlafen zu gehen. Das war eine alte Angewohnheit von ihm, weil er der Meinung war, dass ihn die Nähte und das Schild im Nacken störten, wenn er ein Shirt auf konventionelle Art trug. Jennifer hatte diese Marotte immer genervt und sie hatte ihn als einen Spinner bezeichnet. Besonders hatte es sie geärgert, wenn er auch tagsüber das Shirt auf links trug. Wer sollte ihn schon sehen, wenn er zu Hause in dem Aufzug herumlief? Doch höchstens der Postbote oder womöglich ein Vertreter für Staubsauger oder Zeitschriftenabonnements. Es war ihm egal, was diese Leute über ihn dachten.

Im Flur warf er einen Blick in den Spiegel. Jetzt war Jennifer nicht mehr da, um zu meckern. Jetzt hatte er seine Ruhe. Doch diese Erkenntnis bewirkte nicht, dass er sich besser fühlte. Er fuhr sich mit der Hand durchs feuchte Haar und versuchte vergeblich, es einigermaßen zu bändigen. Resigniert betrachtete er die wilden Strähnen, die nach allen Seiten abstanden.

Ein dumpf drückender Schmerz in seinem Bauch lenkte ihn ab. Hunger. Die unangenehme Leere in seinem Magen konnte er nicht länger ignorieren. Noch einmal rief er sich den kargen Inhalt des Kühlschranks in Erinnerung. Natürlich konnte er sich auch einfach eine Dose Bier öffnen. Das würde das Vakuum im Bauch vertreiben, aber er sehnte sich doch danach, etwas Richtiges zu essen. Vielleicht hatte Pennys Dosenfutter seinen Appetit angeregt. Undefinierbare Fleischstücke mit grünen Erbsen in einer cremigen Soße. Es hatte ziemlich gut gerochen und schmackhafter ausgesehen als alles, was John seit Monaten auf den Teller gekommen war.

Er ging in die Küche. Inzwischen hatte er seinen Fuß vom Verband befreit und sich Strümpfe angezogen. Die Wunde schmerzte nur noch, wenn er ungünstig auftrat, deshalb versuchte er, sein Gewicht nicht zu sehr auf das rechte Bein zu verlagern.

Er nahm eine Pizza aus dem Tiefkühlfach des Kühlschranks, befreite sie aus der Folie und legte sie auf den Backofenrost. Routiniert, fast ohne hinzusehen, stellte er den Temperaturregler auf die erforderliche Gradzahl ein.

Jetzt musste er nur noch fünfzehn Minuten überbrücken. Beim Gedanken an die fertige Pizza knurrte sein Magen. John presste sich die Hand auf den Bauch, um ihn zum Schweigen zu bringen.

Er sah auf die Uhr und beschloss, die Zeit zu nutzen, um ein bisschen von dem Chaos abzutragen, das ihn umgab. Doch er wusste nicht, wo er anfangen sollte. Sein Blick fiel auf das schmutzige Geschirr. Den verkrusteten Topf hatte er vor mindestens einer Woche benutzt, um sich darin Milch für einen heißen Kakao aufzuwärmen. Seither stand er auf der Arbeitsplatte. John entschied, dass es für heute genügte, ihn einzuweichen. Er füllte ihn mit Wasser und stellte ihn zurück an seinen Platz. Ein erneuter Blick zur Uhr verriet ihm, dass die Pizza immer noch fast fünfzehn Minuten brauchte. Genervt stöhnte er auf, legte den Kopf in den Nacken und sah zur Decke. Dort hingen überall Spinnweben. Jennifer hatte die Dinger stets sofort beseitigt, aber John fielen sie normalerweise gar nicht auf. Er drehte sich um 360 Grad, um alle vier Ecken der Küchendecke zu betrachten. In einer dieser Ecken hockte eine Spinne, die beeindruckend lange Beine besaß. Um sie herum entdeckte er zahlreiche winzig kleine schwarze Punkte. Fasziniert trat John näher heran und zählte sie. Er kam auf vierundzwanzig. Er stellte sich Jennifers entsetztes Gesicht vor, wenn sie ein solches Nest in ihrer Küche entdeckte, und musste lächeln. Dann erinnerte er sich, mit welchem Abscheu sie sich vorhin hier umgesehen hatte und an den Ausdruck in ihren Augen, als sie ihn angeblickt hatte. So, als wäre er ein Versager, der die Kontrolle über sein Leben verloren hatte.

Das Telefon gab ein gedämpftes Klingeln von sich. John befreite es von seinem Mantel, den er achtlos darüber geworfen hatte, und nahm den Hörer ab.

»Was ist los mit dir?«, fragte Phil am anderen Ende der Leitung, ohne sich mit Begrüßungsfloskeln aufzuhalten. »Jennifer war heute an der Tankstelle und erzählte mir, dass du krank bist.«

»Bin nicht krank«, antwortete John und runzelte die Stirn. Es wunderte ihn nicht, dass Jennifer das Gerücht zu streuen versuchte, er wäre lediglich krank und würde deshalb nicht unterrichten. Aber dass sie selbst Phil diese Lüge unterbreitete, war lächerlich. »Es ist ein Zwangsurlaub«, stellte er die Sache richtig. Penny näherte sich John und blickte zu ihm auf. Er setzte sich auf den Boden, um ihr den Kopf zu kraulen.

»Zwangspause? Was hat es damit auf sich?«

»Jennifer steckt dahinter. Ich darf das Schulgebäude bis auf Weiteres nicht mehr betreten. Vermutlich hat sie dem Direktor erzählt, dass ich kurz davor bin, amokzulaufen.«

»Amok? Du? Wie soll das aussehen?« Phil klang amüsiert. »Befürchtet er, dass du mit dem Tafelschwamm unschuldige Schüler bewirfst?«

»Außerdem hat sie mir den Hund vor die Nase gesetzt«, berichtete John weiter.

»Im Ernst? Die alte Zottelpenny ist endlich wieder bei dir?«, rief Phil mit schriller Stimme in den Hörer.

»Ja«, meinte John und zupfte Penny mit der freien Hand im Fell herum, das hinter den Ohren wuchs. Sie schloss die Augen und genoss die Streicheleinheiten wedelnd.

»Jennifer ist eine Hexe. Dass sie deinen Chef bequatscht, damit er dich vor die Tür setzt, ist das Letzte«, schimpfte Phil. »Aber dass sie dir den Hund zurückgegeben hat, ist doch super.«

»Stimmt.«

Das Gespräch hatte vielleicht eine Minute gedauert, als Phil sich bereits wieder verabschiedete. Er war in Eile, weil sein Boss ihm für heute noch eine zweite Schicht verpasst hatte. John hätte gern noch länger mit ihm geredet. Seufzend betrachtete er das entspannte Gesicht des Hundes. Dann drückte er Penny einen Kuss zwischen die Augen und erhob sich.

Er fand, dass es nicht viel Sinn machte, jetzt noch mit dem Aufräumen zu beginnen. Er würde ohnehin nicht weit kommen. Stattdessen ging er zum Sofa, trank einen Schluck Whiskey und dann noch einen. Er streckte sich auf den Polstern aus, legte den Kopf auf das Sofakissen und trank weiter.

Irgendjemand rüttelte an ihm. John schreckte aus dem Schlaf hoch und fühlte etwas Flüssiges, das sich über seinen Bauch ergoss und durch das Shirt drang. Benommen beobachtete er, wie der Whiskey aus der Flasche tropfte, die er noch immer in der Hand hielt. Hastig brachte er das Gefäß wieder in die Senkrechte, obwohl es inzwischen ohnehin so gut wie leer war.

John hatte das starke Gefühl, dass ihn jemand im Schlaf berührt hatte. Benommen blickte er sich um, doch er war allein. Seine Umgebung sah merkwürdig aus, als wäre das Wohnzimmer in eine Dunstwolke gehüllt. Zuerst nahm er an, es lag daran, dass er eben noch geschlafen hatte und seine Augen ein paar Sekunden zum Scharfstellen brauchten. Dann bemerkte er den Geruch. Als er begriff, sprang er hektisch auf. Die Flasche fiel zu Boden. John war bereits auf dem Weg in die Küche. Er schaltete den Herd ab und öffnete die Klappe gerade mal eine Sekunde lang, bevor er sie wieder zuschlug. Eine schwarze, beißende Qualmwolke stieg ihm in Augen und Nase, sodass er schnell den Kopf zurückzog. Auch, ohne die Pizza gesehen zu haben, ahnte er, dass von ihr nur noch eine verkohlte Kruste übrig geblieben sein konnte. John kippte das Fenster an, um frische Luft hereinzulassen, und verfluchte sich selbst wegen seiner zum Himmel schreienden Unfähigkeit, die ihm eines Tages sicher zum Verhängnis werden würde.

Er ging zurück ins Wohnzimmer, setzte sich aufs Sofa und hob die leere Flasche auf. Dann sah er an sich hinunter und rieb über den durchnässten Stoff seiner Hose.

13

John lag auf der Couch und starrte seit einer Stunde an die Decke. Sein Hunger war verschwunden. Er war müde, dennoch fand er keine Ruhe. Er hatte darüber nachgedacht, den Fernseher einzuschalten, aber das Nachtprogramm interessierte ihn nicht.

Der Mond schien ins Wohnzimmer, sodass er gut sehen konnte. Wie sollte man bei dieser Helligkeit schlafen! Er drehte den Kopf und blickte zur Tür. Eine Zeitlang betrachtete er Pennys zusammengerollten Körper, der sich im Rhythmus ihrer Atemzüge ganz leicht hob und senkte. Wenigstens sie schien fest zu schlafen. John seufzte und setzte sich auf. Er erhob sich vom Sofa und trat ans Fenster. Er versuchte, den Vorhang zuzuziehen, doch ein Teil davon war aus den kleinen Haken gerissen, die den Stoff an der Gardinenstange hielten. Sobald er den Stoff ein Stück in eine Richtung zog, lichtete sich sofort die andere Seite. John erinnerte sich daran, wie er sich eines Nachts, als er etwas über den Durst getrunken hatte, an dem Vorhang festgehalten hatte, weil er ins Wanken geraten war.

Er gab es auf, am Gardinenstoff zu zerren, und starrte hinaus. Der Wind blies Laub über den Boden, aber sonst war da draußen nichts zu sehen. Wie so oft, wenn er aus dem Fenster sah, bekam John das Gefühl, auf einem fremden Planeten zu leben, auf dem es außer ihm keine Menschen gab.

Auf einmal lenkte sein Spiegelbild seine Aufmerksamkeit auf sich. In der schwarzen Scheibe wirkte sein vom Mond angeleuchtetes Gesicht kalkweiß und erinnerte auf groteske Weise an einen Totenschädel. Die Augen waren von dunklen Ringen unterlaufen, die Wangen eingefallen. John berührte sein Gesicht, fuhr mit den Fingerspitzen über die Wangenknochen und war beinahe überrascht, dass es sich nicht wie ein knochiger Schädel anfühlte. Die Scheibe war alt und uneben. Da war es normal, dass sein Spiegelbild so seltsam verzerrt war. John bewegte den Kopf, indem er das Kinn etwas anhob und sofort veränderten sich die Züge des Gesichts. Je länger er es anstarrte, desto mehr erinnerte es ihn an seinen Vater. Das Letzte, was Harvey Godek gewollt hätte, war, dass aus seinem Sohn ein Versager wurde. Aber John gab ein trauriges Bild von einem Mann ab. Sein Vater würde sich im Grab herumdrehen, wenn er ihn sehen könnte. Wenn er länger gelebt hätte, hätte er es sicher nie so weit kommen lassen.

John wollte nicht an ihn denken. Nicht jetzt und auch sonst nie. Aber er wusste auch, dass er dagegen nichts machen konnte. Wenn sein Vater in seinem Kopf war, blieb er darin, bis er von allein wieder ging. Es sei denn, John half mit Whiskey nach. Er schob sich ein paar Haarsträhnen aus dem Gesicht und neigte den Kopf vor, bis seine Stirn die Fensterscheibe berührte.

Das kühle Glas auf seiner Haut fühlte sich angenehm an.

Ein dumpfer Schlag ließ ihn zurückweichen. Er stolperte und konnte gerade noch verhindern, zu fallen. Er griff sich an die Brust und starrte entsetzt in die Richtung des Geräuschs. Dort, in der linken unteren Ecke des Fensters … Dort war das Ding gegengeknallt. Eine Krähe oder irgendein anderes Federvieh. Was auch immer es war, es hatte sich bei dem Aufprall garantiert das Genick gebrochen. John hatte nur einen dunklen Schatten im Augenwinkel gesehen.

Seltsam, dass mitten in der Nacht Vögel herumflogen. Noch seltsamer war, dass sie gegen seine Fensterscheibe krachten. John machte einen Schritt auf das Fenster zu, hielt jedoch sicherheitshalber etwas Abstand. Er stellte sich auf die Zehenspitzen und beugte sich vor, um einen größeren Blickradius nach draußen zu haben. Weil er nichts erkennen konnte, trat er wieder näher ans Fenster, aber auch jetzt entdeckte er kein totes oder verletztes Tier.

Er ging besser vor die Tür und sah nach. Ein kurzer Blick zu Penny verriet ihm, dass der Hund noch immer schlief. Dieses Tier hatte den tiefsten Schlaf, den je ein Hund gehabt hatte. Wenn das Haus von Einbrechern und Vandalen überfallen würde, bekäme sie es sicher nicht mit, dachte John kopfschüttelnd. Dann ging er entschlossen zu seiner Wohnungstür. Er musste einen Blick nach draußen werfen. Wenn dort nichts war, konnte er zurück auf sein Sofa gehen und vielleicht doch noch etwas fernsehen. Bevor er die Tür öffnete, schaute er durch das Flurfenster. Vorsichtshalber. Er kam sich lächerlich vor. Was sollte da draußen schon sein? *Dies hier ist ein einsamer Planet und ich bin der einzige Mensch weit und breit.* John ärgerte sich über seine kindische Furcht. Furcht wegen eines Vogels, der vermutlich gerade irgendwo am Boden lag und die letzten Zuckungen durchlitt.

Er drehte den Schlüssel herum und legte die Hand auf die Klinke. Noch einmal wandte er sich zu Penny um. »Was ist, kommst du mit?«, fragte er wenig hoffnungsvoll. Sie öffnete ein Auge, schielte zu ihm rüber, ohne auch nur den Kopf zu heben, und schien dann gleich wieder in den Schlaf abzugleiten. John nahm ihr Desinteresse als ein gutes Zeichen. Egal, wie faul das alte Mädchen war, so war er doch davon überzeugt, dass sie etwas mehr Aufmerksamkeit an den Tag legen würde, wenn tatsächlich ein Fremder sein Unwesen vor dem Haus trieb. John öffnete die Tür, trat einen Schritt ins Freie und sah sich um. Das Licht aus dem Wohnzimmer leuchtete die Umgebung einige Meter aus, aber danach wurde sie fast vollständig von der Dunkelheit verschluckt. Nur schemenhaft erkannte er ein paar Sträucher, die wenigen Bäume, den Verlauf der Sandstraße und den Horizont. Jetzt war John froh über den Vollmond, denn ohne ihn hätte ihn nur absolute Schwärze umgeben. In solchen Nächten kam es ihm vor, als würden er und sein Haus durch das endlose Weltall schweben. Unweigerlich tauchte das Bild seines Vaters in seinem Kopf auf. Um die Leichen wegzuschaffen, hatte er sicher stets bis zu einer mondlosen Nacht gewartet. Bis die Finsternis ihn unsichtbar machte und keine Menschenseele ihn dabei entdecken konnte, wie er die Körper der Frauen irgendwo dort draußen verscharrte. Niemand würde je erfahren, wo. Niemand würde sie je finden.

Die kalte Nachtluft zog in Johns Nacken. Frierend rieb er sich die Oberarme, während er den Blick noch einmal in die endlose Schwärze richtete. Sein Haus war von einem verdammten Friedhof umgeben und er hatte keine Ahnung, wie viele Tote dort lagen.

Er zog die Tür hinter sich zu und spielte mit dem Gedanken, abzuschließen, doch er entschied sich dagegen. Schließlich würde er sich nur ein paar Schritte vom Hauseingang wegbewegen und ihn nicht aus den Augen lassen. Auf keinen Fall hatte er vor, das gesamte Haus zu umrunden. Außerdem wollte er schnell flüchten können, sollten doch auf einmal eine Gang wütender Schüler oder irgendein Verrückter um die Ecke kommen. Er lauschte, aber außer dem Wind und dem trockenen Rascheln der Blätter hörte er nichts. Er ging ein paar Schritte in Richtung des Wohnzimmerfensters. Auf der Erde lag weder ein verletzter Vogel noch entdeckte John dort Blut, Federn oder irgendwelche anderen Spuren. Als Nächstes untersuchte er die Glasscheibe. Im letzten Monat war in der Schule eine Taube gegen das Fenster seines Klassenzimmers geflogen und hatte einen deutlichen Abdruck ihrer Flügel auf dem Glas hinterlassen. Die Taube hatte den Aufprall zunächst überlebt, war im Flug getaumelt, aber nicht zu Boden gefallen. Nach Schulschluss hatte John sie jedoch leblos hinter dem Schulgebäude gefunden und begraben.

Das Einzige, das er jetzt feststellen konnte, war, dass die Scheibe völlig verdreckt war. Er hatte sie seit gefühlt einem Jahr nicht mehr geputzt. Der Staub, der hier durch die Luft flog, würde sie ohnehin binnen weniger Tage wieder verschmutzen. Und wenn es stark regnete, spritzte der Schlamm aus den Pfützen manchmal bis an die Scheiben herauf.

Johns Blick fiel durch das Glas in sein Wohnzimmer. Von hier draußen hatte man eine recht gute Sicht auf den Fernseher. Wenn er seinen Platz auf dem Sofa einnahm, saß er für jeden heimlichen Beobachter auf dem Präsentierteller. Vielleicht sollte er das Fenster besser gar nicht mehr putzen, denn wenn die Dreckschicht erst einmal dick genug war, konnte auch niemand mehr hineinsehen. Vielleicht sollte er auch einfach den Eimer mit der schwarzen Farbe aus dem Keller holen und die Scheibe kurzerhand damit streichen. Dann hätte sich nicht nur das Putzproblem für alle Zeiten erledigt, sondern auch das nervige Licht des Mondes, das ihn davon abhielt, einzuschlafen.

John trat einen Schritt zurück und wollte sich schon wieder abwenden, um hineinzugehen, als sein Blick noch einmal auf die Glasfläche fiel. Etwa dort, wo vorhin der Aufprall gewesen war, fiel ihm jetzt ein

Handabdruck auf. John neigte den Kopf, um die Form zu betrachten. Der Abdruck war so deutlich zu sehen, dass er sich wunderte, ihn nicht gleich bemerkt zu haben. Es war offensichtlich, dass dies nicht sein Handabdruck war. Er war kleiner und erinnerte ihn sehr stark an das, was er im Keller gesehen hatte. Während er die Scheibe betrachtete, ging ihm durch den Kopf, wie unwahrscheinlich es war, dass dieser Abdruck von Glen stammte. Um keinen Preis würde der Junge seine Hand freiwillig auf das dreckige Fenster legen. Vielleicht war es ja auch reine Einbildung, die Form einer Hand unter all diesen Schlieren und Schmutz zu erkennen. Wenn er lange genug darauf starrte, würde er womöglich irgendwann anfangen, darin Gesichter und andere Gebilde zu sehen.

John bemerkte, dass er vor Kälte zitterte. Er hatte festgestellt, dass alles in Ordnung war. Kein Grund, noch länger hier draußen herumzustehen und auf dumme Gedanken zu kommen, die es ihm unmöglich machen würden, heute Nacht noch ein Auge zuzubekommen.

14

Am späten Nachmittag des nächsten Tages machte John Ordnung im Haus. Er suchte die Räume nach herumstehendem Geschirr ab und erledigte endlich den Abwasch. Die Fenster in Wohnzimmer und Küche hatte er weit geöffnet und der Durchzug gab ihm das Gefühl, dass mit der abgestandenen Luft der letzten Wochen auch ein Teil seiner schlechten Empfindungen zum Fenster hinauszog. Er sammelte die leeren Flaschen aus dem Wohnzimmer und schaffte sie in die Küche. Als er fertig war, betrachtete er die ungeheure Ansammlung. Er beschloss, die Dinger in den Keller zu schaffen, bis er dazu kam, sie zu entsorgen. Vergeblich blickte er sich nach einem Beutel oder einem Korb um, der sich dazu eignete, eine möglichst große Anzahl auf einmal zu transportieren. Schließlich holte er einen Kopfkissenbezug aus dem Schlafzimmer und füllte ihn mit so vielen Flaschen, dass der Stoff verdächtig knarrte, als John ihn anhob. Vorsichtig zerrte er sich den Sack auf den Rücken und versuchte, das Gewebe zu entlasten, indem er die freie Hand unter das schwere Bündel schob und es so gut es ging, stützte. Trotzdem ächzten die Nähte des Kissenbezugs bei jeder Bewegung und das Gewicht drückte sich schmerzhaft in Johns Schulter. Er spielte mit dem Gedanken, den Beutel noch einmal abzusetzen, weil er vergessen hatte, etwas vor die Kellertür zu legen, das sie daran hinderte, sich erneut zu schließen. John dachte an die geöffneten Fenster. Wenn der Durchzug nun die Tür zufallen ließ ... So unwahrscheinlich es war, eingesperrt zu werden, so war es doch erst vor wenigen Tagen passiert. Aber er wollte den Sack nicht noch einmal absetzen. Auf wackligen Beinen bewegte er sich die Kellertreppe hinab. Unten angekommen, schleppte er sich bis zur gegenüberliegenden Wand und ging in die Knie. Es kostete ihn große Anstrengung, den Sack langsam und behutsam auf dem Boden abzusetzen, statt ihn einfach fallen zu lassen. Als er die Last endlich los war, stöhnte er auf. Ihm war furchtbar heiß. Er rieb sich die Schulter und wollte gerade gehen, als ein Funkeln im Augenwinkel seine Aufmerksamkeit auf sich zog. Dann sah er das Messer auf der Werkbank.

Was zur Hölle hatte es dort zu suchen? Verwirrt ging er darauf zu und betrachtete es. Die Klinge war schmutzig. Es klebte etwas Dunkles daran, das aussah wie ... Blut? John nahm das Messer in die Hand und die Kälte des Stahls überraschte ihn. Er roch an der Klinge, konnte aber keinen Geruch feststellen. Daran zu lecken, für einen Geschmackstest, brachte er nicht über sich. Er war sich auch so sicher, dass es Blut war und beinahe konnte er gar den süßlichen, eisenhaltigen Geschmack auf der Zunge wahrnehmen. Das Blut auf dem Boden vor ein paar Tagen hatte er sich eingebildet, aber jetzt war er davon überzeugt, dass er nicht halluzinierte. Das Messer war real und die Blutflecken daran ebenfalls.

Es wunderte ihn, dass er keine Angst verspürte. Vermutlich lag es daran, dass sein Verstand noch nach einer anderen Lösung suchte, statt die Möglichkeit in Betracht zu ziehen, jemand Böses sei hier eingedrungen und habe seine blutige Waffe zurückgelassen. Die wahrscheinlichste Möglichkeit war doch: Er hatte es selbst hierher gelegt. Vielleicht hatte er das Messer für irgendetwas gebraucht? John versuchte, sich zu erinnern, aber es fiel ihm nicht ein. Es musste etwas so Banales gewesen sein, dass er es vergessen hatte. Vielleicht hatte er das Messer benutzt, um das Stück Draht zurechtzuschneiden, das er für den Abfluss benötigt hatte. Dabei hatte er sich dann dummerweise verletzt. John suchte seine Unterarme nach frischen Verletzungen ab. Er hob sogar das Shirt und betrachtete seinen Bauch und die Haut, die seine Rippen überzog. Da waren keine Wunden. Und hätte er geblutet, hätte er sich bestimmt erinnern können, egal, wie betrunken er gewesen war.

Als Nächstes blickte sich John im Keller um. Der Tisch, auf dem das Messer gelegen hatte, war staubig, bis auf die Stelle, wo er neulich den Handabdruck weggewischt hatte. Weder hier noch auf dem Boden konnte er irgendwelche Blutflecken entdecken. Also war *was auch immer* nicht hier passiert. Das Messer war erst hinterher auf dem Tisch abgelegt worden. John presste sich für ein paar Sekunden den kühlen

Griff gegen die Stirn. Es machte ihn rasend, keine Erklärung zu finden, dabei hing die Erinnerung womöglich irgendwo in seinem Kopf fest. Er musste mit dem Trinken etwas vorsichtiger sein. Anscheinend hatte er regelrechte Aussetzer, wenn er es übertrieb. Doch gerade jetzt drängte es ihn danach, zu trinken. Viel und schnell! Mit dem Messer in der Hand ging er zum Regal, nahm eine neue Whiskeyflasche heraus und stieg nach oben.

In der Küche legte er das Messer in die Spüle und drehte den Hahn für das Heißwasser auf. Der dampfende Strahl ergoss sich auf das Metall und nach einer Weile begannen sich die dunklen Flecken aufzulösen. Nun war es wieder ein ganz gewöhnliches Messer. Wie das halbe Dutzend anderer Messer in der Schublade. Er drehte den Hahn zu, dann schraubte er die Whiskeyflasche auf und nahm einen Schluck. Ihm war bewusst, dass er nur aus Trotz trank. Aus Trotz gegenüber seinem eigenen Verstand, der irgendwie nicht mehr richtig funktionierte. Ebenfalls aus einem Trotz heraus beschloss er, sich eine Pizza zu backen. *Nur nicht verrückt machen lassen. Einfach zur Tagesordnung zurückkehren.*

Nachdem er die verkohlte Pizza von gestern Nacht vom Rost genommen und weggeworfen hatte, schob er eine frische Peperonipizza in den Ofen. Ein neuer Versuch. Anschließend setzte er sich auf das Sofa und trank ein paar Schlucke Whiskey. Während er versuchte, sich zu entspannen, konnte er nur daran denken, wie gestresst er sich fühlte. Nicht wegen des

Messers, sondern schon die ganze Zeit über. Es war seltsam. Jetzt, ohne dass er täglich zur Arbeit musste und ohne die ständigen Auseinandersetzungen mit Jennifer, hätte ihn sein Lebenswandel eigentlich nicht so sehr aufwühlen dürfen. Aber vielleicht machten ihm gerade die Trennung, das große, leere Haus und das ständige Alleinsein so zu schaffen, dass er sich derart mies fühlte. Neuerdings bildete er sich sogar ein, dass es spukte. Entweder das oder sein Bewusstsein hatte Aussetzer. Vermutlich war er auf dem besten Weg in eine Depression. Eigentlich fühlte es sich an, als steckte er schon mittendrin. John versuchte, tief in sich hineinzuhorchen, versuchte zu ergründen, was er in diesem Moment empfand. Er fühlte sich beschissen. Leer. Als hätte man ihn wie einen alten Pullover weggeworfen. Und da war noch ein anderes Gefühl, das er nicht genau bestimmen konnte. Etwas, das auf seine Seele drückte und weder mit Jennifer noch mit der Arbeit zu tun hatte. Aber er kam einfach nicht darauf, was es war. Wieder einmal stellte er sich selbst die Frage, ob er der Typ war, der sich irgendwann umbringen würde. Seine Lage war lausig, aber irgendwie hatte er die Hoffnung noch nicht verloren, dass sich das in absehbarer Zeit wieder geben könnte. Vermutlich war er naiv.

Innerhalb von kurzer Zeit hatte John einen großen Teil der Flasche geleert. Er ermahnte sich selbst, langsamer zu trinken. Schließlich musste er gleich noch seine Pizza aus dem Ofen holen. Außerdem gab es niemanden, der ihn hetzte. Er konnte für den Rest des Tages und die ganze Nacht hier auf dem Sofa sitzen bleiben, ohne dass es jemanden störte. Und wenn er wollte, konnte er auch morgen und die Tage darauf nichts anderes tun als das.

Er führte die Flasche erneut an seinen Mund, als es an der Tür klopfte. John stöhnte auf. Benutzte denn heute niemand mehr das Telefon? Widerwillig erhob er sich. Er konnte das Klopfen nicht einfach ignorieren und so tun, als wäre er nicht zu Hause, denn das Licht im Wohnzimmer hatte ihn verraten. Er sollte wirklich die Scheiben mit schwarzer Farbe bestreichen, oder noch besser: sich in seinem Keller verkriechen, damit niemand wusste, ob er zu Hause war.

Langsam trottete er Richtung Flur. Er schwankte leicht und schrammte mit der rechten Schulter gegen den Türrahmen beim Versuch, Penny auszuweichen, um sie nicht zu treten. In Gedanken verfluchte er die Person, die seine Ruhe störte, auch wenn er nicht wusste, wer es war, der zu so später Stunde vor der Tür stand.

Draußen war niemand zu sehen. Verunsichert überlegte John, ob er sich das Klopfen eingebildet hatte. Umso besser! Er schlug die Tür zu. Als er ins Wohnzimmer abbiegen wollte, stieg ihm der Geruch seiner Pizza in die Nase. Er trat in die Küche und stellte fest, dass der Pizzarand schon wieder verkohlt war. Selbst zum Backen einer Fertigpizza war er nicht mehr in der Lage! Frustriert knallte er die Ofentür zu und schaltete den Herd ab. Er hatte ohnehin keinen Appetit.

John zog sich auf das Sofa zurück und griff erneut zur Flasche. Jetzt legte er es darauf an, sich zu betrinken. In ein paar Stunden, wenn sein Körper das Gift mit aller Macht wieder auszustoßen versuchte, würde er es bereuen, aber das war ihm egal. Schließlich gab es niemanden, der ihn deswegen verurteilte. Die Erkenntnis ermunterte John zu einem weiteren Schluck, obwohl ihm der Whiskeygeschmack zunehmend widerstrebte und er sich inzwischen viel mehr nach einem herben, kühlen Bier sehnte. Aber er hatte den Punkt überschritten, bis zu welchem er es problemlos geschafft hätte, zum Kühlschrank zu gehen und sich ein Bier zu holen. Er klemmte sich die Flasche zwischen die Beine, damit sie nicht umfiel. Der Schraubverschluss war irgendwo zwischen die Sofapolster gerutscht oder auf den Boden gerollt. John lehnte sich zurück und schloss halb die Augen. Sein Blick ins Wohnzimmer erschien ihm, als schaute er durch ein milchiges Bullauge hindurch. Und ganz langsam begannen sich der Sessel, der Tisch, die Lampe, die Wanduhr und die Flasche vor seinen Augen zu bewegen. Es versetzte ihn in eine Art Trancezustand. Das war das Beste am Alkohol. Die Momente, in denen er völlig loslassen konnte, bevor die Übelkeit und die Kopfschmerzen kamen.

Das Kreisen um ihn herum wurde bald schneller. Plötzlich nahm er etwas wahr, das sich am linken Rand seines Sichtfeldes befand. John kniff die Augen zusammen, um besser sehen zu können. Die dunkle Erscheinung wirbelte vor ihm herum, so wie alles in diesem Zimmer. Es dauerte, bis er sich sicher war. Dort auf dem Boden kauerte jemand.

»Wie bist du reingekommen?« John wusste nicht genau, ob er die Frage nur gedacht oder wirklich ausgesprochen hatte. Vielleicht hatte er auch nur irgendwelche Laute von sich gegeben. Die Gestalt hatte ihn wohl gehört, denn sie hob jetzt den Kopf. Er kniff erneut die Augen zusammen, während er sich ein Stück vorbeugte und sich wünschte, dieses verfluchte Kreisen würde wenigstens für einen Augenblick stoppen. Nach einer Weile war er sicher ... Es war ein junges Mädchen. Die Kleine war bleich wie die Wand. Die Haare dagegen waren pechschwarz, genauso wie die Kleider, die sie trug. »Woher?«, fragte er leise. John war verwirrt, aber er empfand keine Furcht. Er hatte das seltsame Gefühl, sie zu kennen.

»Bist du wirklich hier? Oder ist es nur ein Traum?« Er hatte sich bemüht, deutlich zu sprechen. Gleichzeitig fragte er sich, ob die Erscheinung überhaupt in der Lage war, seine Sprache zu verstehen und zu antworten. Wenn sie nur in seinem Kopf existierte, konnte er sich die Anstrengung sparen. Dann konnte sie seine Gedanken lesen und es war unnötig, laut mit ihr zu reden.

»Du träumst nicht.« Ihre Stimme klang ungewöhnlich. Zart und gleichzeitig dunkel. Und sie war so leise gewesen, dass es auch das Rauschen des Windes hätte sein können. »Was?« John rutschte auf seinem Sitz ein Stück nach vorn, und das Poltern der Flasche, als sie zwischen seine Beine hindurch glitt und zu Boden fiel, erschreckte ihn. Er sah nach unten und betrachtete die Whiskeypfütze, die sich auf den Dielen bildete. Für einen Moment war ihm nicht klar, wo die Flasche so plötzlich hergekommen war. Dann blickte er wieder auf, aber das Mädchen war verschwunden. Ohne aufzustehen, suchte er den Raum mit dem Blick ab. Sie war weg. Penny schlief noch immer auf ihrer Decke. »Du hast meine Erlaubnis, sie zu fressen«, sagte er in Richtung der Hündin, doch sie reagierte nicht. Auch wenn das Mädchen unbemerkt an ihr vorbeigeschlichen war, hätte sie zunächst den kompletten Raum durchqueren müssen. Das hätte er selbst in seinem betrunkenen Zustand bemerkt.

John rieb sich die Augen und atmete tief durch. Er war blau! Dermaßen abgefüllt, dass er Gespenster sah. Hatte sie sich vielleicht unter dem Tisch versteckt? Er neigte den Kopf und beugte sich unter den Wohnzimmertisch, bis ihn ein Schwindelgefühl überkam. Stöhnend rutschte er vom Sofapolster auf den Boden. Auf dem harten Untergrund fühlte er sich sicherer als auf der wankenden Couch.

Noch einmal sah er sich im Zimmer um. Sie konnte sich doch nicht in Luft aufgelöst haben. Die einzige Möglichkeit, die John einfiel, war, dass sie sich hinter dem Sessel verkrochen hatte. »Du bist nicht echt«, murmelte er.

John fragte sich, ob er noch in der Lage war, aufzustehen und hinter dem Sessel nachzusehen.

Vermutlich nicht. Er war ja nicht einmal mehr dazu imstande, sich vor dem, was er gesehen hatte, zu ängstigen. Und trotzdem musste er es tun. Er musste nachsehen, selbst wenn das bedeutete, dass er auf allen vieren dorthin kroch.

15

Hinter dem Sessel war natürlich niemand. Müde ließ sich John dort auf dem Boden nieder, lehnte sich gegen das Seitenpolster und kam sich furchtbar dämlich vor. Da kroch er mitten in der Nacht durch sein Wohnzimmer und machte Jagd auf Geister. Kopfschüttelnd schloss er die Augen. Noch bevor er sie wieder öffnete, wusste er, dass sie neben ihm war.

Es hatte nicht das geringste Geräusch gegeben. Kein Knarzen des Holzes unter ihren Füßen, kein Rascheln des Stoffes ihrer Kleidung. Er hatte sie nicht kommen gehört. Aber er hatte ihre Anwesenheit *gespürt.*

Sie hockte in einem Abstand von über einem Meter von ihm entfernt. Ihre Beine hatte sie eng an den Körper gezogen, während sie sie mit den Armen umklammerte. Sie sah aus, als wäre ihr furchtbar kalt oder als hätte sie große Angst vor John. Die Haut ihrer Hände war ebenso weiß wie ihr Gesicht. Das Schwarz ihres Haars und ihrer Kleidung bildeten einen harten Kontrast zu ihrem bleichen Teint. Johns Blick glitt über die löchrige Strumpfhose. Es schien, als besäße das Mädchen keine weiteren Farben als dieses Schwarz und Weiß. Als wäre sie einem Schwarzweißfoto entschlüpft. Auch wenn er nicht klar sehen konnte, fielen ihm ihre feingliedrigen Finger auf. Er starrte auf ihre Fingernägel. Sie waren kurz und dunkel. Das Sonderbarste an dem Mädchen war jedoch ihre Aura. John spürte, dass sie anders war. Sie war kein gewöhnlicher Mensch. Falls sie tatsächlich existierte, war sie womöglich eine Fee oder ein Geist. Oder etwas, für das es keinen Namen gab. John wusste nicht, woher er die Sicherheit nahm. Sie war weder durchsichtig wie ein Gespenst, noch schwebte sie über dem Boden. Und doch zweifelte er nicht daran, dass sie ein magisches Wesen war.

Er blickte zur Tür und vergewisserte sich, dass Penny noch immer auf ihrer Decke lag. Es wunderte ihn, dass sie so fest schlief und gleichzeitig hoffte er, dass sie nicht aufwachte. Sicher würde es ihr nicht gefallen, das fremdartige Mädchen in ihrem Revier vorzufinden. Wenn Jennifer in der Vergangenheit gelegentlich einen Arbeitskollegen oder eine Freundin eingeladen hatte, war Penny jedes Mal ganz aufgebracht gewesen, hatte den Fremdling angeknurrt und laut gebellt. Manchmal hatte John den Hund sogar aussperren müssen.

Das Mädchen bewegte den Kopf sehr langsam in Pennys Richtung. Die Hündin gab ein leises Schnaufen von sich, wie sie es immer tat, wenn sie aus einem tiefen Schlaf erwachte. Sie hob den Kopf, leckte sich die Schnauze und schien sich nicht darüber zu wundern, dass John auf dem Fußboden hockte. Und auch die Anwesenheit des Mädchens interessierte sie offenbar nicht. Keine Spur von Argwohn. John beobachtete den Hund mit angehaltenem Atem, doch

Penny blieb entspannt. Nach ein paar Sekunden gähnte sie und ließ den Kopf zurück auf den Boden sinken. John war erleichtert, und doch verwirrte ihn Pennys eigenartiges Verhalten. Dann kam ihm der Gedanke, dass der Hund das Mädchen vielleicht gar nicht sehen konnte. Weil sie nichts weiter als eine Einbildung war. John wusste nicht, ob ihn die Möglichkeit, unter Wahnvorstellungen zu leiden, mehr beunruhigen sollte als die Tatsache, einen Eindringling in seinem Haus zu haben.

Das Mädchen neigte den Kopf wieder nach unten, sodass ein paar Haarsträhnen ihre Augen verdeckten. John versuchte, ihre Gesichtszüge zu erkennen und ihr Alter zu schätzen. Vielleicht war sie nicht so jung, wie sie wirkte. Er unterdrückte den Impuls, die Hand zu heben und ihr die Strähne aus dem Gesicht zu schieben, um es genauer betrachten zu können.

Das Mädchen verharrte in seiner angespannten Haltung und war so reglos, dass sie John wie eine Puppe erschien.

Was auch immer der Grund ihres Kommens war, es schien ihr große Angst zu machen. Er sah es in der Art, wie sie da hockte ... Sie *wollte* nicht hier sein.

Das Kreisen um John wurde schlimmer, je länger er sich auf sie zu konzentrieren versuchte. Auch die Übelkeit nahm zu. Er wusste nicht, ob er in seinem Zustand noch ein klares Wort über die Lippen bringen würde, doch er hatte das Gefühl, etwas sagen zu müssen.

»Bist du hungrig?« Es war die erste Frage, die ihm eingefallen war. Sie reagierte nicht darauf.

»Ich habe Pizza gemacht ... aber die ist angebrannt.«

»Ich weiß.«

Beim Klang ihrer Stimme erschrak John. Sie hatte auch vorhin gesprochen, und doch erstaunte es ihn, dass dieses sonderbare Wesen redete. Für ihn war es der Beweis, dass sie nicht nur in seiner Fantasie existierte.

»Vielleicht bist du durstig?« Die Kleine hatte sich wer weiß wie lange hier irgendwo versteckt und brauchte sicher dringend etwas zu trinken.

Sie hob den Kopf und blickte ihm in die Augen, antwortete jedoch nicht. Es schien, als wüsste sie die Antwort auf diese einfache Frage selbst nicht. Als hätte sie vergessen, wie es sich anfühlte, hungrig oder durstig zu sein. Das tiefe Schwarz ihrer Pupillen war unglaublich. John sah die Traurigkeit, den Schmerz und die Furcht, die sich darin spiegelten. So viel Traurigkeit, Schmerz und Furcht, dass es für hundert Jahre reichen mochte.

Er erhob sich langsam und konzentrierte sich darauf, nicht wieder das Gleichgewicht zu verlieren. Er versuchte, ihr nicht zu nahe zu kommen, als er sie umrundete. Nicht, weil er glaubte, von ihr ginge eine Gefahr aus, sondern um sie nicht zu verschrecken oder versehentlich zu treten, falls er ins Wanken geriet.

Vorsichtig setzte er einen Fuß vor den anderen und schlich sich an Penny vorbei in die Küche. Dort füllte er eine Tasse mit Leitungswasser und kehrte zurück ins Wohnzimmer. Das Mädchen hockte noch immer auf derselben Stelle.

John ließ sich wieder auf seinem Platz nieder und reichte ihr die Tasse. Für ein paar Sekunden blickte sie auf den Behälter in seiner Hand, ohne sich zu rühren. Ihre Lider waren dunkel und auch unter ihren Augen erkannte John dunkle Schatten. War sie irgendwann in den Keller geschlichen und hatte sich seither dort verkrochen? Vielleicht war sie von zu Hause weggelaufen. Was auch immer sie dazu gebracht hatte, musste ihr große Angst machen. Er dachte an den Handabdruck im Keller. Das war das erste Zeichen von ihr gewesen. Er fragte sich, wie lange sie sich schon versteckt gehalten hatte, bevor sie den Mut gefasst hatte, sich zu zeigen. Ihrem Aussehen nach schien sie Jahre dort unten verbracht zu haben.

Zögerlich bewegten sich ihre Finger auf die Tasse zu und griffen danach. Dann zog sie sie an sich, hielt sie mit beiden Händen fest und blickte hinein. John versuchte, sich zu erinnern, ob er das Mädchen kannte. Etwas an ihr kam ihm vertraut vor. Ihrem ungefähren Alter nach konnte sie noch nicht viele Jahre aus der Schule raus sein und wenn sie aus der Gegend stammte, musste sie auf seiner Schule gewesen sein. Theoretisch hätte sie Unterricht bei ihm haben können, aber diese Möglichkeit schloss er aus. Sicher hätte er sich an sie erinnert. Sie hatte etwas an sich ... *Sie* hätte er nicht vergessen.

Doch vielleicht hatte sie sich, während sie sich in der Dunkelheit versteckt gehalten hatte, verändert. Ohne Nahrung, bis auf die Dinge, die sie in seinem Keller gefunden hatte. Womöglich erkannte er sie deshalb nicht. Das Gefühl, sie schon einmal gesehen zu haben, wurde stärker, je länger er sie ansah.

»Woher kenne ich dich?«

Wieder blieb sie stumm.

»Kennst *du* mich?«, fragte er, als er sicher war, dass sie nicht mehr antworten würde.

Sie blinzelte kaum merklich. John ging durch den Kopf, dass sie ihn vielleicht weit besser kannte, als er sich vorzustellen vermochte. Wenn sie schon länger im Haus war, ohne dass er sie bemerkt hatte …

Es vergingen ein oder zwei stille Minuten, bis sie sich ein Stück von ihm abwandte. Im ersten Moment glaubte John, dass sie im Begriff war, aufzustehen, um zu gehen. Doch dann entdeckte er Penny. Er erschrak, als er sah, wie das Mädchen den Arm in die Richtung des Hundes streckte. John hielt den Atem an und machte sich bereit, einzuschreiten, falls Penny auf sie losgehen würde. Die Hündin schnupperte kurz an der Tasse. Ihre Schnauze passte gerade hinein. Das Mädchen hielt das Gefäß dicht über den Boden und neigte es leicht in Pennys Richtung, um ihr das Trinken zu erleichtern. John betrachtete die zarten, weißen Finger, die den Henkel hielten. Mit der freien Hand strich sie Penny sanft über das Fell. John ging durch den Kopf, dass ein einziger Biss in den dünnen Unterarm genügen mochte, ihn zu durchtrennen. Die

Vorstellung erfüllte ihn mit Grausen. Bald ließ die Hündin von der Tasse ab, tappte zurück zu ihrer Decke, drehte sich ein paar Mal um die eigene Achse und nahm wieder ihre gemütliche Liegeposition ein. John atmete auf.

Das Mädchen stellte die Tasse, die bis auf einen kleinen Schluck geleert war, neben sich auf den Boden.

»Ich verstehe nicht, warum du hier bist, aber ...« Er brach den Satz ab, weil er nicht wusste, wie er enden sollte. Er seufzte, ohne den Blick von ihr zu lösen. Einen Moment lang sah sie aus, als wollte sie etwas sagen, aber auch ihr schienen die Worte zu fehlen.

Ratlos zuckte John mit den Schultern. Er wusste überhaupt nichts mehr. Da war nur dieses unterschwellige, aber doch sichere Gefühl, dass ihr Auftauchen einen tieferen Sinn hatte. Worin dieser Sinn bestand, lag noch im Dunkel. Aber womöglich würde er bald klarer sehen.

»Bist du eine Art Schutzengel oder sowas?« Er hatte versucht, einen Witz zu machen, aber als es raus war, bereute er es. Er war besoffen und sollte besser den Mund halten und abwarten. Vielleicht würde sie dann von sich aus etwas preisgeben. Immerhin war sie zu *ihm* gekommen. Er bildete sich ein, dass sich ihre Mundwinkel minimal bewegten. Ein zaghaftes Lächeln, das ihm Mut machte. »Nein«, sagte sie leise. »Schade. Ich könnte einen gebrauchen.« Er dachte an neulich, als er die Pizza im Ofen vergessen und beinahe das Haus in Brand gesetzt hatte. Und ein paar Tage davor war er mit nackten Füßen in Glasscherben getreten und hätte sich dabei leicht eine Vene verletzen und im Keller verbluten können.

John rieb sich die müden Augen. Am liebsten hätte er sie für ein paar Minuten geschlossen. Unvermittelt richtete sich das Mädchen auf, als hätte sie seine Gedanken gelesen. Vielleicht wäre er aufgesprungen, um sie am Gehen zu hindern oder um sie hinauszubegleiten, wenn er dazu noch imstande gewesen wäre. Dann fiel ihm ein, dass die Absicht, sie zur Tür zu begleiten, vermutlich ohnehin Unsinn war. Sie würde sicher nicht auf diesem Weg verschwinden.

Er sah zu ihr auf. Sie war so zart, als hätte sie seit Monaten keinen Bissen Nahrung zu sich genommen. Das Kleid hing locker über ihren mageren Körper. John ging durch den Kopf, dass dieser Stoff vielleicht nur ein trockenes Skelett verbarg.

Er wollte ihr sagen, dass sie vor ihm nichts zu befürchten hatte, doch bevor er die Gelegenheit dazu bekam, wandte sie sich ab und verschwand aus seinem Sichtfeld. Er hätte sich gern umgedreht, um ihr nachzusehen, doch inzwischen war er zu träge. Mit letzter Kraft hob er die Hand zum Gruß, ohne zu wissen, ob sie noch im Zimmer war und es sehen konnte.

John wusste, dass er innerhalb der nächsten Minute hier auf dem Fußboden einschlafen würde, wenn er nicht aufstand. Schwerfällig erhob er sich, doch kaum hatte er seinen Körper in eine aufrechte Position gebracht, schien der Untergrund unter ihm ins Wanken zu geraten. Er suchte Halt an der Sessellehne, aber er rutschte ab und fand sich im nächsten Moment auf dem Boden wieder. Ein schepperndes Geräusch erschreckte ihn. Er hatte die Tasse mit dem Fuß umgestoßen und nun ergoss sich das restliche Wasser auf die Holzdielen. Kurz darauf war Penny an seiner Seite und leckte die Flüssigkeit auf. John schloss die Augen. Er lehnte den Kopf zurück an den Sessel und wartete darauf, dass das Schwindelgefühl abklang. Das Letzte, was er wahrnahm, war Pennys leises Schmatzen und das Geräusch ihrer rauen Zunge auf dem Holz.

16

Pennys Winseln riss John aus dem Schlaf. Vielleicht hatte sie schon seit einer Weile versucht, ihn zu wecken. Er hielt die Augen geschlossen und rührte sich nicht, in der Hoffnung, der Hund würde nachgeben und ihm noch ein oder zwei Stunden Schlaf gönnen. Penny war durchaus geduldig, aber irgendwann konnte auch sie nicht länger warten und dieser Moment schien nun gekommen zu sein. John blinzelte, als ihre kalte Schnauze gegen seinen Unterarm stupste. Es war taghell im Wohnzimmer. Unangenehm grell für seine Augen. Er kniff sie zusammen und stöhnte. Für Penny war dies wohl das Zeichen, dass ihr Herrchen endlich wach war, und sie gab ein weiteres Winseln von sich. Der Untergrund auf dem John lag, war hart und kalt. Er realisierte, dass er nicht auf dem Sofa, sondern auf dem Fußboden lag. Langsam bewegte er den Arm, der ihm schrecklich schwer erschien. Seine Hand tastete nach dem Kopf des Hundes. In Gedanken wog er die Qual, sich vom Boden aufzuraffen, gegen die Quälerei ab, die Penny gerade durchmachte. Er war unfassbar müde, aber ihm war klar, dass er aufstehen musste, also zwang er seinen Körper in die Senkrechte. Er hatte bohrende Kopfschmerzen. Träge schleppte er sich der Haustür entgegen, an der Penny bereits schwanzwedelnd auf ihn wartete. Er hob den Arm vor die Augen und öffnete die Tür nur so weit, dass die Hündin hinausschlüpfen konnte. Kühle Luft traf auf Johns Gesicht und verdoppelte die Intensität der Kopfschmerzen augenblicklich. Schnell schlug er die Tür zu und schlurfte zurück ins Wohnzimmer. Sein Schädel brummte und er war müde, doch abgesehen davon ging es ihm erstaunlich gut. Das Wohnzimmer hatte aufgehört, sich zu drehen.

Eine lauwarme Dusche half John, sich etwas wacher zu fühlen. Er fröstelte, als er nackt aus der Dusche trat, und weil er vergessen hatte, frische Kleider mit ins Bad zu nehmen, zog er dieselben Sachen von gestern erneut an. Diesmal trug er das Shirt auf die konventionelle Weise. Die Hose hatte Flecken und roch nach Whiskey. Mit dem Vorsatz, sich später frische Sachen aus dem Schrank zu holen und eine Ladung Wäsche zu waschen, rieb er sich mit dem Handtuch über das nasse Haar. Er sollte die kleinen Dinge wieder auf die Reihe bekommen, dann würde es ihm bald besser gehen. Und er würde gleich heute damit beginnen. Zunächst brauchte er aber einen Kaffee.

Er ging in die Küche, schüttete eine großzügige Menge Kaffeepulver in die Glaskanne und ließ heißes Leitungswasser darüber laufen. Es war der schnellste Weg, sich einen Kaffee zuzubereiten. Zufrieden betrachtete er die pechschwarze Brühe. Wenn sie es nicht schaffte, Energie in seine lahmen Glieder zu pumpen, dann war er vermutlich bereits tot, dachte er. John setzte sich auf die Tischkante und trank direkt aus der Kanne, wie er es früher schon oft getan hatte, wenn keine Gefahr bestand, dass Jennifer es mitbekam. Er stellte sich ihr Gesicht vor, wenn sie ihn jetzt sehen könnte. Sie hätte die Stirn gerunzelt und ihm einen missbilligenden Blick zugeworfen. Denselben Blick wie so oft in den letzten Monaten, in denen sie fast nur noch schlecht gelaunt gewesen war.

Er nahm einen üblen Geruch wahr und zog am Stoff seines Shirts, um daran zu schnüffeln. Der Gestank war eine Kombination aus Schweiß und Alkohol. Gleichgültig sah John an sich hinunter, dann trank er den Kaffee restlos aus. Anschließend war ihm so heiß, dass er am liebsten noch einmal unter die Dusche gestiegen wäre. Er beschloss, für ein paar Minuten nach draußen zu gehen. Penny nutzte die Gelegenheit, zurück ins Haus zu schlüpfen. Die Hündin hatte er völlig vergessen. Sicher hatte sie schon eine ganze Weile vor der Tür gehockt und gewartet.

John setzte sich auf den Fußabtreter und lehnte sich mit dem Rücken an die Tür. Die frische Luft war angenehm und verursachte auch keine schmerzenden Stiche mehr in seinem Kopf. Er atmete tief durch. Trotz der niedrigen Temperaturen war ihm nicht kalt. Der Kaffee hatte vermutlich einen Motor in ihm in Gang gesetzt, der jetzt auf Hochtouren daran arbeitete, alle Gifte, die John ihm in den letzten Tagen zugemutet hatte, auszuschwitzen. So fühlte es sich jedenfalls an.

In der Ferne erblickte er eine Staubwolke und als er genauer hinsah, erkannte er das herannahende Postauto. Er wog ab, ob er noch unentdeckt ins Haus verschwinden und sich verstecken konnte, aber dazu war es wohl zu spät. Er hörte bereits das Brummen des Motors. Der alte Carl war jemand, der einen gern in endlose Gespräch verwickelte. Er war anstrengend und man wurde ihn nicht wieder los. Manchmal erschien es John, als wären alle Bewohner dieser beschissenen Kleinstadt so nervtötend.

Er blieb auf dem Boden sitzen. Zwar wollte er Carl nicht ertragen müssen, aber es widerstrebte ihm, sich vor jedem Idioten, der hier aufkreuzte, zu verstecken.

Bald erkannte er, dass es nicht Carl sein konnte, der am Steuer des Postautos saß. Die Fahrweise war zu rasant. Außerdem hatte Carl kein langes, rotblondes Haar, das während der Fahrt aus dem geöffneten Seitenfenster wehte. Noch während John versuchte, das Gesicht der Frau durch die Autoscheibe zu erkennen, kam das Auto mit einer abrupten Bremsung vor ihm zum Stehen. Die Fahrertür öffnete sich fast im selben Moment. Die Staubwolke, die der Wagen aufgewühlt hatte, bewegte sich auf John zu und umhüllte ihn, aber er blieb immer noch sitzen und starrte die junge Frau an, die jetzt aus dem Auto hüpfte. »Hi, Mr. Godek«, begrüßte sie ihn. Sie trug keine Uniform wie Carl, dafür einen engen dunkelblauen Wollpulli und knappe Jeansshorts, aus denen schlanke, in rote Feinstrumpfhosen gehüllte Beine ragten. Als sie sich ihm näherte, schienen diese

Beine auf wundersame Weise länger und länger zu werden. Johns Blick glitt an ihrem Körper hinauf und die Tatsache, dass er sie so anstarrte, brachte ihn in Verlegenheit. Schnell erhob er sich und stellte fest, dass sie gar keine zwei Meter groß, sondern mindestens einen Kopf kleiner war als er. Anscheinend bestand sie zu einem großen Teil aus Beinen. Aber abgesehen davon verfügte sie auch über ein hübsches, von Locken umrahmtes Gesicht und einen wohlgeformten Busen. Schon wieder hatte John das Gefühl, dass er sie ungebührlich anstarrte, und kratzte sich nervös an der Stirn. In dem knappen Outfit machte sie es einem aber auch schwer, nicht hinzusehen. Die Schöne grinste ihn an, als wäre sie sich darüber im Klaren, was ihm gerade durch den Kopf ging.

»Gibt's was?« John war nichts anderes eingefallen. Er hatte aber auch nicht länger wie ein Trottel vor ihr stehen und schweigen können. *Gibt's was?* Seine Stimme hallte in seinem Kopf wie ein Echo nach. Er hatte wie ein rotziger Bengel geklungen. Genervt und abweisend. Das Mädchen wirkte von seiner schroffen Art nicht eingeschüchtert. »Nur einen Brief. Rechnung oder Mahnung, das müssen Sie rausfinden, Mr. Godek.« Sie reichte ihm den Umschlag und John war froh, etwas in den Fingern zu haben, woran er sich festhalten konnte. Und wenn es nur ein dünnes, graues Papier war. »Kennen wir uns?«, fragte er, weil sie ihn immer noch anlächelte. »Sind Sie neu für Carl?«

»Carl tritt etwas kürzer und geht zum Jahresende in Ruhestand. Ich übernehme seine Touren«, antwortete sie. »Und ja, wir kennen uns!« Sie lächelte unentwegt, als wäre sie nur zu diesem einen koketten Gesichtsausdruck fähig. John überlegte. Ohne es verhindern zu können, wanderte sein Blick schon wieder an ihrem Körper hinab und jetzt, wo sie so nah vor ihm stand, war das zweifellos noch offensichtlicher als vorhin. Er hatte das Gefühl, rot zu werden, verschränkte eilig die Arme vor der Brust und versuchte, ein grimmiges Gesicht zu machen, als hätte er keine Lust auf solche Rätselaufgaben.

»Wendy Smith«, half sie ihm auf die Sprünge. »Ich war vor ein paar Jahren in Ihrer Geschichtsklasse. Sie waren heißer als all die anderen Lehrer.«

John entging nicht, dass auch ihr Blick an seinem Körper hinabglitt. Etwas irritiert stellte er fest, dass sie nicht aufhörte, ihn anzustrahlen. Immerhin trug er ein zerknittertes Muskelshirt, fleckige Hosen und war auch sonst nicht gerade in Bestform – und doch schien ihr zu gefallen, was sie sah. Es gab also noch Frauen, die sich nicht angewidert von ihm wegdrehten, teilte er Jennifer in Gedanken mit und verspürte eine gewisse Genugtuung. »Danke«, brachte er hervor. Er hatte das Gefühl, dass sie beide seit einer Ewigkeit voreinander standen.

»Ich danke *Ihnen*! Ich hätte Geschichte nicht überlebt, wenn der Lehrer ein Schlumpf gewesen wäre«, entgegnete sie. John konnte sich beim besten

Willen nicht daran erinnern, dass diese pikante Postbotin je in seiner Klasse gewesen war.

»Danke für den Brief«, meinte er, und die Ernsthaftigkeit in seiner Stimme schien sie zu amüsieren. Ihr Blick glitt wieder an ihm hinab, diesmal langsamer, und verharrte einen Moment auf der Höhe seines Schritts. John erstarrte. War das vielleicht eine Retourkutsche, weil er sie eben so indiskret angestarrt hatte? Doch es sah vielmehr danach aus, als würde sie tatsächlich mit ihm flirten.

John ging durch den Kopf, dass das Mädchen recht dumm sein musste, weil sie es nach der Schule nicht aus dieser Stadt herausgeschafft hatte. Schlimmer noch, sie war Postbotin geworden. Für ihn war das ein Job der übelsten Sorte, weil man tagein tagaus gezwungen war, sich mit den Bewohnern der Gegend auseinanderzusetzen. Andererseits ging sie einer Arbeit nach – im Gegensatz zu ihm. »Haben Sie heute keinen Unterricht?«

John presste die Kiefer aufeinander und nickte. Sie wusste garantiert über ihn Bescheid. Sie musste davon gehört haben, dass der Schulleiter ihn vor die Tür gesetzt hatte und seine Frau und sein Kind das Weite gesucht hatten.

»Sie sind nicht gerade redselig, Mr. Godek«, meinte sie und fuhr sich lasziv mit der Zunge über die Unterlippe. Eine Hitzewallung durchzog Johns Körper, obwohl er seit geraumer Zeit in seinen dünnen Klamotten hier draußen war. Fand sie ihn wirklich so attraktiv, wie es den Anschein hatte?

Vielleicht sah sie in ihm einen echten Kerl, der sich den allgemeinen Konventionen widersetzte. Der zu wild war für ein spießiges Leben als Ehemann, Familienvater und Lehrer. Der zu rebellisch war, um sich eine saubere Hose und ein frisches Shirt überzuziehen. Sie stand noch immer vor ihm und machte keine Anstalten, zurück zu ihrem Wagen zu gehen. Sie interessierte sich auch nicht für das Haus und die Umgebung. Ihr Blick löste sich nicht ein einziges Mal von John und fast rechnete er damit, dass sie die zwei letzten Schritte, die sie noch von ihm trennten, auf ihn zukommen und ihn berühren würde. Vielleicht wartete sie nur noch auf ein Zeichen, dass er es auch wollte. John konnte nicht leugnen, dass er eine gewisse Lust spürte. Kein Wunder, die Frau war hübsch und sie gab ihm das Gefühl, anziehend zu sein.

»Wie gesagt, danke für den Brief.« Er löste die Arme aus der Verschränkung und wedelte mit dem Umschlag. Eine Geste, die sicher so wirkte, als versuchte er, ein Insekt zu vertreiben. Inzwischen war er davon überzeugt, dass sich Schweißflecken auf seinem Shirt abzeichneten, aber er wagte nicht, es zu überprüfen.

»Bis bald mal.« Sie winkte ihm zu und John hob die Hand zum Abschied. Dann ging sie zurück zu ihrem Wagen. Ihre Hüften wippten aufreizend und die kurze Jeanshose schien ihr auf den perfekt geformten Hintern geschneidert worden zu sein. Noch bevor sie ihr Auto erreichte, drehte John sich eilig um, öffnete die Tür und verschwand im Haus. Er hielt sich zurück, noch einmal durch das Fenster zu blicken. Stattdessen ließ er den Briefumschlag auf die Kommode fallen und starrte in den Spiegel. Er rieb sich mit den Handflächen über das Gesicht, um den Schweiß wegzuwischen, aber die Haut war völlig trocken. Er betastete seine Brust und den Bereich unter den Achseln, aber auch der Stoff des Shirts war nicht feucht. John seufzte seinem Ich im Spiegel zu.

Wenn er nicht völlig daneben lag, hatte das Mädchen heftig mit ihm geflirtet. Ihr Verhalten hatte ihn ganz schön nervös gemacht, dabei war sie eigentlich gar nicht sein Typ. Sie war bildhübsch, aber sie hatte nichts Besonderes an sich, das ihn faszinierte. Und dennoch … Wenn sie das nächste Mal kam, würde er vielleicht nicht so abweisend reagieren. Falls sie dann erneut mit ihm flirtete, würde er sich darauf einlassen. Das gab ihm sicher etwas Auftrieb. Endlich mal wieder. Andererseits war er aus der Übung und wenn er es vergeigte, würde sie seine Post zukünftig in die Kanalisation werfen.

17

Über Wendy Smith grübelte John schon ein paar Minuten später nicht mehr nach und während der folgenden Tage verschwand sie vollkommen aus seinem Kopf. Stattdessen kreisten seine Gedanken fast pausenlos um seinen sonderbaren nächtlichen Besucher. Das Mädchen hatte sich in sein Bewusstsein geschlichen und sich darin festgesetzt. Immer wieder wanderte Johns Blick zum Sessel, doch sie tauchte nicht mehr auf. Einzig die Tasse lag noch dort am Boden.

Während der ganzen Zeit nahm John keinen Tropfen Alkohol zu sich. Für den Fall, dass sie zurückkam, wollte er klar im Kopf sein. Obwohl sie sich nicht blicken ließ, beschlich ihn immer wieder das Gefühl, dass sie in der Nähe war und ihn beobachtete. Er wagte es kaum, das Haus zu verlassen, und rechnete ständig damit, dass sie so plötzlich und ohne Vorankündigung erschien wie in jener Nacht. Bald empfand er das als anstrengend. Er konnte sich nicht mehr gehen lassen, konnte nicht mehr drei Tage lang dieselben Klamotten tragen. Und er konnte sich nicht mehr betrinken, bis der Alkohol ihm den Verstand vernebelte. Mit jedem Tag, mit jeder Stunde, die verging, machte es John wütender. Dies war *sein* Haus und es war sein Seelenfrieden, den sie seit einer Woche störte. Vorhin hatte er sogar Phil vor den Kopf gestoßen, der hatte vorbeikommen und mit ihm abhängen wollen. John fühlte sich unentspannt und das ging ihm zunehmend gegen den Strich.

Am Abend stieg er in den Keller, um nach ihr zu suchen. Natürlich war sie nicht da. Was hatte er erwartet? Dass sie zwischen den Regalen hocken oder in einer dunklen Ecke kauern würde?

Es war wohl eher eine Trotzreaktion als der Wunsch nach einem Drink, der ihn dann dazu veranlasste, sich mit einer Whiskeyflasche auf das Sofa zu verziehen. Bald hatte er einen Zustand erreicht, in dem er sich nicht mehr wünschte, sie würde auftauchen. Es war ihm schlichtweg egal. *Sie* war ihm egal. Und es war ihm gleichgültig, ob sie ein Hirngespinst, ein Geist oder eine Einbrecherin war!

Der Alkohol hatte seinen Körper auf angenehme Weise erwärmt. Er lehnte den Kopf zurück, schloss die Augen und versuchte, sich zu entspannen. Ein feines Jaulen drang an sein Gehör. Zunächst hatte er es für das Pfeifen des Windes gehalten, dann für das Heulen eines Kojoten. Das Tier befand sich anscheinend ganz in der Nähe des Hauses. Im selben Moment, als er den Eindruck gewann, das Heulen hörte sich beinahe menschlich an, verstummte es. John drehte den Kopf, um aus dem Fenster zu sehen, und erschrak. Er hatte es nicht genau erkennen können. Eine rasche Bewegung im Augenwinkel. Wie der Schatten von jemandem, der schnell weggehuscht war, um unentdeckt zu bleiben. Irgendwer war da draußen! John kniff die Augen zusammen für eine schärfere Sicht, aber es war bereits zu dunkel. Wer auch immer da war, konnte *ihn* sicher gut sehen. Plötzlich vernahm er ein seltsames Kratzen, als würde jemand mit einem Stock über die Bretter der Hauswand schrammen. Automatisch ging John in Deckung. Vorsichtig blinzelte er über die Sofalehne zum Fenster. Das Kratzen ertönte erneut. Kurz darauf folgte ein Klopfen, doch dieses schien aus einer anderen Richtung zu kommen. Johns Augen huschten nach links, starrten dorthin, woher das Geräusch gekommen war. Wer war da draußen? Und wie viele waren es?

Im Licht war er die perfekte Zielscheibe. Doch, um die Deckenbeleuchtung auszuschalten, hätte er den ganzen Raum durchqueren müssen. Die Gestalten warteten womöglich nur darauf, dass er seine Deckung aufgab, um ihn abzuknallen. Vielleicht würden sie auch in sein Haus eindringen und sich auf ihn stürzen. John rieb sich die Augen, weil ihm schwindelig wurde. Er war wirklich ein feines Opfer. Mit ihm würden sie leichtes Spiel haben. In seiner Fantasie formte sich ein unscharfes Bild von Kreaturen, die es darauf anlegten, ihm sein Blut auszusaugen. Er war so betrunken, dass sie wohl selbst einen im Tee haben würden, nachdem sie ihn leergesaugt hatten. Er schlug sich mit der flachen Hand gegen die Stirn. War er schon so sehr neben der Spur, dass er es ernsthaft für möglich hielt, von Vampiren angegriffen zu werden? Warum nicht gleich schleimige Monster, die ihm das Herz herausreißen und seine Seele rauben wollten? Seine Seele konnten sie haben, dachte er bitter. Damit machten sie keinen guten Fang.

Plötzlich krachte es so unvermittelt, dass er aufschrie. Er ließ die Flasche los, rutschte vom Sofa, drückte sich flach auf den Boden und riss sich die Hände schützend über den Kopf. Irgendetwas versuchte, durch die Hauswand hereinzukommen. Ein weiteres ohrenbetäubendes Krachen, doch diesmal schrie John nicht. Dort waren offensichtlich große Kräfte am Werk. Er war sich sicher: Nur noch ein weiterer Schlag, dann würde die Wand nachgeben, dann würde ein riesiges Loch klaffen und das Monster würde hereinkriechen und ihn zerfleischen. Er angelte nach der Flasche, schüttete den verbliebenen Rest Whiskey auf dem Boden aus und umklammerte sie dann wie eine Art Keule. Er spielte mit dem Gedanken, die Flasche auf die Tischkante zu schlagen, um eine effektivere Waffe daraus zu machen. Aber das funktionierte sicher nur in Filmen. Bei seinem Geschick würde er vermutlich lediglich einen Haufen Scherben fabrizieren. Er presste die Kiefer aufeinander und versuchte, Ruhe zu bewahren. Die Flasche würde er dem Eindringling um die Ohren schlagen, wenn er es wagte, auf ihn loszugehen. Vermutlich hatte John nicht den Hauch einer Chance. Selbst wenn er nicht sturzbetrunken gewesen wäre, wäre er gegen ein Monster oder gegen Vampire unterlegen. Aber völlig kampflos wollte er sich nicht ergeben. Er würde es dem Gegner jedenfalls nicht leicht machen! John hatte seine Augen weit aufgerissen. Er wagte es kaum, zu blinzeln oder zu atmen, und er hatte kein Gefühl für die Zeit, die verstrich, während er auf dem Boden lag, bereit, sich zu verteidigen. Seine Hand schmerzte. Die Finger krallten sich so fest um den Flaschenhals, dass er sich wunderte, warum das Glas nicht unter diesem Druck zersprang. Er war kurz davor, einen Krampf zu bekommen, also lockerte er den Griff ein wenig. Er lauschte, aber jetzt konnte er nichts mehr hören. Kein Krachen, kein Heulen oder Kratzen. Vielleicht hatten die Mistviecher aufgegeben? Wenn sie wirklich hier rein wollten, müssten sie sicher kein Loch durch die Hauswand schlagen. Es wäre einfacher, das Fenster zu zerstören, dachte John verwirrt. Zum ersten Mal kam ihm in den Sinn, dass sie womöglich gar nicht vorhatten, hereinzukommen. Sie hatten ihm nur Angst machen wollen. Wut stieg in ihm auf. Er war sich jetzt ganz sicher, dass es so sein musste. Irgendwelche Kreaturen beanspruchten dieses Haus für sich. Sie wollten ihn loswerden. Für den Moment schienen sie verschwunden zu sein, aber das eben war möglicherweise nur eine erste Warnung gewesen. John dachte an das Mädchen. Sie steckte mit diesen Poltergeistern unter einer Decke!

Er nahm die Flasche in die andere Hand und blickte hinein, in der Hoffnung, dass noch ein Rest Whiskey darin war. Er erinnerte sich, dass er ihn eben selbst ausgekippt hatte. Verärgert stieß er einen Fluch auf die Geister aus und warf die Flasche auf das Sofapolster.

Kurz darauf nahm er sie wieder an sich. Er würde besser noch für eine Weile hier unten auf dem Boden sitzen bleiben. Nur zur Sicherheit.

Wieder einmal erwachte John auf dem harten Wohnzimmerboden. Die Erinnerung, wie es dazu gekommen war, dass er mitten in der Nacht vor dem Sofa lag, kehrte schnell zurück. Er blinzelte in das grelle Licht der Glühbirne und setzte sich auf. Stöhnend lehnte er sich gegen die Couch. Das Zimmer bewegte sich im Kreis und er fühlte sich furchtbar. Wahrscheinlich hatte er nicht lange geschlafen, sondern war nur für ein paar Minuten weg gewesen.

John presste sich die kühle Handfläche auf die Stirn, in der Hoffnung, das Schwindelgefühl würde nachlassen. Wenn er auf seine Schuhe blickte, war es, als wirbelten sie wie wild herum. Sobald er die Augen schloss, war es noch schlimmer. John wollte versuchen, sich auf einen Punkt in der Ferne zu konzentrieren. Er hob den Kopf und richtete den Blick geradeaus. Und dann sah er das Mädchen.

Sie stand neben dem Sessel, der fast so groß war wie sie. »Hau ab!« Seine Stimme hörte sich an wie ein Krächzen. Es fiel ihm schwer, die Kiefer auseinanderzubekommen. Vermutlich hatte sie ihn nicht verstanden. John starrte sie an, beobachtete, wie sie langsam einen Schritt zurücktrat. Wieder ging ihm durch den Kopf, dass sie wie eine Fee aussah. Eine traurige, einsame Fee. Sie schien einen Moment mit sich zu ringen. John hatte den Eindruck, dass sie ihm etwas sagen wollte.

»Was? Hast du etwa Angst vor mir? Pocht dein kleines Herz?« Er kicherte. Die Vorstellung, dass sie sich vor *ihm* fürchtete, amüsierte ihn. Das Mädchen rührte sich nicht und gab ihm auch keine Antwort. Er registrierte, dass sie die Lippen aufeinanderpresste. John hörte auf zu lachen. »Abhauen, sagte ich«, brummte er leise. »Und pfeif deine Poltergeistfreunde zurück. Lasst mich in Frieden.« Seine whiskeybetäubte Zunge hatten die Worte undeutlich klingen lassen.

»Da ist weiter niemand. Niemand außer mir«, hörte er sie flüstern. Sein Blick ruhte für einen Moment auf ihren Lippen. Sie hatten dieselbe blasse Farbe wie ihr Gesicht. Kurz darauf verschwamm das Bild. Schemenhaft nahm er wahr, dass sie sich abwandte und zur Tür bewegte. Sie verursachte nicht das geringste Geräusch. Er fragte sich, ob das Mädchen vielleicht doch durch das Zimmer schwebte, ohne den Boden zu berühren, denn jedes Mal, wenn er selbst dort entlang lief, knarzten die Dielen unter seinem Gewicht. Nachdem sie verschwunden war, hob John die Flasche in ihre Richtung, als wollte er auf sie trinken. Zufrieden starrte er zur Tür. Endlich war er wieder allein! Er setzte die Flasche an, doch sie war leer.

Seufzend sackte er in sich zusammen. Seine Gedanken kreisten um die Geschehnisse des Abends. Er war ganz bestimmt das Opfer einer Bande von Geistern geworden. Anscheinend wollten sie ihn verrückt machen. Sie hatten es auf das Haus abgesehen. Jennifer und Glen waren bereits ausgezogen, aber ihn würden sie nicht loswerden! Wütend rappelte er sich auf, torkelte in den Flur, griff nach dem Telefon und wählte die abgenutzte Kurzwahltaste, hinter der sich Phils Nummer verbarg. John beugte sich über die Kommode und hielt sich mit der freien Hand daran fest, weil der Boden unter ihm gefährlich schwankte. Es dauerte lange, bis sein Kumpel sich endlich meldete.

»Was ist denn?«, wollte Phil wissen. An seiner Stimme merkte John, dass er schon geschlafen hatte, doch er klang keineswegs wütend. John musste daran denken, dass er Phil zu jeder Zeit anrufen konnte. Phil würde ihm auch nie die Tür vor dem Kopf zuschlagen oder ihm sagen, dass er keine Zeit hatte. John hingegen nahm es seinem Freund schon übel, wenn er ihn im Mittagsschlaf störte. »Du bist echt ein guter Kerl«, meinte John.

»Hä?«

Johns Blick fiel auf eine Glasmurmel, die neben dem Telefonapparat lag. Die kleine bunte Kugel hatte einst Glen gehört. Ein Relikt aus vergangener Zeit. Er löste die Hand von der Kommode und bewegte die Murmel mit der Fingerspitze über das Holz.

»John?«

Phils Stimme riss ihn zurück in die Gegenwart, aber dann rollte die Glaskugel von der Kommode, hüpfte über die Dielen und verschwand schließlich unter dem Schrank, der gute vier Meter entfernt am Ende des

Flurs stand. John fragte sich unwillkürlich, ob er diese Glasperle in seinem Leben noch einmal zu Gesicht bekommen würde. Den massiven Schrank würde er vermutlich niemals dort wegbewegen.

»John?«, hörte er Phil erneut seinen Namen sagen. John brauchte einen Moment, bis ihm einfiel, warum er überhaupt angerufen hatte.

»Hier spukt's«, informierte er Phil.

»Aha?«, entgegnete dieser, aber ohne das Interesse oder die Aufregung in seiner Stimme, die John erwartet hatte.

»Wirklich. Geister oder sowas. Sie haben zum Fenster reingeglotzt und gemurmelt und gekratzt.«

»Du bist besoffen.«

»Ja, und? Trotzdem spukt's hier!«, rief John in den Hörer.

»Es ist Halloween. Das vor deinem Fenster sind keine Geister, sondern verpickelte Schüler. Du bist Lehrer, John. Ist doch klar, dass die dir einen Halloweenstreich spielen. Bleib cool, Junge.« Phil sprach so ruhig, als wäre er kurz davor, wieder einzuschlafen.

Halloween?

»Aber sie! Sie war hier, das Mädchen ... im Wohnzimmer«, beteuerte John.

»Ach, wirklich? Wer ist sie?« Urplötzlich schien Phil hellwach zu sein. »Also deshalb sollte ich heute Abend nicht vorbeikommen! Wie ist es gelaufen? Habt ihr's getan?«

John stöhnte. »Ich bin besoffen«, meinte er kraftlos.

Phil kicherte. »Dann penn dich aus, Casanova! Ich meld mich morgen, dann will ich die dreckigen Details wissen«, hörte John ihn sagen, bevor er auflegte.

18

Vermutlich lag es an der Unmöglichkeit, die Existenz des Mädchens zu erklären, die Johns Verstand dazu brachte, sie einfach zu akzeptieren. Er hatte sie gesehen. Sie hatte sogar mit ihm gesprochen. Also musste sie real sein! Sie war nun einmal da, auch wenn er das Wie und Warum vielleicht niemals ergründen würde.

Und die Poltergeister, die des Nachts ihr Unwesen vor dem Fenster getrieben hatten? Es waren wohl tatsächlich nur ein paar Schüler gewesen. Phil hatte recht. John war ein Narr, sich an Halloween dermaßen von ihnen an der Nase herumführen zu lassen. Er versuchte, seine Panik damit zu rechtfertigen, dass das Poltern verdammt laut gewesen war. Sie mussten einen schweren Gegenstand gegen die Außenfassade gerammt haben. Nach Sonnenaufgang untersuchte er die Hauswand und fand ein paar Kratzspuren, aber er konnte nicht sagen, ob sie frisch oder ob sie ihm bisher nur nicht aufgefallen waren. Er kam zu dem Schluss, dass sich in der Stille der Nacht wahrscheinlich jedes Geräusch laut und bedrohlich anhörte. Die Kids hatten ihn nicht töten wollen! Nachdem sie ihm einen gehörigen Schrecken eingejagt hatten, waren sie schnell wieder abgehauen. Bestimmt aus Angst, er könnte sie erwischen und ihre Eltern informieren oder die Bullen rufen. So weit, so logisch. Seine Gedanken wanderten zurück zu dem Mädchen. Für sie hatte er keine Erklärung.

Ob Phil ihn für verrückt erklären würde, wenn er mit ihm darüber redete? Natürlich würde er das. Zu Recht! Seltsamerweise verspürte John nicht den Drang, überhaupt jemandem von dem Mädchen zu erzählen. Wenn sie tatsächlich ein Geist war, dann war das eine Sensation. Eine unfassbare, unerklärbare Begebenheit. Und doch wollte er es für sich behalten.

Ein Teil von ihm war immer noch wütend auf sie. Sie beunruhigte ihn, störte ihn in seiner Lethargie. Er wollte sie loswerden. Gleichzeitig konnte John nicht leugnen, dass sie ihn interessierte. Außerdem beschlich ihn immer deutlicher das Gefühl, dass eine gewisse Verbindung zwischen ihnen bestand. Und wenn er sie sich doch nur eingebildet hatte? Er verfluchte sich dafür, so viel getrunken zu haben. Beide Male. Der Whiskey war Schuld daran, dass er nur eine schemenhafte Erinnerung an ihr Gesicht hatte … Sie hatte wie ein Mensch ausgesehen und gleichzeitig wie ein Wesen aus einer anderen Welt. Sie hatte verloren und einsam gewirkt. So verloren, wie John sich seit Monaten fühlte.

Er saß seit einer halben Stunde am Küchentisch vor einer Tasse Kaffee, deren Inhalt längst kalt war, und versuchte immer wieder, sich ihr Gesicht in Erinnerung zu rufen. Ihre blasse Haut, die großen, traurigen Augen, das leicht spitze Kinn und die feinen Wangenknochen. John kniff die Augen zu und bohrte die Fingerspitzen in seine Schläfen, als könnte der äußere Druck seine Konzentration beeinflussen. Irgendwann nahm er seufzend die Hände herunter und öffnete die Augen.

Er war nicht einmal besonders überrascht, als er sie erblickte. Sie saß ihm gegenüber, so nahe, dass er sie mit der ausgestreckten Hand hätte berühren können. Hatte er sie durch die Kraft seiner Gedanken herbeigerufen? Konnte sie in seinen Kopf sehen oder auf magische Weise seine Schwingungen empfangen? Es war eine abwegige Annahme, aber was war hier überhaupt logisch? Sein Blick glitt kurz über den Teil ihres Oberkörpers, den er sehen konnte. Das Kleid, das sie trug, war sicher irgendwann einmal tiefschwarz gewesen, aber jetzt war es ausgeblichen und der Samtstoff sah stumpf und abgetragen aus.

Dann betrachtete er ihr Gesicht. Zum ersten Mal sah er sie ganz klar. Sie blinzelte. Sein direktes Starren schien ihr unangenehm zu sein, aber John wollte sich noch nicht von ihr lösen. Ihre Gesichtszüge, ihre Augen, die Furcht, die sich darin spiegelte, all das kam ihm seltsam vertraut vor. Kannte er sie doch? Vielleicht lag ihre Begegnung nur sehr lange zurück. Vielleicht so lange, dass es in einem anderen Leben gewesen war.

»Erinnerst du dich?« Sie flüsterte. Sie zog die schmalen Schultern hoch, als stünde sie unter einer enormen Anspannung. Als fürchtete sie sich vor seiner Antwort.

»Also sind wir uns schon einmal begegnet ...«, entgegnete er nachdenklich. Hatten sie sich als Kinder gekannt? Er hatte seine Kindheit fast ausschließlich mit Phil verbracht und selten mit anderen Kids gespielt. Außerdem war sie viel jünger als er.

Sie gab ein tonloses Seufzen von sich. John merkte es nur an der winzigen Regung ihrer Schultern.

»Haben wir uns einmal nahe gestanden?« Augenblicklich war ihm die Frage unangenehm. Am liebsten hätte er sie ungeschehen gemacht. Statt zu antworten, betrachtete sie ihn, als wartete sie darauf, dass er die Antwort selbst fand. John zog die Augenbrauen zusammen und senkte den Blick auf die Tasse.

»Ich weiß nicht, wer du bist. Warum habe ich das seltsame Gefühl, dass du mein Leben ... beeinflusst hast?« Dann schaute er wieder auf, weil er auf ein Zeichen von ihr wartete.

Sie schwieg. Und je länger sie schwieg, desto sicherer wurde sich John, dass sie ihm keinen Hinweis geben würde.

»Erinnere dich.« In ihrer Stimme lag kein Drängen, aber John sah ihr an, wie wichtig es für sie war.

»Das versuche ich. Nur weiß ich nicht, wo ich anfangen soll«, meinte er. »Noch nicht ... Irgendetwas ist da in meinem Kopf, das mit dir zu tun hat.« Er ließ sie nicht aus den Augen, hoffte noch immer auf einen Hinweis, der ihm half. »Ich schätze, die Erinnerungen werden mir nicht gefallen, wenn sie zurückkehren, richtig?«

Sie deutete ein so schwaches Kopfschütteln an, dass er sich danach nicht sicher war, ob sie sich überhaupt bewegt hatte. Er atmete aus, trank einen Schluck von dem bitteren Kaffee und verzog das Gesicht.

Er setzte die Tasse etwas zu energisch auf dem Tisch ab. Das Geräusch ließ das Mädchen zusammenzucken. Sie war schreckhaft und angsterfüllt. Aber sie war auch mutig. Sie hatte den Mut aufgebracht, in seine Welt zu kommen und sich hier zu ihm an den Tisch zu setzen.

»Vor mir musst du dich nicht fürchten«, sagte er. Sie warf ihm einen Blick zu, den er nicht deuten konnte. Womöglich hatte sie doch ihre Gründe, Angst vor ihm zu haben. Hatte er ihr vor langer Zeit etwas angetan, das so furchtbar gewesen war, dass er es verdrängt hatte? Der Gedanke erschien ihm absurd. Er war nicht der Typ Mensch, der zu Gewalt neigte. Schon gar nicht gegenüber einem Mädchen. Er brachte es ja nicht einmal über sich, Spinnen oder Ameisen zu töten.

»Was ändert es, wenn ich mich an was auch immer erinnere?« Seine Frage klang trotziger, als er beabsichtigt hatte.

Sie zögerte. »Sobald du dich erinnerst, wirst du mich womöglich hassen.«

»Aha?« Er würde sie hassen? Das Ganze wurde immer verwirrender.

»Aber du bist ein Geist, hab ich recht?«, fragte er unsicher. Sie schwieg und sah aus, als würde sie es selbst nicht wissen. Er entschied sich, es anders zu formulieren. »Du bist tot?«

Ihr Blick fiel auf die Tischplatte. John fand, dass sie noch trauriger aussah als zuvor. Vielleicht war es grausam, sie mit einer solchen Frage zu konfrontieren, aber er brauchte ein paar Antworten, sonst würde er verrückt werden. Schließlich nickte sie. John nahm es zur Kenntnis, ohne dass es ihn erschreckte oder überraschte. Ihm lag auf den Lippen, ihr zu sagen, dass sie für eine Tote sehr gut aussah, doch zum Glück konnte er sich zurückhalten. Dennoch drängte es ihn danach, etwas zu erwidern, damit sie sich besser fühlte. Doch was sollte man in einer Situation wie dieser sagen? Je länger er das traurige Wesen betrachtete, desto stärker wurde das Gefühl in ihm. Er fühlte sich auf eine gewisse Weise für sie verantwortlich. Vielleicht war es ein Beschützerinstinkt. Sie brauchte seine Hilfe. Und aus diesem Grund war er auch bereit, sich seinen Erinnerungen zu stellen! Es war offenbar sehr wichtig für sie und vielleicht war es noch wichtiger für ihn selbst.

»Seit wann?« Er vermied es diesmal, das Wort *tot* zu verwenden. Sie verstand auch so, was er meinte, denn jetzt zuckte sie mit den Schultern und blickte weiterhin starr auf diesen einen Punkt auf der Tischplatte.

»Wie ist es passiert?«, fragte John. Ihr Schweigen machte ihn zunehmend nervös. Ungeduldig fuhr er sich durchs Haar. »Du musst mir ein bisschen entgegenkommen …«

Noch immer zeigte sie keine Reaktion.

»Hast du's vergessen?«

Das Gesicht des Mädchens verfinsterte sich. Sie presste die Lippen aufeinander, und als sie den Mund wieder öffnete, zitterten sie leicht. »Niemand sieht klar, wenn es um seinen eigenen Tod geht«, sagte sie bitter. »Erst recht nicht, wenn es ein sehr unerwarteter und grausamer Tod war. Die Wahrnehmungen verzerren sich. Man kann bald nicht mehr mit Sicherheit sagen, wie lange es gedauert hat, ob man sich die Schmerzen nur eingebildet oder ob man die Erinnerung daran verdrängt hat, weil sie unerträglich waren. Und dennoch … ich erinnere mich, wie ich gestorben bin. So etwas vergisst man nicht.«

John verspürte den Wunsch, ihre Hand zu nehmen und musste sich zwingen, es nicht zu tun. »Tut mir leid«, brachte er hervor, weil er nicht wusste, was er sonst sagen sollte. Nichts würde ungeschehen machen, was ihr passiert war.

Er erhob sich und der Stuhl schrammte viel zu laut über den Boden. John zuckte zusammen und warf schnell einen Blick auf sie, weil er fürchtete, dass der Lärm sie verscheuchen könnte. Jegliche hastigen Bewegungen und lauten Geräusche schienen ihr Angst zu machen. Sie saß noch immer auf ihrem Stuhl und sah nicht zu ihm hoch. Er nahm die fast leere Tasse und füllte sie mit dem verbliebenen Kaffee aus der Kanne auf. Dann ging er langsam und ohne ein weiteres Wort ins Wohnzimmer. Penny war nicht zu sehen. Vielleicht hatte sie sich nach oben verzogen und einen ruhigen Platz zum Schlafen gefunden. Er setzte sich auf das Sofa und hoffte, dass das Mädchen ihm folgen würde.

Er musste nicht lange warten, bis sie auftauchte. Im Türrahmen stehend, wirkte sie noch zarter. Johns Blick lag auf ihr, während er an dem Kaffee nippte. Er hoffte, dass sie sich näherte, aber er wollte sie nicht drängen.

Sie ließ sich auf der Türschwelle nieder, zog die Beine an den Körper, genau wie an diesem Abend, als sie hinter dem Sessel gehockt hatte. Sie wirkte wie ein verängstigtes Kind, fand John. Wie ein Kind, das man brutal aus seinem behüteten Leben gerissen hatte.

19

»Erinnerst du dich an deine Familie?« John fragte sich, warum er im Moment beinahe jeden Gedanken, der ihm durch den Kopf schoss, direkt aussprach. Er war nüchtern, also sollte er doch imstande sein, vorher nachzudenken und abzuwägen. Andererseits war dies hier auch kein normales Gespräch.

Er rechnete damit, dass die Frage unbeantwortet bleiben würde. Das Mädchen war noch recht jung und es war anzunehmen, dass sie ihre Eltern vermisste.

»Du hattest doch Eltern?«, hakte er nach und kam sich sofort noch schäbiger vor. Sicher würde sie gleich in Tränen ausbrechen. Womöglich würde sie sich auch vor seinen Augen in schwarzen Rauch auflösen. Oder sie würde einfach aufstehen, durch die Tür gehen und nie wieder zurückkehren.

Erleichtert sah er, dass sie ein leichtes Nicken andeutete.

»Standet ihr euch nahe, du und deine Eltern?« John biss sich auf die Lippen.

Das Mädchen schien über seine Frage nachzudenken. »Ich glaube, wir standen uns nicht besonders nahe«, sagte sie dann. John konnte sehen, welche Anstrengung es sie kostete, die Fassung zu wahren. Sie war tapfer.

Er nickte. »Ich stehe Glen auch nicht besonders nahe. Das ist mein Sohn.«

»Wie alt ist dein Sohn?«

John musste lächeln. Er freute sich über ihre Frage, auch wenn sie vielleicht nur der Versuch war, das Thema von ihren Eltern weg zu lenken. Trotzdem schien ihm diese kleine Unterhaltung wie ein Vertrauensbeweis. Die scheue Fee hatte einen weiteren Schritt auf ihn zugemacht.

»Er ist zehn Jahre alt und viel erwachsener als ich. Er ist ein Klon von Jennifer.« John hielt inne. Er hatte nicht vor, über Glen und Jennifer zu reden. *Sie* war es, die ihn interessierte.

»Was war denn mit deinen Eltern?«, fragte er mutig.

»Wir haben wohl einfach nicht sehr gut zusammengepasst«, entgegnete sie überraschend schnell, als hätte sie sich die Antwort schon vorher zurechtgelegt.

»Man kann sich seine Eltern nicht aussuchen«, stimmte John ihr zu. »Familien sind schwierig. Vor allem, wenn man das Gefühl hat, die Erwartungen nicht zu erfüllen.«

Sie warf ihm einen Blick zu, als hätte er den Nagel auf den Kopf getroffen.

»Ja.« Ein kurzes Lächeln huschte über ihre blassen Lippen, doch es konnte die Traurigkeit in ihren Augen nicht vertreiben. »Ich muss eine große Enttäuschung für sie gewesen sein.«

»Warum glaubst du das?«

Sie zuckte mit den Schultern. »Den Schulabschluss habe ich mit Mühe geschafft. Ich war volljährig, aber ich hatte noch immer keine Ziele. Ich wusste nicht mal, was ich mit meinem Leben anfangen sollte, bevor es vorbei war.«

John lächelte ihr zu. »Das weiß ich bis heute nicht. Es gibt Schlimmeres! Das Lernen und die Schule werden überbewertet. Das macht einen Menschen nicht aus. Ich sage das mit Überzeugung, obwohl ich Lehrer bin.« Er musste an Wilson denken. Er konnte sich das entsetzte Gesicht des Schulleiters gut vorstellen, wenn er so etwas in dessen Gegenwart geäußert hätte.

»Ja, es gibt Schlimmeres.« Sie zog die Knie noch fester an ihren Körper heran. John ging durch den Kopf, dass sie womöglich die Fähigkeit besaß, sich auf diese Weise unsichtbar zu machen. Sie machte sich kleiner und kleiner, bis sie ganz verschwunden war.

»Du bist ein Lehrer«, wiederholte sie. Er nickte. Sie wirkte auf einmal beunruhigt, als erinnerte sie sich in diesem Moment an etwas, das ihr auf der Seele lastete.

»Woran denkst du gerade?«, fragte er besorgt.

»Ich habe mich nur eben an meine Chemielehrerin in der Schule erinnert.«

»Erzähl mir von ihr«, erwiderte John automatisch. Hatte er sich nicht eben vorgenommen, sich mit seinen Fragen zurückzuhalten?

»Wir sind schlimm zu ihr gewesen. Sie war mit den Nerven am Ende, aber wir haben sie nicht in Ruhe gelassen.«

John nickte. Er wusste, dass Schüler grausam sein konnten und es gab Lehrer, die die ganze Klasse gegen sich hatten. Ihm selbst war das zum Glück nie passiert. Auch wenn die Schüler ihn nicht mochten, hatten sie wohl doch einen gewissen Respekt ihm gegenüber.

»Was ist passiert?«

Auch aus der Distanz konnte er sehen, dass ihre Unterlippe zitterte.

»Eines Tages ist sie mitten im Unterricht nach nebenan in den Vorbereitungsraum gelaufen und nicht mehr da rausgekommen. Wir haben uns wie Wilde aufgeführt, nachdem sie uns allein gelassen hatte.«

Sie sah so tieftraurig aus, dass John am liebsten zu ihr gegangen wäre und sie umarmt hätte. Aber er rührte sich nicht.

Sie atmete tief durch und rieb sich über die Beine. »Dann hörten wir sie schreien. Sie hatte sich mit stark ätzender Säure übergossen. Sie hatte sie sich über ihren Kopf gekippt … Als wollte sie einfach nur verschwinden, sich auflösen.«

John erinnerte sich daran, schon einmal von diesem Vorfall gehört zu haben. Ein Kollege hatte davon berichtet, dass vor Jahren eine Lehrerin durchgedreht war und sich selbst mit Flusssäure oder irgendeinem anderen Zeug schwer verletzt hatte. Doch weder wusste er, an welcher Schule es sich zugetragen hatte, noch wann es passiert war.

»Wenn ich an sie denke, sehe ich ihr entstelltes Gesicht vor mir, den dampfenden, pulsierenden Schädel, ihre blutroten Augen. Sie hatte fast keine

Haare mehr, keine Augenlider ... Sie war nur noch ein schreiendes Stück Fleisch.«

Ihre Beschreibung bereitete John ein flaues Gefühl im Magen. Es mussten unvorstellbare Qualen sein, wenn sich Säure durch die Hautschichten fraß, wenn sie das Fleisch bis auf die Knochen zersetzte und die Augen zerstörte. Und der Anblick musste traumatisierend sein. Besonders für ein Kind. »Ihr habt das nicht getan. Sie ist es selbst gewesen«, sagte er mit fester Stimme.

Sie seufzte leise. Der Gedanke, dass sie die Schuldgefühle seit Jahren mit sich herumtrug, schmerzte ihn. Er ließ den Blick durch das Wohnzimmer schweifen, suchte verzweifelt nach etwas, das er sagen konnte, um von dem Thema abzulenken.

»Möchtest du vielleicht, dass ich deine Eltern aufsuche? Soll ich ihnen eine Nachricht von dir übermitteln, oder so etwas?«

Das Mädchen starrte ihn an und die Verzweiflung wich purem Entsetzen.

»Nein!«

Johns Idee war ihm eben noch genial erschienen. Er hatte wohl zu viele Hollywoodfilme gesehen. Darin erschienen Geister für gewöhnlich, um sich noch einmal mit ihren Hinterbliebenen auszusprechen und miteinander ins Reine zu kommen. Aber das hier war nicht Hollywood und John hatte keinen Schimmer, was es bedeutete, in ihrer Lage zu sein.

»Bevor ich verschwand, waren meine Eltern gerade dabei, sich scheiden zu lassen«, sagte sie, nachdem sie so lange geschwiegen hatte, dass es John fast überraschte, überhaupt noch einmal ihre Stimme zu hören. »Beide hatten bereits neue Partner und waren sehr mit sich selbst beschäftigt. Mein Verschwinden muss für sie ausgesehen haben, als wäre ich von zu Hause weggelaufen. Sie haben bestimmt nicht an ein Verbrechen geglaubt, zumindest nicht während der ersten Tage.«

Ein Verbrechen.

»Ich bin mir sicher, dass sie dich lieb haben. Das ist ein Naturgesetz bei Eltern, auch wenn sie es nicht zeigen können ...«

»Hör auf«, fiel sie ihm ins Wort. John nickte und schwieg. Vielleicht war es für sie erträglicher, anzunehmen, dass ihre Eltern ihren Verlust gut verkraftet hatten und sie nicht allzu sehr vermissten.

Plötzlich fiel ihm ein, dass er noch nicht einmal ihren Namen kannte. »Wie heißt du eigentlich?«

»Ann.«

»Ann«, wiederholte er und betrachtete ihr Gesicht. Aus irgendeinem Grund hatte er diesen Namen immer gemocht, auch wenn er sich nicht daran erinnerte, je eine Ann gekannt zu haben.

Ihre Lippen deuteten ein Lächeln an. John wusste nicht, wie lange sie bereits tot war. Doch es war sicher ein seltsames Gefühl, nach all den Monaten oder Jahren zum ersten Mal wieder seinen Namen zu hören.

20

Das Mädchen war in einem kurzen Moment, als er gerade nicht hingesehen hatte, verschwunden. Nachdem sie gegangen war, entwirrte John das Netzwerkkabel seines Laptops, setzte sich an den Küchentisch und schaltete das Gerät ein. Die dicke Staubschicht zeugte davon, dass er es schon seit Wochen nicht mehr angerührt hatte. Während es hochfuhr, fiel sein Blick auf den leeren Stuhl gegenüber, auf dem sie vorhin gesessen hatte. *Ann*. Er sah ihr Gesicht vor sich. Selbst wenn sie für den Rest seines Lebens verschwunden blieb, würde er ihre Augen nicht mehr vergessen. Sie hatte etwas an sich, das ihn in den Bann zog. Sie war ein Schattenwesen, blass und verloren. Und doch war sie wunderschön.

Irgendwann signalisierte ihm das grelle Aufleuchten des Monitors, dass der Rechner bereit war. Das Hintergrundbild zeigte Jennifer und Glen an einem sonnigen Tag draußen vor dem Haus. Im Vordergrund war verschwommen Penny zu sehen. John erinnerte sich, wie er versucht hatte, ein Familienporträt von allen Dreien zu machen. Kaum hatten sich Glen und Jennifer hinter der Hündin positioniert, war diese plötzlich aufgesprungen und auf John zugelaufen. Er hatte hastig den Auslöser gedrückt, und dabei war dieses missglückte Foto entstanden. John mochte es dennoch. Penny hatte, als sie auf ihn zugelaufen war, mit dem Schwanz gewedelt. Deshalb sah es nun so aus, als hätte sie drei Schwänze. Und auch die leicht genervten Gesichter von Glen und Jennifer brachten John jedes Mal zum Lächeln, wenn er sie betrachtete.

Er sah sich um und lauschte. Abgesehen vom leisen Rauschen, das der Laptop von sich gab, war es still. Sein Blick fiel auf das Icon, hinter welchem sich das E-Mail-Postfach verbarg. Er beschloss, es zu ignorieren. Dort mussten sich schon hunderte Mails angesammelt haben, darunter womöglich auch ein paar Mahnungen. Ihm war klar, dass es nur schlimmer wurde, wenn er das Ganze weiter vor sich herschob, und er nahm sich vor, sich irgendwann darum zu kümmern, aber jetzt hatte er Wichtigeres zu tun.

Entschlossen bewegte er den Cursor auf das Symbol des Internetbrowsers und wartete, bis sich das Suchmaschinenfenster öffnete. Noch einmal blickte er über seine Schulter. Er war allein und doch fühlte er sich beobachtet. Nun kam es ihm nicht mehr richtig vor, im Internet nach Hinweisen über das Mädchen zu suchen. Es fühlte sich an, als würde er sie ausspionieren. Am liebsten hätte er die Aktion sofort abgebrochen, den Computer zugeklappt und zurück in die Verbannung unter den Schuhschrank im Flur geschoben.

Nervös wischte er mit der Handfläche den Staub vom Bildschirm, pustete den Dreck beiseite, setzte sich aufrecht hin und schob die Bedenken beiseite.

Vielleicht würde er im Internet ein paar Hinweise finden, die sein Erinnerungsvermögen ankurbelten. Meldungen über vermisste junge Frauen, die vom Erdboden verschwunden und nie wieder aufgetaucht waren. Innerlich sträubte er sich dagegen. Weit mehr als gegen die unbeantworteten Mails in seinem Postfach. Doch irgendwo musste er anfangen.

Minuten später hatte er noch immer kein einziges Wort in das Textfeld der Suchmaschine eingegeben. Warum fiel ihm das so schwer? Er atmete tief durch und legte die Fingerspitzen auf die Tastatur, aber er hatte keine Ahnung, welche Suchbegriffe er eingeben sollte. Er kannte ja nicht einmal ihren Nachnamen. Er wusste auch nicht, wo sie gewohnt hatte oder wann sie entführt worden war. Er tippte die Worte *Vermisstenmeldung*, *Frau* und *Oregon* ein und erhielt über vierhunderttausend Ergebnisse. Wahllos klickte er auf einen der Vorschläge und las, dass man eine vor acht Tagen vermisst gemeldete Frau tot an einem Flussufer bei Newberg aufgefunden hatte. Der Beitrag darunter beschäftigte sich mit einem Fall, der bereits länger zurücklag. Ein Ehepaar hatte damals vier Frauen verschleppt und sie über Wochen im Keller wie Haustiere gehalten. Anscheinend hatte es sich bei dem Pärchen um geistig verwirrte Menschen gehandelt. Die beiden waren irgendwie aufgeflogen und die traumatisierten, mittlerweile stark verwahrlosten Opfer konnten gerettet werden.

John sah ein, dass er so nicht weiter kam. Selbst wenn er rein zufällig einen Beitrag fand, in dem es um

Ann ging, würde er den Zusammenhang zu ihr vermutlich nicht herstellen können.

Dann erinnerte er sich, dass sie über ihre Chemielehrerin gesprochen hatte. Tatsächlich fand John einen kurzen Artikel über eine Lehrerin, die sich offenbar infolge eines Nervenzusammenbruchs selbst mit einer Säuremischung übergossen und schwer verletzt hatte. Der Vorfall ereignete sich im Staat Ohio und lag dreißig Jahre zurück. Wenige Jahre nach Johns Geburt. Ihm wurde heiß. Dies konnte eine Spur sein. Wenn es sich hier um dieselbe Lehrerin handelte und Ann damals etwa dreizehn Jahre alt gewesen war, müsste sie jetzt über vierzig sein. Tatsächlich wirkte sie kaum wie zwanzig. Wenn sie im Alter von zwanzig Jahren gestorben war, hieße das wiederum, dass sie seit fast drei Jahrzehnten tot war. John schluckte. Sein Mund fühlte sich auf einmal trocken an. Er konnte nicht wissen, ob der Artikel tatsächlich Anns Lehrerin meinte, doch eine innere Stimme sagte ihm, dass sie es war.

Langsam klappte er den Laptop zu. Ihm schwirrte der Kopf. Möglicherweise war Ann viel länger tot, als er geahnt hatte. Jahrzehnte ... Der Gedanke erschien ihm unvorstellbar. Es quälte ihn, dass sie all die Jahre dieses Dasein gefristet hatte. Er dachte an ihren ausgemergelten Körper, ihre angespannte Haltung, als würde sie fortwährend frieren, und ihre traurigen Augen.

John schob den Computer von sich weg. Auf diese Weise kam er nicht wirklich weiter. Er musste mit *ihr* reden. Doch gleichzeitig war er sich nicht sicher, ob er überhaupt mehr erfahren wollte.

21

An den folgenden Tagen ließ sie sich nicht blicken
und Johns Sorge wuchs, dass sie überhaupt nicht mehr
auftauchen würde. Eigentlich hätte er erleichtert
darüber sein müssen, dass sie es augenscheinlich nicht
darauf anlegte, seinen Frieden weiter zu stören. Doch
Ruhe fand er dennoch nicht. Ständig kreisten seine
Gedanken um sie. Er stellte sich tausend Fragen, auf
die er keine Antwort fand. Warum hatte ihr Leben so
jung geendet und auf welche Weise war sie gestorben?
Und warum zeigte sie sich gerade hier und jetzt? Die
Fragen bereiteten John Kopfschmerzen. Aber war es
wirklich das Nichtwissen, das ihn quälte? Oder war es
eine dunkle Ahnung, die immer drängender wurde,
während er sich vor ihr zu verschließen versuchte? Um
sich abzulenken beschloss er, sich nützlich zu machen.
Im Haus gab es noch jede Menge Stellen, an denen er
putzen konnte ...

Im Badezimmer fing er an. Mit dem Schwamm
schrubbte er wie ein Besessener die Kalkflecken und
den Dreck der vergangenen Wochen aus dem
Waschbecken und es dauerte nicht lange, bis die
Anstrengung ihm den Schweiß auf die Stirn trieb.
Schwer atmend betrachtete er sein Gesicht im Spiegel.
Er hatte sich wirklich verändert. Seit einer Ewigkeit

war er nicht mehr beim Friseur gewesen und sein Haar wuchs seither unkontrolliert. Bartstoppeln wucherten auf Wange, Kinn und den Hals hinunter. Sein Gesicht war schmaler und kantiger geworden. Er war bleich, was die dunklen Ringe unter den Augen deutlicher hervorhob. John musste unweigerlich wieder an Ann denken. Er sah schon fast ebenso gespenstisch aus wie sie.

Der Spiegel war von einer feinen Staubschicht überzogen. Kein Wunder also, dass John darin so fahl wirkte. Er wischte mit der flachen Hand über die Oberfläche, doch auch als der Staub weitgehend beseitigt war, hatte sein Gesicht noch immer dieselbe blasse Farbe. Er warf sich selbst einen gleichgültigen Blick zu. Das war nun mal sein komisches Gesicht. Das wilde Haar sah gar nicht übel aus. Der Bart stand ihm gut, auch wenn Jennifer sich jedes Mal beschwert hatte, sobald er sich ein paar Stoppeln hatte stehenlassen. Seine blauen Augen hatten noch immer denselben unruhigen Ausdruck wie früher. Sein Anblick erinnerte ihn an den verwirrten Jungen, der er damals gewesen war. In dieser ruhelosen Zeit, nachdem man ihn von hier weggebracht und ihn gezwungen hatte, die Jahre bis zur Volljährigkeit vierzig Meilen entfernt in einem Waisenhaus zu leben. Die Zeit dort hatte er nur abgesessen und darauf gewartet, dass er in dieses Haus zurückkehren durfte. Es schien all die Jahre nach ihm gerufen zu haben. Vielleicht, weil es nach dem Verlust beider Eltern das

Einzige war, das ihm aus seinem früheren Leben geblieben war.

John verbannte die Erinnerung an die Zeit im Heim aus seinem Kopf, wischte mit dem Schwamm über die Spiegeloberfläche und polierte sie anschließend mit dem Handtuch trocken. Dann spülte er die Reste des Putzmittels aus dem Waschbecken, holte den Rasierer aus dem Schrank und befreite sein Gesicht von den Bartstoppeln.

Der Anblick des sauberen Badezimmers verlieh ihm Auftrieb. Es war, als hätte sich ein Schalter in ihm umgelegt und auf einmal verspürte er Lust, das ganze Haus vom Dreck der Vergangenheit zu befreien. Er hatte keine Ahnung, woher diese plötzliche Energie kam und er konnte selbst kaum glauben, dass er sogar Spaß dabei empfand, Ordnung zu machen. Wann hatte er das letzte Mal Spaß bei einer Sache empfunden? John wusste es nicht.

Als Nächstes wollte er die Küche putzen. Er stellte die Stühle auf den Tisch und verfrachtete alles, was auf dem Boden im Weg stand, auf die Arbeitsplatte. Beim Ausfegen achtete er darauf, auch die Staubflusen in den Ecken zu erwischen. Anschließend schrubbte er den Boden mit Seifenlauge. Während der Arbeit wanderten seine Gedanken immer wieder zu Ann. Sie würde sicher bald kommen.

Auf eine seltsame Weise fühlte er sich zu ihr hingezogen. Nicht, weil er sie attraktiv fand ... Er musste nur ständig an sie denken. Und wenn er das tat, löste es Empfindungen in ihm aus. Ihre Traurigkeit schien auf ihn überzugreifen. Es tat ihm weh, wenn er daran dachte, wie einsam sie war. Es war, als könnte er ihren Schmerz und ihre Gefühle teilen. Er sagte sich, dass das Unsinn war. Seine Empfindungen rührten einzig daher, dass er selbst einsam war und dass auch in seiner Vergangenheit ein dunkles Grauen hauste. Doch da war noch ein anderes Gefühl. Eines, das er bisher nicht gekannt hatte. Er verspürte eine tiefe Sehnsucht, die manchmal so stark war, dass er in den Keller ging oder durch das ganze Haus schlich, in der Hoffnung, sie zu finden. Aber so funktionierte es nicht. Sicher würde sie in einem Moment wieder erscheinen, wenn er nicht damit rechnete.

22

Als John die Sofapolster anhob, um die Münzen, die Kronkorken und all die anderen Dinge zusammen- zusammeln, die in die Zwischenräume gerutscht waren, stieß er auf seine Sonnenbrille. Erfreut über den Fund setzte er sie sich auf. Das Gestell war leicht verbogen, aber das kümmerte ihn nicht. In den vergangenen drei Stunden hatte er es geschafft, einen Großteil des gesamten Hauses auf Vordermann zu bringen. Jetzt war er verschwitzt und erledigt, aber er fühlte sich gut. Es war, als wäre er mit dem Gerümpel und dem Staub auch einen Teil des Chaos' in seinem Leben losgeworden. Nun stand er vor dem Bücherregal und schaltete das Radio ein. Er drehte den Lautstärkeregler auf und wechselte im Schnell- durchlauf von Sender zu Sender auf der Suche nach einem Song, der ihm gefiel.

»Was ist denn hier los?!«

John erschrak, fuhr herum und erblickte Jennifer, die mitten im Zimmer stand. Wegen der Musik hatte er sie nicht hereinkommen hören. Jetzt erklang aus dem Radio ein Rauschen, vermischt mit der schnarrenden Melodie zu Bowies *China Girl*. Schnell drehte John die Lautstärke herunter, bis Bowie und das Rauschen verstummten.

»Hab aufgeräumt. Und meine Sonnenbrille wiedergefunden«, erklärte er und tippte sich gegen das Brillengestell. Jennifer zog die Augenbrauen hoch.

»Die Sonne scheint doch überhaupt nicht.«

Er nahm die Brille ab, klappte sie zusammen und schob sie in die Hosentasche. Dann tat Jennifer etwas, das ihn überraschte. Etwas, von dem er nicht mehr geglaubt hatte, dass sie es jemals wieder tun würde. Sie kam auf ihn zu und umarmte ihn. So, wie er es vor ein paar Tagen mit ihr getan hatte. Ihr Busen drückte sich weich gegen seinen Brustkorb. Verwirrt nahm John wahr, dass sie ihr Gesicht an seinen Hals legte und seinen Duft einsog, als wäre sie gierig nach seinem Parfum. Aber er trug kein Parfum. Er hatte nicht mal ein Deo benutzt. Sie ließ von ihm ab, trat einen Schritt zurück und musterte ihn. John erkannte etwas in ihrem Blick, das er seit Jahren vermisst hatte. Es war nur ein Funke, aber es schien Zuneigung zu sein. Dann sah sie sich im Zimmer um.

»Es freut mich, dass du versuchst, Ordnung zu schaffen«, meinte sie anerkennend. *Versuchst, Ordnung zu schaffen.* Irgendwie hatte Jennifer diese Gabe, dass selbst ein Kompliment – das ihr selten genug über die Lippen kam – wie eine Beleidigung klang. Aber John hörte darüber hinweg, denn endlich sah er sie wieder lächeln. Wie lange schon war ihr Gesichtsausdruck kalt und verhärmt gewesen? Das Schlimmste daran war das Wissen, dass sie die Kälte und Boshaftigkeit einzig ihm gegenüber zeigte.

»Und du siehst auch wieder aus wie ein Mensch.«
Während ihre Augen Johns Körper von oben bis unten
scannten, fuhr sie sich mit der Zungenspitze über die
Unterlippe. Dann legte sie den Kopf leicht schräg und
lächelte ihn schon wieder an. Ihr sonderbares
Verhalten verwirrte John. Wenn er geahnt hätte, dass
er nur etwas aufräumen und sich rasieren musste,
damit sie ihm nicht mehr wie einem Widerling
begegnete, hätte er das schon eher getan. Er spürte
einen winzigen Keim Hoffnung in sich. Hoffnung, dass
sie ihren Groll auf ihn und auf ein gemeinsames Leben
hinter sich lassen und zu ihm zurückkehren würde.
Vielleicht hatte ihr die Zeit der Trennung
klargemacht, dass das Leben furchtbar war, wenn sie
nicht zusammen waren. John ermahnte sich, einen
kühlen Kopf zu bewahren. Jennifer war niemand, der
aus einer Laune heraus alles über den Haufen warf.
Selbst, wenn sie jetzt einen weichen Moment hatte,
würde das nichts ändern.

Noch immer sah sie ihn an, als wäre sie fasziniert
von seiner Erscheinung. John kratzte sich nervös den
Ellenbogen, wollte die Hände in die Taschen schieben,
aber da steckten bereits seine Sonnenbrille und ein
Putztuch. Also verschränkte er die Arme vor der
Brust. Jennifer schien seine Nervosität zu bemerken.
Sie wirkte amüsiert. Vielleicht dachte sie gerade daran,
wie sie ihn kennengelernt hatte. Er war noch ganz
unbeleckt gewesen und sie hatte ihn sich einfach
genommen, wie sie sich alles, was sie wollte, einfach
nahm.

Sie machte wieder einen Schritt auf ihn zu. John löste automatisch die Arme aus der Verschränkung und legte sie um Jennifer. Er verstand nicht, was los war. Vielleicht hatte sie einfach nur einen sentimentalen Tag? Vielleicht war sie auch gefrustet, weil sie langsam merkte, dass ihr neuer Lover auch nicht das Gelbe vom Ei war. Im Augenblick spielte es für John keine Rolle, was genau sie buchstäblich zurück in seine Arme trieb, wenngleich es auch vermutlich nur von kurzer Dauer war. Er wusste nur, dass es ihm gefiel und dass er viel zu lange ohne sie gewesen war. Jennifer hob den Kopf und sah in sein Gesicht. Sie betrachtete es, als wollte sie sich jedes einzelne Detail davon einprägen. Ihre rechte Hand fuhr sanft über seine Wange, dann strichen ihre Fingerspitzen über seine Augenbrauen.

»Weißt du, was ich an dir damals so anziehend fand? Es war dein ernster Gesichtsausdruck. Als würdest du eine schwere Last mit dir herumtragen.«

John schloss für einen Moment die Augen, als ihre Finger über seine Lider glitten. Sie hatte ihn so lange nicht angefasst. Auch während der letzten Monate, in denen sie noch unter einem Dach gewohnt hatten, hatte sie jeden körperlichen Kontakt zu ihm vermieden. Und jetzt berührte sie ihn auf diese zärtliche Weise ...

Als Nächstes strich sie ihm durch die Haare. John rechnete damit, dass sie ihn gleich darauf aufmerksam machen würde, dass es Zeit sei, zum Friseur zu gehen, doch das tat sie nicht.

»Hier ist ein graues Haar«, stellte sie fest. »Jetzt wirst du doch noch erwachsen, John.« Sie kicherte. Ihr ehrliches Lachen, der liebevolle Blick — all das war so wundersam, dass sein Verstand sich noch immer weigerte, es zu begreifen. Ihm ging durch den Kopf, dass ihr Neuer *überhaupt keine* Haare mehr hatte. Verglichen mit einem Kahlkopf waren graue Haare für Jennifer vermutlich das geringere Übel.

John ahnte, dass dieser Moment nicht ewig dauern würde, aber daran wollte er jetzt nicht denken. Er wollte auch nicht mehr hinterfragen, was sie dazu brachte, ihn zu umarmen. Er wollte sich einfach darauf einlassen. Ihre Fingerspitzen wanderten seinen Rücken hinab und trieben ihm eine Gänsehaut über den Körper. Im nächsten Moment spürte er ihre Hand auf seinem Hintern, während sie ihren Unterleib mit etwas mehr Druck gegen seinen schob. Es erregte John augenblicklich. Als sie es merkte, lächelte sie. Er hielt den Atem an. Sein Blick ging zur Decke. Dort oben in der Ecke hockte eine langbeinige Spinne in ihrem Netz. Vielleicht war Jennifer das Spinnnetz bei ihrer Ankunft sofort ins Auge gefallen. Vielleicht hatte sie seine Aufräumaktion deshalb als einen *Versuch* bezeichnet. Sie fingerte an seinem Ausschnitt herum, zog an dem Stoff seines Shirts und dann spürte er ihre Lippen auf seinem Hals. Er schloss die Augen, aber die Spinne sah er noch immer vor sich. Sie saß da oben und schaute auf ihn herunter. Jennifers Hände glitten an seinem Oberkörper hinab und machten sich an seiner Hose zu schaffen. Noch bevor sie den

Reißverschluss zu fassen bekam, stieß John sie von sich weg.

Ihre erschrockene Miene wich nach weniger als zwei Sekunden dem kühlen, überlegenen Ausdruck, den er so gut kannte. Er hob beschwichtigend die Arme. Seine grobe Reaktion hatte ihn selbst erschreckt. »Hab ich dir wehgetan?«, fragte er und machte einen Schritt auf sie zu. Aber ihr Blick brachte ihn zum Stehen. »Tut mir leid«, stammelte er und wagte es kaum, ihr in die Augen zu sehen. »Du hast mich überrascht.« Es war eine lahme Entschuldigung, aber er hoffte, dass sie trotzdem Verständnis zeigte. Er hatte sie so barsch weggestoßen, dass sie beinahe gefallen war. Resigniert seufzte er. Erklärungsversuche waren sinnlos. Sollte er ihr etwa sagen, dass das plötzliche Gefühl, beobachtet zu werden, ihn abgehalten hatte? Automatisch huschte sein Blick erneut hoch zur Decke. Aber es war nicht die Spinne gewesen, an die er in dem Moment gedacht hatte. Es war Ann, die so unvermittelt in seinem Kopf aufgetaucht war. Verflucht!

»Ich hab vorhin mit dem Sheriff geredet.« Jennifer sprach in ihrem typisch geschäftigen Ton, als wäre das, was eben zwischen ihnen vorgefallen war, nie passiert.

»Sheriff? Worüber habt ihr euch unterhalten?«, fragte er, ohne dass es ihn interessierte.

»Ich hab ihn gebeten, ab und zu hier vorbeizukommen und nach dem Rechten zu sehen, wenn er in der Nähe ist.«

»Warum das denn? Damit ich keinen Blödsinn mache? Oder damit man meine Leiche schnell genug findet, bevor sie anfängt zu verwesen, falls ich mir einen Strick nehme?«, spottete John. Es ärgerte ihn, dass sie den Sheriff auf ihn angesetzt hatte. Jennifer warf ihm einen bösen Blick zu.

»Red keinen Unsinn.« Er sah ihr an, wie genervt sie war. »Den Strick kannst du dir außerdem sparen. Vorher wirst du verhungern. Wann hast du das letzte Mal etwas Richtiges gegessen?«

John antwortete ihr nicht. Ihm gefiel nicht, in welche Richtung sich dieses Aufeinandertreffen entwickelte. Und ihm gefiel nicht, dass sie mit ihm redete, als wäre er außerstande, klarzukommen. Es war richtig, dass er sich gehen ließ. Er vegetierte dahin, sein Haus verwahrloste und an manchen Tagen betrank er sich bis zur Besinnungslosigkeit. Aber das war nur eine vorübergehende Phase.

»Wo steckt Penny?«, fragte Jennifer.

»Meine Aufräumerei hat sie wohl gestört. Als ich vorhin im Keller war, ist sie mir gefolgt und hat sich dort eine stille Ecke zum Schlafen gesucht. Anscheinend gefällt es ihr da unten.«

Jennifer zog wieder die Augenbrauen hoch. »Na, dann habt ihr ja etwas gemeinsam.«

John sah sie fragend an. »Was heißt das?«

»Das heißt, dass du früher auch am liebsten da unten gesessen hast.«

John zuckte mit den Schultern. »Ich hatte immer den Eindruck, dass du froh warst, wenn ich unten war.«

»Ja«, antwortete sie leise. »Vielleicht war das so.«

23

John lag wach im Bett. Es war das erste Mal seit langer Zeit, dass er oben im Schlafzimmer übernachtete. Eine ganze Weile, bevor Jennifer ausgezogen war, hatte er schon nicht mehr das Bett mit ihr geteilt. Er hatte sich so daran gewöhnt, auf dem Sofa zu kampieren, dass er dabei geblieben war. Jetzt fühlte er sich auf der breiten Matratze einsam. Er knüllte das Kissen unter seinem Kopf zusammen und starrte aus dem Fenster. Kein Mond, keine Sterne. Der Himmel war einfach nur schwarz. Es war dasselbe Schwarz wie die Finsternis in seinem Keller, dachte er. Er hielt den Atem an und lauschte. Da war nicht das geringste Geräusch. Wenn John auf dem Sofa übernachtete und der Wind um die Hausecken fegte, hörte er manchmal das Klappern des Küchenfensters, das locker im maroden Holzrahmen saß. Schon oft hatte ihn das Geräusch nicht schlafen lassen und ihn Nacht für Nacht daran erinnert, dass er das Fenster längst hätte reparieren sollen. Aber hier oben konnte er nicht einmal das hören. Wenn wenigstens Penny da gewesen wäre. Er hätte ihr gern erlaubt, die leere Hälfte des Bettes für sich zu beanspruchen, aber sie ignorierte ihn die meiste Zeit, lag auf ihrer Decke oder suchte sich die entlegensten Winkel, wo sie ungestört schlafen konnte. Aus Sorge um die Hündin hatte er Jennifer an diesem Nachmittag gebeten, mit ihr zum Tierarzt zu fahren. Jennifer hatte sich sofort darum gekümmert und zum Glück hatte der Doktor festgestellt, dass Penny kerngesund und für ihr beträchtliches Alter in guter Form war. Es hatte John beruhigt, auch wenn ihm das seltsame Verhalten seiner Hündin weiter Rätsel aufgab. Der Gedanke, dass der größte Teil von Pennys Leben hinter ihr lag und sie einmal sterben würde, tat ihm weh. Auch wenn sie fast nur noch schlief und sich manchmal über Stunden nicht blicken ließ, war es doch schön, zu wissen, dass sie hier irgendwo war. Mit Ann ging es ihm genauso. In den letzten Tagen hatte er häufig das Gefühl gehabt, dass sie in der Nähe war. Es machte ihm keine Angst. Im Gegenteil. Er fühlte sich weniger allein.

Jetzt, in diesem kalten Bett, spürte er ihre Nähe nicht. Sie schien schrecklich weit weg zu sein. Er starrte in die Finsternis, die ihn wie eine undurchdringliche Betonkuppel umgab. Ein einsames Gefängnis, in dem es nichts gab als ihn und die ewige Nacht. John zog die Decke über den Kopf. Wenn er die Augen schloss, konnte er Ann ganz deutlich vor sich sehen. Er sah ihr Gesicht, ihr weiches Haar, das über ihre Schultern fiel, und das schwarze Samtkleid. John stellte sich vor, dass sie in diesem Augenblick neben seinen Füßen auf der Bettkante saß. Dass sie über ihn wachte, während er schlief. Er schlug die Bettdecke zurück, knipste die Nachttischleuchte an und blickte sich im Raum um. Er war allein.

Es war eine blöde Idee gewesen, hier zu übernachten. John stand auf und verzog sich nach unten ins Wohnzimmer. Penny lag auf ihrer Decke und ihre Anwesenheit tröstete ihn ein wenig. Trotzdem konnte er nicht aufhören, an Ann zu denken. Ob sie gerade schlief? Vielleicht träumte sie Szenen ihrer Vergangenheit, wenn sie schlief. Szenen aus ihrem Leben. War es einem Geist überhaupt möglich, zu schlafen und zu träumen? Womöglich war sie in diesem Moment ebenso ruhelos wie er.

John schaltete die Stehlampe an, setzte sich auf die Couch und zog die Decke über seine Beine. Er rief Pennys Namen, aber sie öffnete nur kurz die Augen. John seufzte. Ein Blick zur Uhr verriet ihm, dass es kurz vor drei war. Das bedeutete, dass ein unfassbar großer Teil der Nacht noch vor ihm lag. Es erschien ihm auf einmal fast unmöglich, die Stunden bis zum Morgen zu überstehen. Noch zermürbender war der Gedanke, dass auch ein neuer Tag nichts an seiner Gemütsverfassung ändern würde.

Er dachte darüber nach, den Fernseher einzuschalten. Menschliche Stimmen würden ihm vielleicht helfen, aber vermutlich deprimierte ihn das Programm nur noch mehr. Alternativ konnte er auch wieder einmal ein Buch lesen. Sein Blick glitt über die Buchrücken, die sich im Regal aneinanderreihten, bis zu der Lücke, in welcher der Schuhkarton mit den Fotos steckte. Die alten Fotografien. Auf einmal verspürte er Lust, sie sich anzusehen. Er war ohnehin schon schlecht drauf und musste nicht fürchten, sich durch die Bilder noch elender zu fühlen.

Er warf die Decke zur Seite und stand auf. Als er den Karton hervorzerrte, fielen die angrenzenden Bücher in sich zusammen. Ohne sich die Zeit zu nehmen, zum Sofa zurückzugehen, hob John den Deckel an und nahm den vergilbten Zeitungsausschnitt, der obenauf lag, in die Hand. Auf dem verpixelten Schwarzweißfoto war sein Vater kaum zu erkennen. Er überflog die ersten Zeilen des Artikels, obwohl er ihn auswendig kannte. *Die Polizei fahndet nach dem 37jährigen alleinerziehenden Harvey Godek. Wie sich erst jetzt herausstellte, hatte Godek seinen Sohn (13) vor über einem Monat allein im Haus zurückgelassen. Berichten zufolge sei das Kind in dieser Zeit auf sich allein gestellt gewesen. Derzeit sieht es danach aus, als sei Godek, der bereits einige Vorstrafen wegen Unterschlagung und Körperverletzung auf dem Konto hat, untergetaucht. Eine erste Spur führte nach Nampa in den Nachbarstaat Idaho. Von dort aus verschickte Godek nach seinem Verschwinden einen an seinen Sohn adressierten Brief. Doch nach fünf Wochen tappen die Ermittler im Dunkeln. Die Polizei bittet um Mithilfe ...* Irgendwann hatten sie aufgehört, nach ihm zu suchen. Seltsamerweise hatte John in all den Jahren immer wieder selbst das Gefühl gehabt, dass sein Vater nach wie vor irgendwo da draußen war.

Natürlich wusste er es besser. Sein Vater war tot. Und doch fühlte es sich oft an, als wäre er damals tatsächlich nur abgehauen und als hätte er diesen Brief wirklich selbst geschrieben. Manchmal stellte John sich sogar vor, dass dieses Monster unter neuem Namen noch heute irgendwo herumlief und Frauen verschleppte, um sie umzubringen. Dass der Kerl alle paar Jahre den Wohnort wechselte, um seine Spuren zu verwischen und unentdeckt zu bleiben. Abgelegene Häuser mit dunklen Kellern gab es schließlich überall. John schob das Papier beiseite und zog das erste Foto hervor. Das Bild zeigte seinen Vater im Alter von etwa zwanzig Jahren mit einer Axt in der Hand. Er trug ein fleckiges Unterhemd, schwarze Hosen und Hosenträger. Ein Schnappschuss, den man von ihm gemacht hatte, während er dabei war, Holz zu hacken. Sein Vater war vielleicht ein paar Zentimeter kleiner und etwas muskulöser gewesen. Die Gesichtszüge ähnelten Johns jedoch auf verblüffende Weise. Außerdem hatte sein Vater die gleichen hellen Augen und denselben tragischen Ausdruck darin. Als das Bild entstanden war, konnte John noch nicht auf der Welt gewesen sein. Er fragte sich, ob sein Vater zu dieser Zeit bereits ein Monster gewesen war oder ob er sich erst Jahre danach in eines verwandelt hatte. Vermutlich hatte das Monster von Anfang an in ihm geschlummert, schon damals mit zwanzig, als er an diesem sonnigen Tag Holz hackte. Auch wenn er erst viel später angefangen hatte, Menschen zu Tode zu foltern, musste das Böse schon immer ein Teil von ihm gewesen sein. John spürte, wie Übelkeit in ihm hochstieg. Er legte das Foto zurück in den Kasten und atmete ein paarmal tief ein und aus, bis das flaue Gefühl nachließ. Es war doch keine gute Idee gewesen, sich die Bilder anzusehen. Jetzt wünschte er, er hätte diesen Karton nicht geöffnet. Er wollte ihn auch nicht zurück ins Regal schieben, weil er ihn dann noch immer vor Augen haben würde. Die Fotos mussten weg!

John hatte bereits die ersten Kellerstufen hinter sich gebracht, als er das Mädchen entdeckte. Vielleicht hatte er ihre Gegenwart auch schon einen Sekundenbruchteil früher wahrgenommen. Er blieb auf der Stelle stehen. Augenblicklich spürte er ein heißes Kribbeln in seinem Magen. Sie hockte auf dem Boden und sah aus, als hoffte sie, er würde sie nicht bemerken. Langsam setzte er den Karton auf der Stufe ab. Dann stieg er weiter hinab und näherte sich ihr. Er blieb stehen, als er sah, dass sie die Beine enger an den Körper zog.

Der Anblick, wie sie im Dunkel in der Ecke kauerte, schmerzte ihn. »Es ist doch kalt hier unten, komm rauf.« Seine Worte kamen ihm dumm vor, sobald er sie ausgesprochen hatte. Er machte sich lächerlich, indem er einen Geist mit einem beheizten Wohnzimmer zu locken versuchte. Egal. Er war einsam genug, auch bei ihr hier unten zu bleiben, falls sie nicht mit ihm hinaufkam. Ein Funkeln auf dem Boden dicht neben ihren verschlissenen Stoffschuhen lenkte Johns Aufmerksamkeit auf sich. Es war ein kleiner Spiegel, der das Licht der Glühbirne reflektierte. Er erkannte den Rasierspiegel, den er manchmal bei sich trug, wenn er verreiste. John hatte ihn noch nicht vermisst und würde ihn wohl auch nicht so bald wieder brauchen. Außerdem entdeckte er eine etwas größere Spiegelscherbe. Wahrscheinlich hatte sie sie in einer der alten Kisten gefunden. »Warum die Spiegel?«, fragte er sie.

Das Mädchen musterte ihn, vielleicht weil sie fürchtete, er könnte ihr böse sein, seine Sachen genommen zu haben. »Sie beruhigen mich.«

John hatte keine Ahnung, wie sie das meinte. Wie sollten diese Spiegel eine beruhigende Wirkung auf sie ausüben? Womöglich gaben sie ihr das Gefühl, nicht allein zu sein. Doch im Dunkeln war man selbst dann allein, wenn man sich mit hunderten Spiegeln umgab.

»Du bist ein wirklich seltsamer Geist.«

»Im Gegensatz zu den anderen Geistern, denen du bisher begegnet bist?« Auf ihren Lippen erschien ein winziges Lächeln.

John nickte und lachte.

»Ich habe ein paar alte Fotos gefunden. Die stammen aus meiner Kindheit. Vielleicht sehen wir sie uns oben gemeinsam an?«

Er deutete auf den Schuhkarton und ihr Blick folgte der Richtung, in die er zeigte. John bemerkte, dass er einen Nerv getroffen hatte. Jetzt war ihr Blick wach und ihr Körper wirkte noch angespannter. »Kommst du mit?«, fragte er noch einmal. Ohne den Blick von der Kiste zu nehmen, schien sie mit sich zu ringen, ob sie seine Einladung annehmen sollte.

Nach seiner Rückkehr aus dem Keller fröstelte er. Er zog die erstbeste Strickjacke aus dem Flurschrank, die er zu fassen bekam. Als er sie sich überwarf, glaubte er zunächst, dass jemand seine eigene Jacke gegen eine größere ausgetauscht hatte. Er hatte sie immer gemocht, weil sie bequem war, aber jetzt schien sie ihm gute zwei Nummern zu groß zu sein. Doch der ausgefranste Kragen und das kleine Loch am linken Ärmelbündchen bewiesen, dass es seine Jacke war. John schätzte, dass er sie seit dem Frühjahr nicht mehr getragen hatte. In diesem Jahr hatte er einiges an Gewicht verloren. Er ignorierte es, zog den Reißverschluss hoch und warf einen Blick zur Kellertür. Kälte strömte durch den Spalt. John dachte daran, dass er die Tür vermutlich ebenso gut schließen konnte. Ann war ein Geist, und wenn sie zu ihm heraufkommen wollte, würde eine verschlossene Tür sie nicht aufhalten. Trotzdem erschien ihm das nicht richtig. Er bückte sich nach dem Schuhkarton, den er kurz auf dem Boden abgestellt hatte, und als er sich aufrichtete, stand sie bereits in der Tür. Er lächelte und machte eine Kopfbewegung, die ihr bedeuten sollte, ihm zu folgen. Sie machte einen weiteren halben Schritt und schloss die Kellertür.

Die Freude über ihr Erscheinen entfachte in Johns Innerem ein kleines Feuer, doch er ließ sich nichts anmerken. Er ging voran ins Wohnzimmer und setzte sich auf das Sofa. Neben sich ließ er ausreichend Platz, damit sie sich zu ihm setzen konnte. Doch es überraschte ihn nicht, dass sie auch diesmal im Türrahmen stehen blieb.

Penny nahm kaum Notiz von ihr. Kurz hob sie den Kopf, als wollte sie sich vergewissern, dass es nur wieder dieses seltsame Geschöpf war, das schon einige Male aufgetaucht war. John fand es nach wie vor merkwürdig, dass sich Penny so ruhig verhielt. Obwohl Ann eine Fremde für sie war, zeigte sie keinerlei Anzeichen von Angst oder Misstrauen. Vielleicht spürte sie auch, dass Ann kein gewöhnlicher Mensch war und dass von ihr keine Gefahr ausging.

In ihrem dünnen Kleid und den zerrissenen Strumpfhosen sah Ann halb erfroren aus.

»Wenn du dich wärmen möchtest, hätte ich noch etwas Platz in meiner Strickjacke für dich übrig, siehst du?« Er zog am Stoff seiner Jacke, um ihr zu zeigen, dass sie tatsächlich beide darin Platz hätten. Er hatte auf ein erneutes Lächeln gehofft, doch ihr Gesicht blieb ernst. Sofort regte sich das Gefühl von Panik in ihm. Er hatte nur einen Witz machen wollen, doch nun fürchtete er, sie könnte den Spruch mit der Jacke für eine dumme Anmache halten. Er war ein Idiot.

Einen Moment lang betrachtete er Ann stumm. Abgesehen von einem gelegentlichen Blinzeln bewegte sie sich nicht. John nahm den Schuhkarton auf seinen Schoß und öffnete den Deckel zum zweiten Mal an diesem Tag. Diesmal konzentrierte er sich nicht auf die Bilder, sondern wartete darauf, dass sie zu ihm kam. Als er vorhin im Keller die Fotos erwähnt hatte, hatte er gesehen, wie interessiert sie daran war. Ein kurzer Blick in ihre Richtung verriet ihm, dass sie sich noch immer nicht rührte, die Kiste jedoch aus der Ferne fixierte.

John widmete sich wieder der Box. Statt die ersten Fotos herauszunehmen, glitten seine Daumen über die seitlichen Ränder des Schuhkartons. Er zögerte. Dann blickte er erneut zu dem Mädchen. »Es sind nur Fotos«, sagte er in ihre Richtung. In Wahrheit versuchte er, sich selbst Mut zu machen. »Vielleicht helfen sie mir, mich an etwas zu erinnern. Das wollten wir doch.«

»Besser, du siehst sie dir ohne mich an«, hörte er sie sagen. Er ignorierte es, klopfte mit der Hand leicht auf das Sofapolster neben sich und wartete, bis sie sich endlich dazu durchrang, sich zu nähern. Sie nahm so behutsam Platz, als hätte sie noch nie in ihrem Leben auf einem Polstermöbel gesessen. John ging durch den Kopf, dass es tatsächlich Jahrzehnte her sein mochte. Vielleicht hatte sie während dieser Zeit immer nur auf harten, kalten Böden gekauert.

Er reichte das obenauf liegende Bild an Ann weiter. Sie zögerte, bevor sie es ihm abnahm. Alles in ihr schien sich gegen das kleine Stück Papier zu sträuben. John beobachtete sie, während ihr Blick auf seinem Vater ruhte. Sie wirkte konzentriert, beinahe angespannt. Es gab ihm die Möglichkeit, sie zu betrachten. Wahrscheinlich spürte sie, dass er sie anstarrte, aber er konnte nicht anders. Ihre Melancholie und ihre geheimnisvolle Ausstrahlung faszinierten ihn.

Sein Blick wanderte zu ihrem Mund und verweilte auf ihrer zartgeschwungenen Oberlippe. Er erschrak, als sie die Lippen plötzlich aufeinanderpresste, als hätte es sie gekitzelt. John räusperte sich und rieb sich nervös den Nacken.

Weil sie nichts sagte, griff er in die Kiste, um das nächste Foto hervorzuholen. Doch dann hielt er inne. Mit aufgerissenen Augen starrte Ann auf die Fotografie. Ihre Finger zitterten so heftig, dass John seine Hand auf ihre legte. Sie ließ das Foto in dem Moment los, als er sie berührte. Ihre Haut war kühl und zart.

»Mein Vater. Er hat dich ...«, sagte er leise. Er war sich nicht sicher, ob sie ihn überhaupt verstanden hatte. Aber sie nickte, während ihre Atemzüge stoßweise gingen. John drückte ihre Hand fester, um sie zu beruhigen. Er wartete ab, bis sich ihre Atmung etwas normalisierte. »Du bist eines seiner Opfer«, flüsterte John. Sie nickte erneut. Vielleicht hatte er es längst gewusst, doch erst jetzt begriff er ... Harvey Godek ... das Monster hatte sie getötet.

Unweigerlich dachte er daran, was es wohl für sie bedeutete, in diesem Haus zu sein. Wie unerträglich es sich anfühlen musste, jetzt hier neben ihm zu sitzen.

Er ließ ihre Hand so abrupt los, dass sie ihn erschrocken ansah. Johns Gedanken überschlugen sich. Sie war zu ihm gekommen, weil er der Nachkomme des Monsters war, das sie getötet hatte.

»Er ist fort. Willst du dich an mir für die Grausamkeiten rächen, die mein Vater dir angetan hat? Bist du deshalb hier?«

Sie schüttelte den Kopf, aber John nahm es kaum wahr.

»Du glaubst, ich bin wie er. Weil dasselbe Blut in meinen Adern fließt.« Er sagte es mehr zu sich selbst als zu ihr.

»Nein«, widersprach sie.

John dachte daran, dass sein Gesicht sie jedes Mal an die Qualen erinnern musste, die sie wegen seines Vaters durchlitten hatte. Deshalb fiel es ihr so schwer, ihm in die Augen zu sehen.

»Aus welchem Grund bist du dann hier?« Sie antwortete nicht. John setzte den Schuhkarton ab und verpasste ihm einen Tritt mit dem Fuß, sodass ein Großteil der Fotos herausfiel und über den Boden rutschte.

Er musterte Ann von der Seite und die Flüsterstimmen in seinem Kopf, die ihn warnten, ihn anflehten, auf Abstand zu ihr zu gehen, summten wie aufdringliche Insekten. Sein Blick fiel auf ihre Hand, die er eben noch gehalten hatte und die nun auf dem Sofapolster ruhte. Es waren nur wenige Zentimeter, die ihn davon trennten, sie erneut zu berühren. Stattdessen rutschte er von ihr weg und vergrößerte so den Abstand zwischen ihnen. Als er sie kurz darauf ansah, versetzte ihm der Anblick einen Stich. Sie erinnerte ihn an ein Rehkitz, das man eben seiner Mutter entrissen hatte. Sie sah aus wie eine

Verstoßene, so einsam. Und sie sah aus, als fürchtete sie, er würde sie gleich davonjagen.

»Was willst du?«, fragte er noch einmal. Seine Stimme klang brüchig.

Langsam hob sie den Kopf. Durch die Haarsträhnen hindurch, die ihr ins Gesicht gefallen waren, sah sie ihm in die Augen. »Erinnere dich.«

24

Sich erinnern. Das war nicht leicht, wenn große Teile seiner Vergangenheit in Nebel gehüllt waren. Erinnerungen konnte man nicht erzwingen. Die Gedankenfetzen jagten durch Johns Hirn, ohne dass er auch nur einen von ihn zu greifen bekam. Es war, als hätte es ihn bis zu einem bestimmten Punkt in seinem Leben nicht gegeben. Bisher war er dankbar für diesen Zustand gewesen. Er hatte einen Großteil seiner Vergangenheit verdrängt und gewiss nie vorgehabt, das jemals zu ändern. Wie sollte er jetzt etwas in diesem Nebel ergründen? Er wusste ja nicht einmal, *woran* er sich erinnern sollte. Er wusste überhaupt nichts. Nur, dass es mit Ann zu tun hatte.

John rieb sich die Augen und blickte dann zu ihr hinüber. Sie hatte wieder den Kopf gesenkt. Das Haar war ihr in die Stirn gefallen, sodass er ihr Gesicht nicht sehen konnte.

Aus irgendeinem Grund war es ihr wichtig, dass er die Erinnerungen zurückholte. Diese Erinnerungen mussten etwas mit seinem Vater zu tun haben, also war er gezwungen, sich auch mit ihm auseinander-zusetzen. Beim Gedanken an ihn krampfte sich sein Magen schmerzvoll zusammen. Harvey Godek war ein Ungeheuer gewesen und niemand war ihm je auf die

Schliche gekommen. John hatte keine Ahnung, wie viele Mordopfer auf sein Konto gingen. Ob es fünf waren oder fünfzehn ... Sicher hätte er mehr Frauen getötet, aber er hatte seine Beute über Monate am Leben gehalten. John erinnerte sich an eine Aussage seines Vaters. *Die Vorfreude auf das Töten ist das Beste. Die Herausforderung ist, es mit der Folter nicht zu weit zu treiben, damit sie nicht allzu früh eingehen.* Er hatte sich *das Beste* aufgehoben, bis der richtige Zeitpunkt gekommen war. Bis er seine Gier, den letzten Schritt zu machen, das Töten, nicht länger hinauszögern konnte.

John gegenüber hatte Harvey Godek nie ein Geheimnis darum gemacht. Schon als kleiner Junge hatte John gewusst, dass sein Vater im Keller Frauen gefangen hielt und umbrachte. Genauso lange wusste er, dass es ihm den Kopf kosten würde, es auszuplaudern. Tatsächlich hatte er nie mit einer Menschenseele darüber gesprochen. Auch nicht mit Jennifer. Phil gegenüber hatte er ein paar Andeutungen gemacht, aber John war nicht sicher, wie viel sich sein Kumpel daraus hatte zusammenreimen können.

John vermutete, dass sein Vater damals keine Frauen aus der näheren Umgebung verschleppt hatte, sondern auf der Suche nach einem neuen Opfer weite Strecken mit dem Wagen gefahren war. Niemand sollte je die Spuren zurückverfolgen können. Vielleicht hatte er die Frauen über längere Zeit beobachtet, bevor er sie schnappte, um sicher zu sein, dass kein Mensch sie sofort vermissen würde. Bestimmt hatte er gezielt nach Frauen gesucht, die keinen engeren Kontakt zu Verwandten oder Freunden hatten. John stellte sich vor, dass er es vielleicht auf drogensüchtige Prostituierte abgesehen hatte. Kaum jemand nahm Notiz davon, wenn diese von heute auf morgen verschwanden. Man würde annehmen, dass sie ihr Glück irgendwo anders versuchten, weit weg, an einem Ort, wo niemand sie kannte. Oder man würde glauben, die Drogen hätten sie umgebracht. Dass diese Frauen in Wahrheit in den Fängen eines Wahnsinnigen waren, der sie in einem dunklen Keller langsam zu Tode folterte, vermutete sicher niemand. Ann saß noch immer schweigend neben ihm, als wollte sie ihm die Zeit geben, nachzudenken. Sie war ganz bestimmt keine Prostituierte gewesen. Auch Drogenmissbrauch konnte er sich bei ihr nicht vorstellen. Als es passiert war, hatte sie noch zu Hause gelebt. Vielleicht war sein Vater bei ihrer Auswahl ein hohes Risiko eingegangen. Hatte er erkannt, wie distanziert die Beziehung zu ihrer Familie war und dass man glauben würde, sie wäre von zu Hause weggelaufen?

John fragte sich, wie sein Vater damals bei der Entführung vorgegangen war. Hatte er sich zunächst ihr Vertrauen erschlichen und sie in sein Auto gelockt? Allein darüber nachzudenken, bereitete John ein so starkes Unbehagen, dass er es kaum ertrug. Aber er konnte sich nicht gegen die Fragen wehren. Welche Abscheulichkeiten hatte das Monster ihr unten im Keller angetan? Wie viele Wochen hatte ihr

Martyrium gedauert und auf welche Weise war sie letztlich gestorben?

Ihr Körper bewegte sich sanft im Takt ihrer Atemzüge. John betrachtete sie von der Seite und stellte sich vor, wie seine Fingerspitzen ihr Haar zurückstrichen und ihre Wange berührten. Obwohl die Berührung nur in seiner Fantasie stattfand, glaubte er, die Kühle ihrer Haut zu spüren.

Ein lautes Klopfen ließ ihn zusammenzucken. Sein erster Gedanke war, dass dieses Klopfen von irgendeinem höheren Wesen stammen musste, dem es nicht gefiel, wie er Ann angestarrt und berührt hatte, auch wenn es nur in seiner Vorstellung passiert war. Doch dann fuhr er herum und entdeckte Phils grinsendes Gesicht im Fenster. Wie üblich drückte er sich die Nase auf der Glasscheibe platt und winkte hinein. Ann war im Begriff, aufzustehen, aber John legte eine Hand auf ihr Knie und sie erstarrte in ihrer Bewegung. Er spürte den verschlissenen Spitzenstoff ihrer Strumpfhose und die Kühle ihrer Haut unter seinen Fingern.

»Bitte bleib. Das ist Phil. Mein bester Freund.«

Sie sah ihn unschlüssig an.

»Ich schicke ihn weg«, versprach er, löste endlich die Hand von ihrem Knie und erhob sich. An der Wohnzimmertür drehte er sich noch einmal zu ihr um. Ihre Finger bohrten sich in das Sofapolster, als müsste sie sich zwingen, dort sitzenzubleiben.

Wenn es eine Person auf der Welt gab, der John alles anvertrauen konnte, dann war es Phil. Trotzdem wollte er seinem Freund im Moment nichts über Ann erzählen. Er wollte ihn schnell wieder loswerden, um zu ihr zurückkehren zu können, und er hoffte, dass sie dann noch da sein würde.

Kaum hatte er die Tür geöffnet, stieß Phil beinahe mit ihm zusammen, weil er nicht damit gerechnet hatte, dass John sich ihm in den Weg stellte.

»Hey, was ist los?«, fragte Phil verwundert. »Komme ich irgendwie ungelegen?« Er grinste und entblößte seine schiefe obere Zahnreihe. Sicher hatte er Ann durchs Fenster sehen können.

»Ja … mein Besuch. Ich will sie nicht so lange warten lassen«, entgegnete John fahrig. Phil machte ein erfreutes Gesicht. »John, endlich!«, rief er. »Wird auch Zeit, dass du mal wieder eine Frau abschleppst.« Sein Grinsen wurde noch breiter. »Dann halte ich dich nicht lange auf, damit ihr zur Sache kommen könnt.«

Statt einer Antwort verdrehte John die Augen. Es war ihm peinlich, dass Phil so laut sprach. Ann würde es nebenan auf jeden Fall hören.

Phil reckte den Hals, um einen Blick ins Wohnzimmer zu erhaschen. John schob die Tür ein paar Zentimeter zu, um ihn daran zu hindern. »Ich brauch' meine Bohrmaschine zurück«, platzte Phil heraus.

Hatte sein Freund den Verstand verloren? Das musste ihm gerade erst eingefallen sein! Er hatte John die Bohrmaschine vor über einem halben Jahr geliehen und jetzt zu später Stunde bestand sicher keine Dringlichkeit, sie zurückzubekommen. Es war ein dummer Vorwand, um seine Neugier zu befriedigen. John starrte Phil fragend an, der nur fortwährend grinste, den Kopf neigte und weiter versuchte, einen Blick in den Flur zu werfen. Von der Position aus konnte er aber unmöglich ins Wohnzimmer sehen.

John überlegte, wo er die verdammte Bohrmaschine gelassen hatte, und kam zu dem Schluss, dass sie noch immer in der Abstellkammer sein musste. Er hatte die Maschine nie benutzt und konnte sich auch nicht mehr erinnern, aus welchem Grund er sie sich überhaupt geborgt hatte. »Warte kurz«, seufzte er. »Bin gleich zurück.« Er schob die Tür noch ein Stück weiter zu und eilte zur Abstellkammer am gegenüberliegenden Ende des Flurs. Die Glühbirne spendete kaum Licht und die kleine Kammer war randvoll gestopft mit allem möglichen Krempel. Ihm stieg der Geruch von Mottenkugeln in die Nase. Zum Glück entdeckte er die leuchtend gelbe Plastiktüte, in der die Bohrmaschine steckte, auf Anhieb. Er zerrte sie hastig aus dem Fach, wodurch noch ein paar andere Gegenstände zu Boden fielen. Die Tür ließ sich nicht mehr schließen, weil nun ein zusammengerollter Schlafsack und eine alte Winterjacke im Weg lagen.

Als John sich umdrehte, erschrak er. Phil hatte nicht vor der Tür gewartet, sondern stand jetzt im Eingang zum Wohnzimmer und starrte hinein. Eine Sekunde später war John neben ihm. Mit einem raschen Blick zum Sofa und einem weiteren Blick durch den Raum stellte er fest, dass Ann verschwunden war. Es war vermutlich besser so.

John drückte Phil die Tüte in die Hand.

»Wo ist denn deine neue Eroberung?«, fragte Phil verwundert. John warf ihm einen wütenden Blick zu.

»Du wirst sie verjagt haben.« Er machte eine Handbewegung Richtung Tür, doch sein Kumpel schien das Zeichen nicht zu verstehen.

»Versteckst du sie vor mir?«

»Unsinn«, brummte John.

Plötzlich packte Phil seinen Arm. »Es ist doch nicht Marla Hoover aus dem Eisenwarenladen? John, sag mir bitte, dass sie es nicht ist!«

John befreite sich aus seinem Griff und rieb sich den Arm. »Sie ist es nicht.«

»Da bin ich beruhigt. Die ist wirklich schaurig.« Phil schüttelte sich demonstrativ. »Wenn sie es aber doch ist, kannst du es mir ruhig sagen.«

John verdrehte genervt die Augen. »Wir sehen uns morgen, okay?«

Tatsächlich nickte Phil nun einsichtig und bewegte sich in Richtung Haustür.

»Sie ist sicher schon oben im Schlafzimmer, hab ich recht?« Phil kicherte. »Womöglich rekelt sie sich gerade nackig auf deinem Bett und kann's kaum erwarten, dass du raufkommst.«

John stöhnte auf. »Schluss jetzt«, murmelte er und stieß Phil gegen die Schulter, damit er endlich auch den letzten Schritt über die Türschwelle machte.

»Bist ein bisschen nervös, das versteh' ich. Dann lass ich euch mal machen«, entgegnete Phil.

»Gute Nacht«, seufzte John, bevor er die Tür schloss.

25

Nach Phils Besuch war Ann verschwunden. John suchte in allen Räumen des Hauses nach ihr, jedoch ohne Erfolg.

Er konnte nur zu gut verstehen, dass sie die Flucht ergriffen hatte. Die Fotos hatten sie aufgewühlt. Auch die Tatsache, dass sein Verstand sich weigerte, sich an diese ganz bestimmte Sache zu erinnern, die so wichtig für sie war. Und wahrscheinlich hatte sie das dumme Gerede von Phil mit angehört.

Auch am nächsten Tag zeigte sie sich nicht und mit jeder weiteren Stunde, die verstrich, wuchs in John die Wut auf Phil. Er hatte sie in die Flucht geschlagen. Was, wenn sie nun gar nicht mehr auftauchte? Doch am meisten ärgerte er sich über sich selbst. Seine Reaktion, als er begriffen hatte, dass sein Vater Anns Mörder war, war dumm gewesen.

Niedergeschlagen stand er am Fenster und ließ den Blick nach draußen schweifen. Die Umgebung erschien ihm ebenso trostlos wie seine Stimmung. Die wenigen Bäume waren inzwischen fast laubfrei und das Gras, das der Wind auf die Seite gedrückt hatte, war so fahl wie der Himmel, der anscheinend nur noch die Farben Grau und Schwarz kannte. Ann blieb verschwunden und die Ahnung, dass sie nicht zurückkehren würde, wurde für John zur Gewissheit.

Für ihn spielte es keine Rolle mehr, ob es Tag oder Nacht war. Er bewegte sich fast nur noch zwischen Sofa und Toilette und manchmal war er gezwungen, aufzustehen, um Penny zu füttern oder sie für ein paar Minuten nach draußen zu lassen. Eine unfassbare Müdigkeit hatte Besitz von seinem Körper ergriffen und so gab er sich ihr hin, wann immer ihm danach war. John war froh darüber, einen Großteil der Stunden zu verschlafen, denn so musste er weniger Zeit damit verbringen, die Wände anzustarren. Wenn er ins Grübeln kam, trank er etwas Whiskey. Nicht viel, aber genug, um nicht nachdenken zu müssen. Nachzudenken war gefährlich. Es konnte dazu führen, dass er sich erinnerte und dann wäre er mit diesen Erinnerungen allein gewesen.

Er war gerade eingenickt, als es an der Tür klopfte. Sofort war John hellwach. War Phil gekommen, in der Hoffnung, diesmal die geheimnisvolle Frau kennenzulernen? Bestimmt hielt er die Neugierde nicht länger aus, denn John hatte ihn seit dieser Nacht immer noch nicht angerufen.

Seufzend erhob er sich und trottete zur Haustür. Ann würde sich sowieso nicht blicken lassen, also konnte er Phil genauso gut reinbitten und ihm irgendeine Geschichte auftischen. Ihm würde schon etwas einfallen.

Doch als er öffnete, stand nicht Phil, sondern Sheriff Spencer vor ihm.

»Ich war gerade in der Gegend. Zur Zeit ist nichts los. Langweilig geradezu! Da dachte ich mir, schau ich doch mal beim jungen Godek vorbei«, begrüßte der Sheriff ihn scheinheilig.

»Brechen sie sich keinen ab. Jennifer hat mir gesagt, dass sie Sie auf mich angesetzt hat«, erklärte John dem Mann. Spencer lachte auf und rieb sich den Bauch, der über seinen Polizeigürtel hing.

»Ihre Frau ist ein Teufelsweib, John. Aber verdammt attraktiv.« John war nicht zum Lachen zumute. Obwohl er in der Tür stand und nicht daran dachte, den Sheriff hereinzubitten, sah dieser sich offenbar nicht veranlasst, gleich wieder zu verschwinden. John kam die Befürchtung, dass er beabsichtigte, einen Teil seiner langweiligen Nachtschicht damit zu verbringen, ihm eine Unterhaltung aufzuzwingen.

Und wirklich... der Sheriff redete wie ein Wasserfall und berichtete über Vorkommnisse auf dem Revier und in der Stadt, die er anscheinend allesamt für überaus bedeutsam hielt. John blickte auf die Lippen des Mannes, die keine Sekunde stillstanden. Was er sagte, erschien ihm belanglos. Es interessierte ihn einfach nicht.

»Die Sache mit Florida ist schlimm, oder?«, fragte Spencer, nachdem er seinen Monolog über die Neueröffnung eines Tabakladens irgendwo am Stadtrand, in dem es angeblich auch fabelhafte Donuts gab, beendet hatte.

»Was?«

»Hören Sie keine Nachrichten, Sie Einsiedler?«, lachte der Alte kopfschüttelnd. »Die Wirbelsturmserie. Die haben da drüben ja jeden Herbst damit zu kämpfen, aber diesmal hat es sie verdammt hart erwischt.«

John nickte und versuchte, nicht allzu gleichgültig auszusehen. Dabei war es ihm im Augenblick egal, ob Florida weggeweht wurde. Es wäre ihm sogar gleichgültig gewesen, wenn ein Tornado seine eigene Heimatstadt dem Erdboden gleichgemacht hätte. Es kümmerte ihn nicht, was sich außerhalb seines Hauses abspielte.

»Sie haben Ihren Auftrag erfüllt und können jetzt wieder gehen«, sagte er bestimmt. »Wenn Sie Jennifer sehen, erstatten Sie ihr Bericht. Ich lebe und es geht mir hervorragend.«

»Sie sehen aber etwas abgehalftert aus, wenn ich das bemerken darf«, sagte der Sheriff, während sein Blick an John hinabglitt.

»Das sagen Sie ihr lieber nicht«, entgegnete John und blickte ebenfalls an sich hinunter. In der Strickjacke sah er tatsächlich wie ein Penner aus.

»Haben Sie getrunken?«

Jetzt wurde es John zu bunt. Es ging den Schnüffler nichts an, in welchem Aufzug er innerhalb seines eigenen Hauses herumlief. Und es hatte ihn auch nicht zu interessieren, ob er trank.

Das Lächeln des Sheriffs verschwand. Er nickte, als hätte er urplötzlich kapiert, dass es John nervte, überwacht zu werden. »Wir sehen uns, John.« Dann tippte er gegen seinen Hut, machte kehrt und ging zu seinem Wagen zurück. John sah ihm nach, bis sich das Fahrzeug gute zweihundert Meter entfernt hatte. Dann knallte er die Tür zu und ging in die Küche. Ihm war klar, dass der Sheriff Jennifer haarklein berichten würde, in welch mieser Verfassung er war. Er würde sofort zu ihr laufen und seinen Bericht sogar noch ausschmücken. Sei es drum! Es spielte keine Rolle, was der Schnüffler ihr erzählte. Jennifer hielt ihn ohnehin schon für einen Versager.

26

Eine Stunde später war John betrunken. Mit geschlossenen Augen lag er auf dem Sofa und umklammerte die Wodkaflasche. Heute Nacht würde er sie bis auf den letzten Tropfen leeren und danach würde er so tief schlafen wie lange nicht. Als ihm beinahe die Flasche aus den Fingern glitt, schlug er die Augen auf und erblickte Ann. Ohne sich aufzurichten, ohne ein Wort zu sagen, betrachtete er sie. Das Zimmer drehte sich. Er konzentrierte sich auf ihr trauriges, blasses Gesicht, doch je mehr er sie zu fokussieren versuchte, desto mehr verschwamm das Bild vor seinen Augen. Erst jetzt realisierte er, wie sehr die Sehnsucht ihn gequält hatte. Sie hatte sich in seiner Brust festgesetzt und an seinem Herzen genagt. Ann näherte sich und nahm ihm die Flasche aus der Hand. Statt sie auf den Tisch zu stellen, führte sie sie an ihre Lippen. John beobachtete die Schluckbewegung ihres Kehlkopfes. Sie trank gierig, als handelte es sich um Wasser und nicht um hochprozentigen Alkohol. Hastig richtete John sich auf. »Bist du dir sicher ...?« Er starrte sie ungläubig an. Der Geschmack widerte sie sichtlich an, doch im nächsten Moment wirkte sie wieder entschlossen. Sie nahm einen weiteren Schluck, obwohl es ihr offenbar immer schwerer fiel, das Zeug herunterzubekommen. John kam der verrückte Gedanke, dass sie sich vorgenommen hatte, all seine Vorräte zu leeren, um ihn selbst am Trinken zu hindern. Aber dann hätte sie den Alkohol auch einfach wegschütten können. Außerdem war sie nicht sein Schutzengel. *Sie legt es darauf an, sich zu betrinken, und es soll schnell gehen.* In den letzten Monaten war es John oft so gegangen, doch selbst er hatte sich etwas mehr Zeit dabei gelassen.

Bei ihrer Statur konnte es nicht lange dauern, dachte er. Später würde sie sich verdammt schlecht fühlen. Anscheinend war genau das ihr Ziel.

»Du solltest nicht so schnell ...« John brach mitten im Satz ab. Den Geist einer Ermordeten vor dem Alkohol zu warnen, war bizarr. Erst recht, wenn diese Warnung aus dem Mund eines Taugenichts kam, der sich an manchen Tagen nur betrank, weil es ihm half, für ein paar Stunden die Realität zu vergessen.

Keuchend setzte sie die Flasche ab. Als sie ihm in die Augen sah, erschien sie ihm so hoffnungslos, dass es John fast den Atem raubte.

»Fühlst du etwas?«, fragte er vorsichtig.

Er betrachtete ihr Gesicht und versuchte zu ergründen, was in ihr vorging. »Warum machst du das?«

Der verzweifelte Ausdruck in ihren Augen wich erneut der Verbissenheit von eben. Statt ihm zu antworten, trank sie einen weiteren Schluck und verzog das Gesicht.

»Das Zeug brennt im Hals, wenn man zuviel davon erwischt«, meinte er. Sein Kommentar erschien ihm lächerlich. Sie erfuhr schließlich gerade am eigenen Leib, wie es sich anfühlte. Doch sie schüttelte langsam den Kopf. »Nein. Es ist einfach nur ein widerlicher Geschmack.«

John sah sie verwundert an. Sie machte nicht den Eindruck, als hätte sie eben eine halbe Flasche Hochprozentigen getrunken. Sie wirkte vollkommen nüchtern, während ihm immer mehr der Kopf schwirrte. Der Körper eines Geistes funktionierte anscheinend etwas anders.

»Du verträgst mehr als die Stammtischjungs aus der Stadtkneipe.«

Sie presste die Lippen aufeinander und starrte auf den winzigen Rest Wodka, der in der Flasche verblieben war. War sie wütend?

John hatte keine Ahnung, was der Grund für ihr seltsames Verhalten war. Er seufzte und ließ sich zurück auf das Sofa fallen.

»Warum verschwindest du jedes Mal?« Er hatte die Worte nicht deutlich herausbekommen, aber sie hatte ihn sicher verstanden. Es drängte ihn, ihr zu sagen, dass er einsam war, jedes Mal, wenn sie verschwand. Und wie sehr er sich dann danach sehnte, dass sie sich wieder zeigte. Beim bloßen Gedanken an dieses schmerzvolle Gefühl zog sich ihm die Brust zusammen. *Warum soll ich es ihr nicht sagen?*

Langsam und beinahe geräuschlos stellte sie die Flasche auf den Tisch. »Ich sollte nicht hier sein«, flüsterte sie. Die bedrückende Enge in Johns Brust nahm zu und er spürte eine leichte Übelkeit in sich hochsteigen. »Warum?«, stieß er aus.

Sie sah ihn nicht an. Ihr Schweigen quälte ihn und mit jeder stillen Sekunde, die verstrich, fühlte es sich schlimmer an. Er hoffte, sie würde irgendetwas sagen ... etwas, das ihn tröstete. Johns Übelkeit nahm zu. Er ließ sich zur Seite sinken, zog umständlich die Decke über sich und drehte ihr den Rücken zu. Er starrte auf die grobe Webstruktur des Sofabezugs, die dicht vor seinen Augen verschwamm. »Mach, was du willst«, sagte er. »Ich bin müde.«

27

Irgendwann in der Nacht wachte John auf und entdeckte Ann auf dem Sessel. Sie hatte sich darauf zusammengerollt wie eine schlafende Katze. Im milden Licht der Stehlampe wirkte ihre Haut etwas weniger bleich. John lauschte ihren sanften Atemzügen. Obwohl sie nur ein paar Meter entfernt war, kam ihm die Distanz unfassbar groß vor.

Es verstrich vielleicht eine Stunde, in der er sich nicht rührte. Dann schob er vorsichtig die Decke beiseite. Sehr langsam richtete er sich auf, um zu vermeiden, dass die Sprungfedern des alten Sofas unter seiner Last quietschten. Er konnte spüren, dass sein Puls an Fahrt aufnahm. Mit den Augen suchte er den Boden nach herumstehenden Flaschen und anderen Gegenständen ab, denen er ausweichen musste. Inzwischen fühlte er sich nicht mehr so betrunken wie vorhin, aber er fürchtete dennoch, ins Wanken zu geraten und gegen eines der Hindernisse zu stoßen. Er hielt den Atem an und machte den ersten Schritt.

Wie ein Raubtier, das sich seiner ahnungslosen Beute näherte, bewegte er sich auf sie zu. Als er nur noch eine Armlänge von ihr entfernt war, ächzte die Bodendiele unter seinem Fuß. John erstarrte augenblicklich. Ann rührte sich nicht. Sie lag auf der

Seite und hatte die Beine eng an den Körper gezogen. John ging in die Knie und betrachtete ihr schlafendes Gesicht. Ihre dunklen Augenlider waren ruhig. Eine Haarsträhne lag auf ihrer Wange und er verspürte Lust, sie zurückzustreichen, aber er wagte es nicht, sie zu berühren. Er wagte ja kaum, zu atmen.

Sein Blick haftete auf ihrem Gesicht. Bald verlor er das Gefühl dafür, wie lange er bereits vor dem Sessel hockte und sie anstarrte. Ihm war bewusst, dass er eine zunehmende Obsession für sie entwickelte. Diese Faszination hatte nichts damit zu tun, dass sie aus einer anderen Welt kam. Die meiste Zeit über vergaß er sogar, dass sie kein lebender Mensch war. Und wenn ihm dann wieder einfiel, dass ihr Dasein unerklärlich war, erschien ihm das bedeutungslos. Es drängte ihn nicht, Antworten auf die Fragen zu finden, die ihre Existenz aufwarfen. Er wollte sie nur in seiner Nähe haben.

Ihm wurde bewusst, dass er ihre Lippen anstarrte, und einen Moment lang fühlte er sich schuldig deshalb. Aber sie schlief und ahnte schließlich nichts. Noch einmal konzentrierte er sich auf ihre Atemzüge. Sie gingen ruhig und gleichmäßig. Sein Blick glitt erneut zu ihren Lippen. Wie es sich wohl anfühlte, sie zu berühren, sie zu küssen? In seiner Vorstellung waren ihre Lippen kühl und zart. John spürte das warme Gefühl wachsender Lust, das sich in ihm ausbreitete. Sein Blick wanderte langsam über ihren Körper. Ihr Kleid hatte sich ein wenig hochgeschoben. In seiner Fantasie strich er mit den Fingerspitzen über ihren Schenkel. Er bildete sich ein, die Struktur der Strumpfhose zu fühlen, und die weiche, kühle Haut, dort, wo der Stoff zerrissen war. Es erregte ihn. In Gedanken schob er seine Hand noch etwas höher und ließ sie zu ihrem Innenschenkel gleiten.

Erschrocken zuckte er zusammen. Was tat er hier? Er hatte Ann nicht angefasst, aber für ihn machte das keinen Unterschied. Denn in Gedanken hatte er es getan! Noch immer spürte er das Verlangen ... *Ich bin wie mein Vater.*

Der Schweiß brannte auf seiner Haut. Die Vorstellung, sie könnte erwachen und ihn entdecken, raubte ihm den Atem. Sie würde ihn angsterfüllt anstarren. Vielleicht würde sie seinen Vater in ihm sehen. Etwas zu hastig sprang John auf und geriet ins Wanken. Er hatte das Gefühl, zu ersticken und zerrte am Reißverschluss der Strickjacke. Vielleicht war er seinem Vater ähnlicher, als er wahrhaben mochte. Hatte er nicht sein Leben lang diese unterschwellige Angst gespürt, dass tief in ihm etwas Dunkles schlummerte? Wie eine winzige Flamme, die darauf wartete, aufzulodern? Womöglich musste er nur einmal erfahren, wie es war, die Überlegenheit über einen anderen Menschen zu spüren. Das Schwindelgefühl wurde schlimmer. John stieß gegen den Tisch und der ohrenbetäubende Krach durchbrach die Stille. Ohne Ann noch einmal anzusehen, wandte er sich um und stolperte über den Teppich. Er rannte aus dem Zimmer, die Treppe hinauf.

28

Den ganzen Tag schon lief John ruhelos im Haus umher und starrte immer wieder zur Uhr. Er wusste, dass Phil bis zum späten Nachmittag in der Tankstelle arbeitete und nicht erreichbar war. Er musste mit ihm über Ann sprechen! Nicht, weil er sich einen Rat von ihm erhoffte. Vermutlich würde Phil ihm ohnehin kein Wort glauben. Doch nach der letzten Nacht drängte es ihn, sich seinem besten Freund anzuvertrauen. Er hatte das Gefühl, verrückt zu werden, wenn er es weiter vor ihm verbarg.

Um Punkt sechs wählte er Phils Nummer. Sein Kumpel meldete sich sofort.

»Hey, ich wollte dich auch eben anrufen. Wie läuft's mit deiner Freundin?« Phil gab John nicht einmal die Möglichkeit, zu antworten. »Die ganze Zeit über zerbrech ich mir den Kopf, wer sie sein könnte. Eigentlich ist mir Jede recht ... Solange du nicht wieder etwas mit Jennifer anfängst.«

»Phil?«

»Tut mir leid, ich hab neun Stunden lang Diesel geschnüffelt, da kommt man auf die abwegigsten Ideen«, entschuldigte sich Phil. »Kenn ich sie denn?«

John seufzte. »Ich glaub nicht.« Zu seiner Überraschung blieb Phil diesmal stumm. Vielleicht hatte er begriffen, dass er keine Antworten bekommen würde, solange er selbst wie ein Wasserfall redete.

»Sie ist … anders. Anders als du und ich, weißt du?«, begann John zögerlich.

»Das will ich doch hoffen«, lachte Phil. John stöhnte auf. Während er darauf wartete, dass sich sein Freund wieder beruhigte, wischte er nervös über die staubige Oberfläche der Kommode.

»*Anders* ist sie also, sagst du … Sie ist doch keine Gummipuppe?«

»Schwachkopf«, brummte John. Normalerweise schaffte er es selten, bei Phils dummen Kommentaren ernst zu bleiben, doch heute war ihm nicht nach Lachen zumute.

Dann sagte er es geradeheraus. »Sie ist ein Geist.« Er hatte nicht wirklich die Hoffnung, dass Phil auch nur versuchen würde, ihn verstehen. Er würde ihn für verrückt erklären oder annehmen, Ann wäre so etwas wie eine imaginäre Freundin, die er sich zurechtgesponnen hatte.

Am anderen Ende der Leitung blieb es still. »Ich meine es ernst.«

»Ein Gespenst ist sie?«

»Ja.«

Er hörte Phil atmen. Wieder sagte er eine ganze Weile nichts.

»Das ist ja …«

»Schwer zu begreifen, ich weiß«, beendete John seinen Satz.

»Allerdings. Wieso spukt sie bei dir herum?«, wollte Phil wissen. Der amüsierte Unterton in seiner Stimme war nicht zu überhören.

John schwieg. Vielleicht war es doch dumm gewesen, Phil anzurufen.

»Mensch, John, was ist denn los mit dir?« Jetzt klang sein Freund nicht mehr so, als würde er gleich in Lachen ausbrechen, sondern besorgt. »Neulich hab ich nichts gesagt, weil ich dachte, du hättest ein heißes Date. Ich wollte dich nicht entmutigen ... aber du hast beschissen ausgesehen.«

John reagierte mit einem Schulterzucken.

»Wenn du dir nicht schnell etwas Ordentliches zu essen zwischen die Kiefer schiebst, bin ich es bald, dem die Weiber nachgucken.«

»Träum weiter«, murmelte John.

Phil lachte kurz auf. »Im Ernst, muss ich mir Sorgen machen, dass du demnächst in eine dunkle Ecke kriechst, um zu verrecken?«

»Quatsch.« John wusste, dass die Sorge seines Freundes ehrlich war. Aber dafür bestand kein Anlass!

»Erzähl mir von ihr«, hörte er Phil sagen. »Ist sie eines Tages einfach aufgetaucht und hat sich als dein neuer Hausgeist vorgestellt, oder wie lief es ab?«

John seufzte. »Nein. Zuerst hatte ich keine Ahnung, *was* sie ist. Aber gespürt habe ich es vielleicht doch ... Sie ist ganz bleich und sie sieht so sonderbar aus in dem kaputten Kleid und der zerrissenen Strumpfhose.«

»Ist ja heiß«, spottete Phil. »Sie sieht also aus, als wäre sie eben aus ihrem eigenen Sarg entstiegen ... John, wenn du dir schon eine Fantasiefreundin zulegst, könnte es wenigstens eine scharfe Braut sein. Andererseits scheint ihr zwei ja perfekt zueinander zu passen. Du entwickelst dich schließlich auch mehr und mehr zu einem Zombie.«

John sah, dass seine Fingernägel feine Kratzspuren im weichen Holz der Kommode hinterlassen hatten. Inzwischen bereute er den Anruf zutiefst. Was hatte er auch erwartet? Er konnte Phil keinen Vorwurf machen. Phil sorgte sich um ihn. Und dass er nicht an Geister glaubte, war absolut nachzuvollziehen.

»Spricht das Ding denn auch manchmal?«, fragte Phil in einem abfälligen Ton.

John sah keinen Sinn darin, auf diese Frage zu antworten. »Ich leg jetzt auf.«

»Meinetwegen. Aber vorher will ich dir noch sagen, dass sie nur in deiner Einbildung existiert.«

»Das ist nicht wahr«, sprach John leise. Er hatte keine Hoffnung mehr, seine Worte könnten zu Phil durchdringen.

Phil atmete tief durch. »Also gut. Angenommen, sie ist wirklich echt ...«, begann er. »Dann werde sie wieder los. Dieses Ding hat sich an dich herangemacht, weil es leichtes Spiel mit dir hat. Es hat dich ausgesucht, weil du zur Zeit einsam und verzweifelt bist. Wie diese Sektentypen, die ihre Krallen nach deprimierten Leuten ausstrecken. Verstehst du, was ich dir sagen will, Kumpel? Lass dich nicht mit dunklen Geistern ein.«

John verspürte einen dumpfen Druck hinter der Stirn und presste sich die Faust dagegen.

»Sie hat mich ausgesucht, weil mein Vater sie getötet hat«, sagte er mit ruhiger Stimme. »Er hat sie gefangen gehalten und gequält. Und am Ende hat er sie umgebracht.« Dann legte er auf.

29

Er fand Ann im Badezimmer. Sie hockte auf den Fliesen und lehnte mit dem Rücken an der Wand. Ihre Unterarme und Hände waren voller Blut. John schoss der schreckliche Gedanke in den Kopf, dass sie sich umgebracht hatte. Dass er zu spät gekommen war ... Doch als sie ihn bemerkte, ging ein Ruck durch ihren Körper und sie starrte ihm aus weit aufgerissenen Augen entgegen. Sie umklammerte das Messer, von dessen Spitze sich ein dunkler Tropfen löste und in ihren Schoß fiel. Vor Entsetzen stieß John ein Keuchen aus. Er befreite sich aus seiner Lähmung, stürzte auf Ann zu und riss ihr das Messer aus den Fingern. Dann griff er nach ihren Handgelenken. Auf ihrem Kleid hatte sich ein großer nasser Fleck gebildet, der wegen des schwarzen Stoffs beinahe unsichtbar war. Doch auf dem hellen Kachelboden bildete das tiefe Rot der Blutlache einen umso brutaleren Kontrast. Das war verdammt viel Blut. »Was hast du gemacht?«, schrie er sie an. Welch sinnlose Frage! Er konnte die Schnitte sehen, aus denen noch immer Blut sickerte. Erschrocken ließ er von ihr ab, weil sein fester Druck um ihre Arme die Blutung verstärkte. John hatte auf einmal den widerwärtigen Geschmack von Eisen auf der Zunge.

Er schluckte und versuchte, die Übelkeit zu unter-
drücken.

»Ich dachte, du kannst dich nicht verletzen.« Er
schrie jetzt nicht mehr, und doch hörte er die Hysterie
in seiner Stimme. Sie war ein Geist. Warum also war
da so viel Blut?

»Das kann ich auch nicht. Es hat nicht
funktioniert.« Die Worte kamen nur als ein Flüstern
über ihre Lippen. Sie hatte den Kopf gesenkt und
wagte nicht, ihn anzusehen, als schämte sie sich. Für
Sekunden blickte John fassungslos auf sie hinab. Was
redete sie da? Welchen Beweis brauchte sie denn noch
für ihre Verwundbarkeit? Er starrte auf das Blut, das
aus ihren Armen gesickert war. Das Rot wirkte neben
ihrer bleichen Haut und dem Schwarz des Kleides
seltsam unwirklich. Es sah aus wie das groteske
Gemälde eines geisteskranken Künstlers.

Mit einem Mal wurde ihm schwindlig. Er taumelte
rückwärts und landete hart auf dem Hintern. Heftig
atmend krümmte er sich auf dem Boden, ohne den
Blick von Ann zu lösen. Die Übelkeit wurde
schlimmer. Er wollte sich übergeben, um das Gefühl
loszuwerden, doch seine Kehle war wie zugeschnürt.

Tu etwas. Hilf ihr doch endlich!

John drückte sich vom Boden hoch und riss die
Schranktür auf. Er zerrte zwei Handtücher hervor und
befeuchtete sie unter dem Wasserhahn. Als er sich vor
Ann hinkniete, zog sie die Beine an, um ihm Platz zu
machen. Er rutschte näher an sie heran und begann,
ihre Arme mit den Tüchern abzutupfen. Sie ließ es

über sich ergehen, ohne sich zu rühren und ohne einen Laut von sich zu geben. *Ich krieg das wieder hin. Ich krieg das wieder hin*, hörte John seine Stimme, die die Worte mantraartig wiederholte. Wie ein verzweifelter Versuch, sich nicht von der Panik überwältigen zu lassen.

Nachdem er einen Teil des Blutes weggewischt hatte, wurde das Ausmaß der Verletzungen sichtbar. Sie hatte sich mindestens zwanzig Mal geschnitten. Bei einigen Wunden sah es so aus, als wäre die Klinge bis auf die Knochen gedrungen. Ihm kam der Gedanke, dass die Schnitte auf jeden Fall genäht werden mussten. Aber er konnte sie nicht einfach ins nächste Krankenhaus bringen. Es würde darauf hinauslaufen, dass er es selber machte. Bei dieser Vorstellung erfasste ihn eine erneute Übelkeitswelle. Er drehte den Kopf zur Seite und vergrub den Mund an seiner Schulter. Zitternd atmete er aus. Er musste sich zusammenreißen!

»Ich weiß nicht, ob es von allein aufhören wird, zu bluten«, begann er unsicher. Er hatte überhaupt keine Ahnung von diesen Dingen. Weder von Wunden in menschlichem Fleisch und erst recht nicht von blutenden Geistern. »Vielleicht sollte ich Phil anrufen.« Ihr erschrockener Blick machte ihm sofort klar, dass sie das nicht wollte. Aber John wusste, dass er sich im Notfall auf Phil verlassen konnte. Er behielt in solchen Situationen einen kühlen Kopf.

Phil brachte es fertig, ein verletztes Tier von seinem Leid zu erlösen, indem er es mit einem Stein erschlug oder mit dem Fuß zertrat. John hatte das immer als grausam empfunden, aber letztlich war es human. Er hatte Phil nur ein einziges Mal zurückgehalten. Bei Petey. Sofort tauchte das Bild seines kleinen Katers in seinem Kopf auf. Damals waren John und Phil noch Kinder gewesen ... Sie hatten den Streuner überall gesucht und schließlich, schwer verwundet mit einer völlig zerfetzten Pfote, gefunden. Seinen Vater hätte John nicht um Hilfe bitten können. Petey litt furchtbar und die Verletzungen waren so schwer, dass jeder Tierarzt ihn sicher sofort eingeschläfert hätte. Doch John beschwor seinen besten Freund, alles zu versuchen, um ihn zu retten. Phil hatte es für John getan. Sie hatten kein Betäubungsmittel, keine medizinischen Geräte und keine Ahnung, was sie taten. Während John das geschwächte Tier festhielt, amputierte Phil die Pfote mit dem Hackmesser. Der Kater entwickelte ungeahnte Kräfte, schrie und wand sich. Und John heulte die ganze Zeit. Irgendwann wurde das Tier ruhig. Phil hatte die Wunde abgebunden und mit Hilfe einer heißen Zange kauterisiert. Der Todeskampf von Petey dauerte einen weiteren halben Tag. Es waren furchtbare Stunden, in denen er wimmerte und zuckte, bis es endlich vorbei war.

»Tut mir leid. Ich mache das wieder sauber.« Anns Stimme riss John zurück in die Gegenwart. Sie betrachtete die Blutflecken auf dem Boden, als wären sie ihr erst jetzt aufgefallen. Dann sah sie wieder auf ihre Arme, während er unaufhörlich das Blut weg tupfte.

»Ich weiß nicht, was ich tun soll.«

»Du musst nichts tun. Es wird bald aufhören, zu bluten.«

John schüttelte den Kopf. Noch immer rann Blut aus den Schnitten.

»Was soll mir passieren? Tot bin ich bereits«, hörte er sie sagen.

»Warum hast du es dann getan?« Er blickte sie ratlos an.

»Das würdest du nicht verstehen«, flüsterte sie kaum hörbar.

»Ich würde es nicht verstehen? Ich verstehe seit Tagen nichts mehr! Ich weiß nicht, ob ich längst durchgedreht bin.« Behutsam umfasste er ihre Handgelenke. »Sag mir, warum du das tust.«

Sie atmete tief durch. »Ich wollte mir wohl selbst beweisen, dass ich existiere.« Es fiel ihr nicht leicht, zu sprechen. John sah, dass sie gegen die Tränen ankämpfte. »Aber ich fühle keinen Schmerz mehr. Ich habe die Klinge gespürt, doch es war nur ein dumpfer Druck.«

John nickte, auch wenn er noch nicht begriff, was sie da sagte. Es kam ihm vor, als wären seine Denkprozesse stark verlangsamt.

»Ich musste es einfach versuchen.«

Er legte die blutgetränkten Tücher über die Schnitte, sodass sie sie nicht sehen konnte. »Du hast es etwa zwanzigmal versucht«, meinte er und berührte vorsichtig ihre Schulter.

»Es fühlt sich nicht mehr an wie mein Körper. Ich habe nichts gespürt und das hat mich in Panik versetzt. Dann habe ich noch tiefer geschnitten, weil ich es nicht wahrhaben wollte ... aber ich bin nun einmal tot. Ich existiere einfach nicht mehr.«

John atmete durch. Wahrscheinlich hatte sie es neulich Nacht aus demselben Grund darauf angelegt, sich zu betrinken. Sie hatte verzweifelt versucht, etwas zu fühlen.

»Kannst du aufstehen?« Er schob einen Arm um sie und zog sie hoch. Er führte sie die zwei Schritte bis zum Waschbecken, an dem sie sich festhalten konnte. John stellte sich dicht hinter sie, dann griff er um sie herum und drehte den Wasserhahn leicht auf. Vorsichtig nahm er ihr Handgelenk und führte ihren Unterarm unter das fließende Wasser. Obwohl es kalt war, zuckte sie nicht zusammen, als es auf ihre Haut und die Wunden traf. Bald streckte sie auch den anderen Arm aus und ließ die kühle Flüssigkeit darüber laufen.

»Spürst du das Wasser?«, fragte John und betrachtete ihr Gesicht im Spiegel. Sie schien nicht sicher zu sein, denn statt einer Antwort blickte sie weiter konzentriert auf das fließende Wasser.

»Ann.« John legte eine Hand auf ihre Schulter. »Ich kann dich klar und deutlich sehen. Und ich höre deine Stimme, wenn du mit mir sprichst. Dein Haar duftet nach Sommerregen. Du empfindest Angst und Wut und Trauer. Du *kannst* etwas fühlen. Sieh in den Spiegel.«

Sie tat es. Seine Hand bewegte sich von ihrer Schulter ein kleines Stück weiter zu ihrem Hals. »Ich spüre, wie du atmest. Und hier ... schlägt dein Puls«, flüsterte er. Er legte seinen Finger etwas fester auf die Stelle, an der er das feine, kaum merkliche Pulsieren festgestellt hatte. »Du existierst.«

Eine Träne löste sich aus ihrem Auge und rann ihr über die Wange.

»Du hast mir Angst eingejagt«, sagte er. Sein Kinn berührte leicht ihr Haar. Er löste die Finger von ihrem Hals und wischte die Träne weg.

Während das Wasser unaufhörlich über ihre Unterarme rann, beobachtete er ihr Gesicht im Spiegel. Sie wirkte jetzt etwas ruhiger und weniger aufgebracht als noch vor ein paar Minuten. Dann betrachtete er sein eigenes Spiegelbild. Unwillkürlich musste er an seinen Vater denken. Es waren die gleichen kantigen Gesichtszüge, das gleiche dunkle Haar und die gleichen eisblauen Augen.

»Ich sehe aus wie er«, sagte er leise. Ann hob den Kopf.

»Nein, das stimmt nicht.« Offenbar hatte sie sofort begriffen, dass er seinen Vater meinte.

»Ich bin sein Ebenbild. Wenn ich mir Fotos von ihm ansehe ...«

»Weißt du, was das Letzte ist, an das ich mich erinnere?«, unterbrach sie ihn. »Es sind seine Augen.

Sein Blick war kälter und gnadenloser, als du es je sein könntest.«

John ließ eine ihrer Haarsträhnen zwischen seine Finger gleiten.

»Aber ... musst du nicht jedes Mal an ihn denken, wenn du mich ansiehst?«

»Ich sehe sein Gesicht die ganze Zeit vor mir. Ich kann es nicht ausblenden. Es verfolgt mich in jeder Minute.«

John nickte langsam.

»Möchtest du darüber sprechen? Vielleicht hilft es dir.« Er kam sich, kaum hatte er es ausgesprochen, furchtbar anmaßend vor. Zum ersten Mal dachte er daran, wie lächerlich doch seine eigenen Probleme im Vergleich zu ihrem Schicksal waren. Seit Wochen suhlte er sich in Selbstmitleid.

Ann atmete tief durch. Er rieb über ihren Oberarm, um sie zu ermutigen.

»Er hatte mich von dieser Kette losgemacht und mich auf die Werkbank gelegt«, begann sie leise. »Wie schon so oft davor. Doch an diesem Tag war ich bereits so geschwächt, dass ich nur noch reglos auf dem Rücken lag, vor Kälte zitternd, nackt, während er eine Ewigkeit lang mit dem Messer in der Hand da stand und mich anstarrte. Sein Mund war zu einem Grinsen verzogen, als wäre es eingefroren. Und von Zeit zu Zeit stieß er ganz unvermittelt sein entsetzliches Lachen aus. Irgendwann zog er seine Sachen aus und legte sich auf mich.« Anns Stimme wurde brüchig. »Er war schwer. Ich konnte mich nicht rühren, kaum atmen.«

Ihre Worte ließen John erschaudern. Ein Teil von ihm wollte sie daran hindern, weiterzureden. Er wollte sie davor bewahren, sich dieser Erinnerung auszusetzen und das Martyrium noch einmal zu durchleben. Sanft strich er weiter über ihren Arm und hoffte, seine Nähe würde ihr ein wenig die Angst nehmen.

»Es lief fast immer auf dieselbe Weise ab. Zuerst schnitt er nur oberflächlich in meine Haut. Es war ihm völlig egal, wohin. Nach und nach stach er tiefer. Er küsste mich und erstickte so meine Schreie.«

John spürte, wie sie ihren Mut zusammennahm, um weiterzusprechen.

»Beim letzten Mal ließ er mich ganz ausbluten. Es war eine nicht enden wollende Tortur. Ich weiß nicht, wie lange es dauerte, wie lange er so auf mir lag. Vielleicht Stunden ... Es tat weh, doch das Schlimmste war sein heißer Atem in meinem Mund. Er zwang mich, ihm in die Augen zu sehen, während ich ihn überall spürte. Ich sehnte mich danach, zu sterben. Dass es endlich vorbei wäre. Aber es geht nicht vorüber. Er wird immer in meinem Kopf sein.«

Und von nun an waren die Bilder auch in Johns Kopf. Jetzt wusste er, auf welche Weise sein Vater die Frauen gefoltert und getötet hatte. John hatte nie wirklich darüber nachgedacht. Irgendwie war dieses Detail von seinem Verstand immer ausgeblendet worden.

Ann drehte den Wasserhahn ab. Johns Hand ruhte auf ihrer Schulter.

»Ich wünschte, ich könnte dir helfen«, flüsterte er. Er kam sich nutzlos vor.

»Du *kannst* mir helfen.« Trotzig funkelte sie ihn aus schwarzen Augen an.

»Ich weiß. Ich muss mich erinnern.«

30

In der Nacht hatte John gar nicht erst versucht, zu schlafen. Er war so aufgewühlt, dass er es keine fünf Minuten ausgehalten hätte, still auf der Couch zu liegen. Stattdessen lief er rastlos durch das Haus oder starrte aus dem Fenster. Penny schien seine Unruhe zu nerven und irgendwann hatte sie wohl genug. Sie tappte zur Kellertür, winselte und scharrte mit der Pfote, bis John sie nach unten ließ. Am Fuß der Kellertreppe breitete er ihr eine Decke aus und Penny rollte sich darauf zusammen. Eine Zeit lang kniete John neben ihr und strich ihr über das Fell. Ihr eigenartiges Verhalten blieb ihm immer noch ein Rätsel. Wenn Penny körperlich gesund war, warum verkroch sie sich in der Dunkelheit und beachtete ihn kaum noch? Es schien ihm, als hätte sie ihren Lebensmut verloren und John fragte sich, ob Tiere, ebenso wie Menschen, unter Depressionen leiden konnten.

Als er zu frieren begann, wünschte er seiner Hündin schöne Träume und ließ sie allein.

Kaum war er aus dem Keller zurückgekehrt, klopfte es an der Haustür. Überrascht stellte John fest, dass es bereits nach sechs war. Aber der Himmel hinter dem Fenster war noch immer tiefschwarz.

Er öffnete die Tür und Phil stapfte ohne ein Wort der Begrüßung an ihm vorbei in den Flur. Er trug seinen warmen Lieblingspulli mit dem Schneeflockenmuster, doch der Pullover war schmutzig. John nahm die Alkoholfahne wahr und schloss seufzend die Tür.

»Wo ist denn dein Appetithäppchen?«, wollte Phil wissen, während er vom Flur aus in Küche und Wohnzimmer blickte. Dabei kratzte er sich den Kopf. Seine Haare standen nach allen Seiten ab, als wäre er eben erst aufgestanden.

»Nenn sie nicht so.«

Phil drehte sich zu ihm. Er wankte und musste sich mit einer Hand an der Wand abstützen. Das war typisch für ihn, wenn er zu tief ins Glas geguckt hatte. Beim Gehen sah man ihm seinen Zustand kaum an, aber wehe, er versuchte, stillzustehen. Phil musterte ihn. »Du siehst mitgenommen aus«, stellte er fest.

John zog die Augenbrauen hoch. Dasselbe hätte er von seinem Freund auch behaupten können. Noch immer behielt Phil eine Hand an der Tapete. Er sah übernächtigt aus und seine Augen waren gerötet, als hätte er geweint.

»Ich bin nur müde«, sagte John.

Phil stieß ein dreckiges Lachen aus. »Die Geisterbraut lässt dich nachts nicht schlafen, was?« Obwohl er lallte, hatte John ihn gut verstanden.

»Hör auf! So ist es überhaupt nicht«, fuhr John ihn an. Er wollte Phil gern erklären, wie es tatsächlich war. Ihm erzählen, was passiert war und welche verwirrenden Gefühle ihn bewegten, seit Ann in sein Leben getreten war.

»Warum hast du die Geisterjäger noch nicht angerufen? Wenn die gerade zu beschäftigt sind, tut's auch ein Kammerjäger!«

John warf ihm einen genervten Blick zu, der immerhin bewirkte, dass Phil sein dümmliches Grinsen unterdrückte.

»Okay, erklär's mir. Was ist das zwischen euch?«

»Es ist nicht leicht, zu erklären«, begann John und wartete kurz, ob Phil ihm weiterhin zuhören würde. »Sie ist … Sie scheint mich zu verstehen, auch wenn ich selbst nicht weiß, was mit mir los ist.« Es gab so vieles, das er seinem Freund sagen wollte, aber die Worte dafür fehlten ihm. »Da ist so eine Art Verbundenheit zwischen uns. Als wäre sie meine Seelenverwandte.« Ihm war klar, wie dämlich es sich anhören musste, aber Phil war noch immer still und hörte ihm zu. »Es geht mir gut, wenn sie in der Nähe ist. Ich glaube … ich bin ihr verfallen.« Es klang kitschig, aber er wusste nicht, wie er es hätte anders ausdrücken sollen. So war es nun mal. Phil lachte auf. »Du meinst, du bist so richtig scharf auf die Gespensterbraut?«

»Gott, Phil, halt die Klappe«, fauchte John, um seinen Freund zum Schweigen zu bringen.

»Wundert mich nicht. Du sitzt seit Monaten auf dem Trockenen«, kicherte der.

John seufzte und wartete darauf, dass Phil wieder ernst wurde.

»Na gut. Lassen wir kurz außer Acht, dass du der Kleinen an die schwarze Gothic-Wäsche willst ...«

John schüttelte den Kopf, um Phil zu signalisieren, dass er genug von seinem Unsinn hatte. Doch der griff nach dem neben der Kommode lehnenden Baseballschläger und stieß ihm damit scherzhaft in den Schritt.

»Hey, lass das sein, Mann«, entgegnete John genervt und schlug das Ende des Baseballschlägers mit der Hand weg.

Nach ein paar Sekunden verstummte Phils Kichern endlich. »Diese Verbundenheit, von der du sprichst, besteht verdammt noch mal darin, dass sie ein Geist aus deiner beschissenen Vergangenheit ist!«

Im ersten Moment sah John ihn verblüfft an. Dann nickte er unsicher.

»Du hast es selbst gesagt! Dein Alter hat sie damals kalt gemacht. Also, entweder bist du völlig durchgedreht und fantasierst oder sie ist tatsächlich hier. Um Rache zu nehmen!«

John sah, dass sich Schweißperlen auf Phils Stirn gebildet hatten. Den Schläger hielt er fest umklammert. Seine Augen funkelten aggressiv.

»Blödsinn. Sie denkt nicht daran, mir etwas anzutun.«

»Vielleicht will sie dich nicht töten, aber gefährlich kann sie uns trotzdem werden. Was, wenn sie zu den Bullen rennt und denen erzählt, wie es wirklich abgelaufen ist?« Phil kam einen Schritt auf ihn zu und sah ihm in die Augen. »Darf ich dich daran erinnern, dass dein Daddy offiziell verreist ist und niemand weiß, wo er sich heute rumtreibt? Ich hoffe, du hast ihr die Geschichte genau so erzählt.«

»Sie will sich nicht rächen«, fuhr John ihn an, riss ihm den Baseballschläger aus der Hand und stellte ihn zurück an seinen Platz. »Sie ist hier, um die Vergangenheit aufzuarbeiten. Zusammen mit mir. Um endlich mit allem abschließen zu können. Um Frieden zu finden.«

»Du klingst wie ein beschissener Groschenroman.«

Hilflos ballte John die Hände zu Fäusten. Was tat er hier überhaupt? Es war sinnlos, jetzt mit Phil zu sprechen. Sein Freund war viel zu aufgewühlt und außerdem betrunken. Er sollte ihm Zeit geben und später in Ruhe mit ihm reden.

»Das ist nicht gut, John. Das ist richtig beschissen«, murmelte Phil.

»Ich verstehe, dass du dir Sorgen machst. Ich meine ... es ist völlig verrückt. Ein Geist!«

»Pah, Geist oder Dracula persönlich, ist mir schnuppe. Aber dass sie ihre Nase in die Sache steckt, das gefällt mir nicht. Hier steht so viel auf dem Spiel.«

John nickte stumm. Er wusste nicht, wie er Phil begreiflich machen sollte, dass Ann keine Gefahr bedeutete.

»Woher ist sie überhaupt gekommen?«, hörte er Phil fragen. John zuckte mit den Schultern. Darüber hatte er mit ihr noch nicht gesprochen. Er wusste nichts über den Ort, von dem sie kam.

»Ich meine, sie muss doch irgendeinen Zugang in dieses Haus haben. In den Groschenromanen gibt's immer sowas. Eine Art Portal.«

»Nein.« John schüttelte den Kopf.

»Anders gefragt ... Wo ist sie dir denn zum ersten Mal erschienen?«

John überlegte. Er erinnerte sich an den Handabdruck auf der Werkbank. Das war das erste Zeichen von ihr gewesen.

»Keller«, antwortete er nur. Phil nickte entschlossen, dann setzte er sich unvermittelt in Bewegung und steuerte auf die Kellertür zu. Trotz seines Alkoholpegels war er so schnell, dass er bereits die Treppe hinuntergetrampelt war, als John die ersten Stufen nahm, um seinem Freund zu folgen.

»Pass mal auf, du Gespensterbraut«, brüllte Phil. »John hatte es in letzter Zeit nicht leicht. Stress mit dem Boss, Stress mit Jennifer, der blöden Schlampe ...!«

»Lass gut sein«, fiel John ihm ins Wort. In diesem Moment huschte Penny an seinem Bein vorbei, aufgeschreckt von dem Gepolter und von Phils Gebrüll.

»Ist verdammt mies, sich an einen gebrochenen Mann heranzumachen!«, rief Phil als Nächstes. Er bewegte sich wie ein Tiger im Käfig und starrte in alle Richtungen, anscheinend überzeugt, sie könne jedes Wort hören. »Du willst dich an ihm rächen, weil sein Vater ein Arschloch war? Was ist das für ein kranker Scheiß!«

John machte einen Satz auf Phil zu, packte ihn an der Schulter und wirbelte ihn zu sich herum. »Halt endlich die Klappe!«

Johns heftige Reaktion und die Härte seines Griffs hatten Phil offenbar erschreckt. Er hob beschwichtigend die Hände und versuchte ein Lächeln. »War doch nur Spaß, John.« Eine Schweißperle rann an seinem Hals hinab und kurz darauf kratzte er sich nervös an der Stelle. Seine Mundwinkel zuckten, während er immer noch versuchte, zu grinsen.

»Ich verstehe auch nicht alles«, erklärte John ihm jetzt ruhig. »Ich weiß nur, dass es wichtig ist.«

»Wichtig?« Phil sah ihn verständnislos an, aber wenigstens hatte er aufgehört, Jagd auf Ann zu machen.

John zuckte mit den Schultern. »Ich brauche sie ... Ich muss mich erinnern, weißt du? Ich hab so vieles verdrängt.«

»Verdammt, John, warum willst du die Erinnerungen zurückholen, wo die Vergangenheit doch jeden Tag ein Stück mehr verblasst?«, fragte Phil kopfschüttelnd.

»Weil sie eben niemals ganz verschwindet. Weil sie immer im Hintergrund lauert. Wie ein fremder Schatten, der mich verfolgt«, antwortete John. »Ich muss mich ihr stellen.«

»Du hörst dich an, als hätte dir ein Scheiß-Psychologe ins Hirn gekotzt!«

Wieder zuckte John mit den Schultern. Er konnte unmöglich erwarten, dass Phil es verstand. Er verstand es ja selbst nicht.

»Komm wieder rauf«, brummte er. Er trat an die Treppe, drehte sich zu Phil um und wartete, bis er ihm folgte.

»Jetzt sei nicht beleidigt. Du weißt, dass ich nur Scheiße rede, wenn ich blau bin«, lallte Phil. Er wankte nun stärker. John griff nach seinem Arm, bis sein Freund das Gleichgewicht zurückerlangt hatte. Doch auch, als er scheinbar wieder sicher auf den Beinen stand, klammerte Phil sich noch immer mit beiden Fäusten an Johns Hemd fest. Mit glasigem Blick sah er John in die Augen.

»Du bist stark!«, sagte er, löste eine Hand von Johns Kleidung, um ihm freundschaftlich die Wange zu tätscheln. Wegen des Alkoholpegels verschätzte er sich und schlug etwas zu hart. John zuckte nur leicht zurück und ließ seinen Freund weitersprechen. »Du bist schon immer ein Superheld gewesen, weißt du? Nur versteckt sich deine Kraft tief in dir drinnen. Unter dem billigen Hemd hier.« Phil tippte John auf den Bauch. John nickte. Er verstand, dass Phil ihm Mut machen wollte.

»Lass dir nicht die Sinne trüben, John. Sieh zu, dass du dein Leben zurückbekommst.«

Johns Muskeln verkrampften sich. Wenn er an die vergangenen Monate dachte, gab es nichts, das er mehr fürchtete, als dieses Leben zurückzubekommen. Diese dunkle Episode hatte ihn fast all seine Kraft gekostet.

Er hatte sich selbst nicht mehr in die Augen sehen können, ohne sich zu wünschen, auf sein Spiegelbild zu spucken. Und trotzdem hatte Phil recht. So konnte es nicht weitergehen.

»Kein Grund zur Sorge, wirklich«, sagte er zu seinem Freund. Gleichzeitig wusste er, dass Phil sich *immer* Gedanken um ihn machen würde.

»Du kannst dich hier ausschlafen, wenn du willst.« John hatte Phil schon betrunkener erlebt als jetzt und jedes Mal hatte sein Freund darauf bestanden, nach Hause zu gehen. Egal, wie spät es gewesen sein mochte. Aber nun erschien es John falsch, ihn wegzuschicken. Phil kam schnell auf ihn zu und umarmte ihn kurz und fest. »Danke, John. Aber ich muss los.« Auf einmal wirkte er wieder fast nüchtern. Er zog eine einzelne, leicht geknickte Zigarette aus der Hosentasche, bog sie gerade und steckte sie sich an. »Lassen wir nicht zu, dass alles auseinanderfällt, okay?«, meinte er und sah John fest in die Augen.

»Niemals.«

Phil lächelte ihm zu, dann ging er an John vorbei und stapfte die Treppe nach oben. »Mach's gut, Kumpel.«

31

John hätte sich wohler gefühlt, wenn Phil geblieben wäre. Zum einen, weil es angefangen hatte, zu regnen und sein Freund so betrunken und völlig übernächtigt war, dass er dringend eine Runde Schlaf hätte gebrauchen können. Außerdem war er so aufgewühlt gewesen, wie John ihn noch nie erlebt hatte. Offenbar hatte er schreckliche Angst, dass alles herauskommen würde. Die Wahrheit über den Verbleib von Harvey Godek. Phil fürchtete sich vermutlich nicht davor, im Gefängnis zu landen, wenn sein Geheimnis enthüllt wurde. Seine größte Sorge war sicher, dass man sie beide wieder voneinander trennen würde.

Lass nicht zu, dass alles auseinanderfällt. Der Satz hallte in Johns Kopf nach. Er dachte an die Panik in Phils Augen. Er hatte sich so sehr hineingesteigert … John verspürte den Drang, sich auf sein Rad zu setzen und in die Stadt zu fahren, um noch einmal mit ihm zu reden. Aber wahrscheinlich lag er inzwischen in seinem Bett und schlief. John beschloss, dass es vernünftiger war, noch zu warten. Morgen würde Phil die Sache vielleicht schon mit anderen Augen sehen und sich davon überzeugen lassen, dass keine Gefahr bestand.

Kaum war es John gelungen, die Sorge um Phil ein wenig in den Hintergrund zu rücken, drängten sich die Bilder von Ann zurück in seinen Kopf. Vor seinem geistigen Auge sah er sie blutüberströmt auf dem Boden des Badezimmers kauern. Doch das war nicht das Schlimmste, denn immer wieder tauchten auch Bilder auf, die noch weit verstörender und furchtbarer waren. Szenen, in denen Ann auf der Werkbank gefesselt lag und unter dem Gewicht des Monsters nach Luft rang. Szenen, in denen Harvey Godek die scharfe Klinge unaufhörlich in ihren Körper trieb, bis ihr Blut jeden Zentimeter ihrer Haut bedeckte ... Er wünschte sich, Ann hätte ihm nie davon erzählt. Dieser Wunsch war beschämend und feige, doch die Vorstellung ihres Martyriums, ihres langsamen, schmerzvollen Todes, war ihm unerträglich.

Ohne es zu wollen, ging er zurück in den Keller. Er stellte sich all das Blut und die Tränen vor, die damals in diese Wände, in den Boden und in die Werkbank gesickert sein mussten. Der Raum hatte die Angst der Frauen in sich aufgesogen. Ebenso die Gier und den heißen Atem des Monsters. Das Leid, die Schmerzen, die Verzweiflung ... Es haftete überall. Die Vorstellung ließ John nicht los. Er musste etwas tun!

Er suchte ein paar Putzmittel zusammen, dann kniete er sich auf den Boden in die Mitte des Kellerraumes und fingerte am Sicherheitsverschluss des Kanisters herum. Dem Gewicht nach zu urteilen, musste er noch fast komplett mit Chlorreiniger gefüllt sein. Er schüttete den gesamten Inhalt in den Eimer und beobachtete, wie die Bürste, die im Wasser trieb, höher stieg und schließlich kurz unter dem Eimerrand stoppte. Den leeren Plastikkanister warf John in eine der herumstehenden Kisten. Als er sich dabei vorbeugte und Luft holte, brannten die giftigen Dämpfe schmerzhaft in seinen Atemwegen. Hustend zog er den Kopf zurück und hielt sich den Ärmel unter die Nase. Er musste an die Chemielehrerin denken. Dieses Zeug hier war sicher nicht annähernd so ätzend wie die Säure, mit der sie sich damals übergossen hatte. Aber es würde seinen Zweck erfüllen …

Er griff nach der Bürste und richtete sich auf. Die Werkbank wollte er sich zuerst vornehmen. Bevor er anfing, strich er mit der freien Hand über die Holzfläche. Sie war fleckig, staubig und uneben. Er hatte schon immer eine tiefe Abneigung gegen dieses Ding verspürt, doch erst seit ein paar Stunden war ihm klar, welche Qualen sein Vater an diesem Ort über seine Opfer gebracht hatte. Ann war hier gestorben. Mit den Fingerspitzen betastete John die unzähligen winzigen Einkerbungen. Normalerweise würde man dahinter schlichte Gebrauchsspuren des Werkens vermuten. Doch in Wahrheit stammte ein Großteil der Rillen und Einkerbungen wohl von der Messerspitze seines Vaters. Vielleicht hatte er manchmal daneben gestochen und die Hüfte oder die Schulter absichtlich verfehlt, um sich an der Angst in den Augen seines Opfers zu erfreuen. Und vielleicht hatte die Klinge manchmal auch das Fleisch durchdrungen, bis die Spitze des Messers vom Holz der Platte unter dem Körper gestoppt worden war.

Der scharfe Geruch des Reinigers erinnerte John daran, dass er endlich anfangen sollte. Er setzte die Bürste auf und bewegte sie über das Holz, zunächst langsam, dann immer schneller und kräftiger. Er würde hier so lange putzen, bis alles sauber war. Bis er den ganzen Raum von den unsichtbaren Spuren des Horrors befreit hatte. Und danach würde er endlich ernsthaft versuchen, einen Zugang zu seinen Erinnerungen zu finden. Er war es Ann schuldig. Noch waren diese Erinnerungen hinter einem Nebel verborgen, der sich einfach nicht lüften wollte. John dachte an die alten Schwarzweißfotos, die seinen Vater zeigten. Auf diesen Fotos würde er die Antworten nicht finden. Er musste sich auf Ann konzentrieren. Sofort sah er sie wieder vor sich. Und die Angst und die Verzweiflung in ihrem Gesicht. John wusste nicht, woher er die Sicherheit nahm. Doch in diesem Moment fühlte er so klar wie nie zuvor, dass nur er allein ihr helfen konnte!

Die Chlordämpfe brachten seine Augen zum Tränen. Sie brannten in seinem Hals und in der Nase. Und wie aus dem Nichts kamen nach ein paar Minuten bohrende Kopfschmerzen hinzu. Trotzdem ließ er nicht von seiner Tätigkeit ab. Wie ein Besessener trieb er die Bürste vor und zurück, als könnte er die Vergangenheit auf diese Weise wegwischen. Das Geräusch der Borsten, die über das Holz der Tischplatte kratzten, versetzten ihn in einen tranceartigen Zustand, aber vielleicht lag auch das an den Dämpfen. Der Schweiß lief ihm bereits den Nacken hinab. John versuchte, so flach wie möglich zu atmen, doch er war völlig außer Puste. Irgendwann trat er von der Werkbank zurück. Resigniert betrachtete er das wuchtige, von Schaum tropfende Ungeheuer. Es wirkte einschüchternd und er wünschte sich, der Reiniger könnte es über Nacht einfach auffressen und verschwinden lassen. Wenigstens war sie jetzt sauber. So sauber, wie es ihm möglich war.

Als er den Blick über den Boden schweifen ließ, wurde ihm schwindlig. Die Kopfschmerzen verschlimmerten sich und er musste immer wieder blinzeln, weil die Dämpfe in den Augen brannten. John ging auf die Knie, tauchte die Bürste in den Eimer und begann, den Boden zu schrubben. Er hustete und der Schweiß tropfte ihm von der Nasenspitze. Er spielte mit dem Gedanken, den Eimer ganz einfach auszukippen, damit die Chemikalien an jeden Winkel des Bodens gelangen und einziehen konnten. Das Mittel würde in Ruhe seine Arbeit tun, alles desinfizieren und die Spuren der Vergangenheit aufzehren. Der Gedanke trieb John ein Lächeln auf die Lippen. Im nächsten Moment fehlte ihm die Luft zum Atmen. Er röchelte, dann hustete er. Er atmete hektisch ein, doch Sauerstoff schien es in diesem Raum nicht mehr zu geben. Stattdessen drangen nur beißende Dämpfe in seine Atemwege. Er ließ die Bürste fallen. Hustend, nach Luft ringend, rappelte er sich vom Boden auf, taumelte zur Treppe und zog sich an dem Geländer nach oben. Er rannte aus dem Keller, riss an der Haustür und stürzte nach draußen.

Er fiel auf die Knie und übergab sich auf der Stelle. Seine Finger gruben sich in den Sand, während die Flüssigkeit aus seinem Mund lief. Er keuchte, dann wurde ihm schwarz vor Augen. Ein paar Sekunden später wurde ihm bewusst, dass er mit dem Gesicht im Dreck gelandet war. Er krümmte sich, spuckte, hustete. Vorsichtig sog er die nasskalte Luft in seine Lunge und langsam gelang es ihm, sich zu beruhigen.

Stunden später saß John mit ausgestreckten Beinen auf dem Boden seines Wohnzimmers und lehnte mit dem Rücken an der Couch. Penny leistete ihm Gesellschaft. Sie hatte den Kopf auf seinen Schoß gelegt, schnarchte leise und seufzte gelegentlich auf. John strich ihr sanft übers Fell.

Als das letzte Tageslicht aus dem Zimmer gewichen war, spürte er ganze Teile seines Körpers nicht mehr. Es tat ihm leid, Penny zu wecken, doch er musste aufstehen und sich bewegen. Und vor allem musste er Ann suchen ... Mühevoll richtete er sich auf und tappte vorsichtig Richtung Lampe. Blind tastete er nach dem Lichtschalter und als er ihn endlich fand, blickte er sich um. Penny saß noch an ihrem Fleck und sah ihn an, als ginge sie davon aus, dass er sie gleich wieder in den Schlaf kraulen würde. John kehrte zu ihr zurück, strich ihr ein letztes Mal über den Kopf, dann holte er ein Kissen vom Sofa und legte es vor die Hündin auf den Boden. Entweder verstand sie die

Geste nicht oder sie hielt das Kissen für einen schlechten Ersatz, denn jetzt erhob sie sich und trottete zu ihrer Decke neben der Tür. Auch gut, dachte John und beobachtete, wie sie sich auf ihrem Schlafplatz einrollte. Dann stieg er die Treppe zum Keller hinunter.

Die Werkbank war längst getrocknet und die Chemikalien hatten es nicht geschafft, sie verschwinden zu lassen. Die Holzoberfläche wirkte lediglich etwas heller und stumpf. Der Putzeimer stand noch in der Mitte des Raumes und der Geruch von Chlor lag in der Luft. John blickte sich um, aber Ann war nicht zu sehen. Er rief ihren Namen. Dann setzte er sich auf eine der unteren Stufen und wartete.

32

Als er ihr blasses Gesicht in der Dunkelheit erblickte, erhob sich John so schnell, dass ihm schwarz vor Augen wurde und er sich am Treppengeländer festhalten musste. Eine Stimme in seinem Kopf erinnerte ihn daran, dass er seit über vierundzwanzig Stunden nichts gegessen hatte und die Luft hier unten trotz der geöffneten Tür noch immer stickig war.

Ann machte einen halben Schritt und trat aus dem Schatten in den Bereich, der vom Schein der Glühbirne schwach ausgeleuchtet wurde. Auf ihren Lippen lag ein zartes Lächeln, und doch war ihr Gesicht von Traurigkeit erfüllt. Sein Blick wanderte langsam an ihrem Kleid abwärts und verharrte kurz auf Höhe der zerrissenen Strumpfhose. Die Vorstellung, dass sie wohl für alle Ewigkeit in diesen zerfetzten Sachen umherwandeln würde, schmerzte ihn.

»Geht es dir gut?« Er zeigte auf ihre Arme. Sie betrachtete für einen Moment die Stellen, die gestern noch voller tiefer Schnitte gewesen waren. Sie hatte recht behalten. Ihre Wunden heilten schnell. Aus der Entfernung konnte John die Verletzungen nicht mehr sehen.

»Das fehlende Stück aus meinen Erinnerungen. Das Puzzleteil«, meinte er ruhig.

Sie nickte zurückhaltend.

»Hilf mir, es zu finden.« Er löste sich vom Treppengeländer und ging einen Schritt auf sie zu. Als sie ausatmete, hörte John, wie sie zitterte. Er sah, dass sie mit sich rang. Dann glitt ihr Blick an ihm vorbei in die Ecke des Kellerraumes. John drehte sich um und starrte auf die Stelle. Dort stapelten sich zwei große Umzugskartons mit Federbetten, die seit Jahrzehnten verrotteten. Eine seltsame Stimmung erfasste ihn. Langsam bewegte er sich durch den Raum, als könnte jeden Moment ein Ungeheuer aus eben dieser Ecke hervorspringen. *Das Einzige, das mich hier anspringen wird, ist meine Erinnerung. Und die ist vielleicht grausamer als das schlimmste Ungeheuer, das sich je ein krankes Hirn auszumalen wagte.* Dicht vor den Kartons blieb John stehen. Da war eine seltsame Aura, ein Gefühl, das er nicht bestimmen konnte. Eine gewisse Vertrautheit, die ihm Angst machte. Eine innere Stimme drängte ihn, umzukehren und diesen Keller zu verlassen, aber das konnte er nicht. Entschlossen packte er den oberen Karton und hob ihn an. Als er ausatmete, wirbelten dicke Staubflocken auf, die sich über die Pappe bewegten. Er schleppte die Kiste bis zum Flaschenregal und ließ sie dort zu Boden fallen. Ohne Zögern packte er auch den zweiten Karton und wuchtete ihn auf den ersten. Wieder näherte er sich der Ecke. Dort, wo die Kellerwände aufeinandertrafen, gelangte das Licht nicht hin. Und so wirkte die Stelle wie ein schwarzes klaffendes Loch. John hob den Arm und griff nach der Glühbirne, die von der niedrigen Decke hing. Er zog sie ein Stück in die Richtung der Ecke, um sie auszuleuchten. Es brachte nicht viel, doch dann erkannte John etwas, das seine Aufmerksamkeit erregte. Er ließ von der Lampe ab und ihr Schaukeln verursachte ein gespenstisches Lichtspiel innerhalb des Kellerraums. Schatten schwirrten um ihn und Ann wie dunkle Geister.

John kniete sich auf den Boden und tastete den gusseisernen Beschlag ab, der fest in der Mauer eingelassen war. An diesem Beschlag war eine Art Ring angebracht. Die Vorrichtung für eine Kette.

Warum hatte John das Gefühl, dass er von dieser Vorrichtung wusste, noch bevor er die Kartons aus dem Weg geräumt hatte? Irritiert erhob er sich und trat ein paar Schritte zurück. Er ließ das Bild der Ecke auf sich wirken und hoffte, die Erinnerung, die so nahe zu sein schien, würde greifbar werden. Auf diese Weise stand er still in der Mitte des Raumes. Schweigend starrte er auf diesen Punkt. Irgendwann hörte er Anns leisen Schritte. Sie ging dicht an ihm vorbei und bewegte sich auf die Ecke zu, bis sie ganz in ihrer Schwärze verborgen war. John erfasste ein heftiges Gefühl der Panik, denn für einen Moment fürchtete er, sie wäre tatsächlich verschwunden. Aber dann drehte sie sich um und er erkannte ihr blasses Gesicht. In der Dunkelheit sank sie zu Boden, zog die Beine an und ihre dünnen weißen Finger, die an ein Skelett erinnerten, umfassten ihre Knie. Dicht neben dem eisernen Beschlag kauerte sie und drückte sich wie ein verängstigtes Tier in die Ecke.

Wieder überkam John das Gefühl, dieses Bild schon einmal gesehen zu haben. Es musste lange, sehr lange zurückliegen. Vielleicht hatte er es auch nur in seinen Träumen gesehen. Und dann traf es ihn wie ein Tritt in den Magen. John sprang zurück, verlor den Boden unter den Füßen, aber die Werkbank bremste seinen Fall ab. Er krallte sich in das Holz und starrte Ann an.

»Ich hab dich gesehen. Damals ...« Seine Stimme zitterte, während er noch immer versuchte, die Bilder zu entschlüsseln, die vor seinen Augen aufblitzten. Er war sich sicher. Hier hatte er schon einmal gestanden und das Mädchen gesehen. Sie hatte genau dort gekauert, während ihre Augen ihn anflehten, ihr zu helfen. Es waren dieselben Augen. Es war dasselbe blasse Gesicht, dieselben schwarzen, welligen Haare. John rieb sich die Schläfen. Die Ann in seiner Erinnerung hatte nicht dieses Kleid getragen. Es war lediglich eine braune, löchrige Decke gewesen, die ihre Nacktheit verhüllte. Er sah sie vor sich. Sie klammerte sich an die Decke, die voller Blutflecken war. Die Augen des Mädchens waren gerötet, die Wangen schmutzig. Nun sah John auch die schwere, an der Wand befestigte Eisenkette vor sich. Sie verlief für ein sehr kurzes Stück über dem Boden, bis sie unter ihrer Decke verschwand. Der Stoff bewegte sich, als das Mädchen sich vorbeugte und den Arm nach ihm ausstreckte. Die Bewegung schien ihr große Anstrengung zu bereiten. John vernahm ihr schmerzerfülltes Stöhnen. Sie kniff für ein paar Sekunden die Augen zu. Als sie sie wieder öffnete, rann ihr eine Träne über die Wange. John sah die Hämatome und die unzähligen Wunden auf ihrem Arm, der immer stärker zitterte.

»Hilf mir.« Ihre Stimme war nur ein heiseres Flüstern und doch hallte sie jetzt in seinem Kopf nach wie ein Echo. Die Erschöpfung und die Schmerzen schienen Ann zu überwältigen. Sie ließen nicht zu, dass sie weitersprach.

Das Bild verschwamm. Ein pochender Schmerz wütete hinter Johns Stirn. Sein Herz klopfte wie wild. Er war zurück in der Gegenwart.

Ann kauerte noch immer auf dem Boden, aber die Kette und die blutige Decke waren verschwunden. Sie trug wieder ihr schwarzes Kleid und die zerrissene Strumpfhose.

John zerrte an seinem Hemdkragen, weil er das Gefühl hatte, die Enge würde ihm die Luft abschnüren. »Ich war hier unten ... damals. Ich hab dich gesehen.« Keuchend rang er nach Luft, versuchte, seine Atmung zu beruhigen.

Anns Gesicht bewegte sich in der Dunkelheit, als sie nickte.

»Ich hab dich gesehen«, wiederholte John. »Mein Vater hatte mir verboten, den Keller zu betreten. Aber er war nicht zu Hause an diesem Tag. Ich hab dich von oben gehört, als ich vor der Kellertür stand.« Langsam tauchte die Erinnerung an eine Zeit wieder auf, die er seit vielen Jahren aus seinem Kopf verbannt hatte. Er sah sich selbst als kleinen Jungen und er sah seinen Vater, der die meiste Zeit in diesem Keller verbracht hatte. Er warnte John immer wieder, dort runter zu gehen. Er hatte gedroht, ihm die Arme zu brechen, wenn er es doch wagte. An diesem einen Tag stand John lange vor der Kellertür und lauschte. Er wagte es nicht, hinabzusteigen, aus Angst, sein Vater könnte es herausbekommen. Seine Neugier und seine Furcht trugen einen Kampf in seinem Inneren aus, und irgendwann öffnete er doch die Tür. Er schaltete das Licht ein, aber es war immer noch schrecklich dunkel. Es war der Reiz des Verbotenen, vielleicht auch der Drang, seine Angst zu besiegen, die ihn dennoch Stufe für Stufe hinabsteigen ließ.

Mit einer Mischung aus Faszination und nacktem Grauen starrte er das Mädchen an. Sie war voller Blut. Das hatte sein Vater ihr angetan! John hatte kein Gefühl dafür, wie lange er da stand, ohne sich zu rühren. Er wollte den Mut aufbringen, um sie zu befreien. Um sie aus diesem Keller zu holen, aber die Angst lähmte ihn. Er dachte daran, was sein Vater mit ihm machen würde, um ihn zu bestrafen. John wusste, dass er nicht hier sein durfte! Es war ein böser, ein verbotener Ort. Die Panik riss ihn irgendwann aus seiner Lähmung. Er eilte die Stufen hinauf und prallte im Lauf gegen die Tür. Voller Angst drehte er sich noch einmal zu ihr um. Vom oberen Treppenbereich aus konnte er sie nicht mehr sehen. »Bitte verrate ihm nicht, dass ich hier war.« Dann löschte er das Licht und stieß die Tür hinter sich zu.

John erinnerte sich nicht mehr an die Zeit danach. Vermutlich hatte er eine Weile furchtbare Angst gehabt, das Mädchen könnte ihn verraten. Er wusste, dass er etwas sehr Schlimmes getan hatte. Er hatte dem Mädchen nicht geholfen und niemandem von ihr erzählt. Er hatte sie in dem dunklen Keller sterben lassen.

33

Die Helligkeit im Wohnzimmer deutete darauf hin, dass es draußen nicht mehr regnete. Der Himmel war noch immer grau, aber es war ein viel helleres Grau als in den vergangenen Tagen. Durch die Fensterscheibe hindurch suchte John den Himmel ab und fand die Stelle, an der es fast weiß leuchtete. Dieser milchige Fleck war die Sonne. Es schien ihm eine Ewigkeit her zu sein, dass sie sich zuletzt gezeigt hatte.

In der Nacht hatte er so fest geschlafen wie lange nicht mehr. Er wunderte sich selbst darüber. Vermutlich war sein Körper völlig erschöpft gewesen und hatte nach allem, was in den vergangen Tagen und Nächten geschehen war, einfach aufgegeben. Doch die Realität war in der Sekunde zurückgekehrt, in der John die Augen aufgeschlagen hatte. Und mit ihr die Wahrheit über seine Schuld.

Er wanderte unruhig durchs Haus, wie er es in letzter Zeit so oft getan hatte. Doch heute war er nicht auf der Suche nach Ann. Ein Teil von ihm hoffte gar, ihr nicht zu begegnen. Wie sollte er ihr noch in die Augen sehen? Während er durch die Räume des Hauses schlich, über die Möbel und Bücherstapel strich und dem vertrauten Knarzen der alten Dielen unter seinen Füßen lauschte, war er auf der Suche nach sich selbst. Immer schon hatte er sich die Frage gestellt, was für ein Mensch er war, und immer hatte er das Gefühl gehabt, dass es etwas Dunkles in ihm gab, das im Verborgenen schlummerte. Er hatte mit der unterschwelligen Angst gelebt, das Böse in sich zu tragen. Wie sein Vater. Nun wusste er es.

An Glens Zimmer wäre er beinahe vorbeigegangen. Er hatte es nicht mehr betreten, seit Jennifer mit dem Jungen ausgezogen war. Nun drückte er die Klinke hinunter und trat ein. Ein leicht muffiger Geruch stieg ihm in die Nase. John kippte das Fenster an, um die abgestandene Luft herauszulassen. Dann sah er sich in dem kleinen, quadratischen Raum um. Dafür, dass Glen mehrere volle Umzugskisten mitgenommen hatte, waren noch recht viele Sachen von ihm hier zurückgeblieben. Bisher war er nicht gekommen, um etwas davon zu holen.

Die oberen Regalreihen standen voll mit seinen alten Kinderbüchern. Glen war seit der ersten Klasse eine richtige Leseratte, ganz anders als John, der sich nie viel aus Büchern gemacht hatte. Die Regalfächer darunter waren leer. John musste nicht lange überlegen, um sich zu erinnern, dass dort an die zwanzig Pokale gestanden hatten, die Glen allesamt beim Bowling gewonnen hatte. Jennifer hatte ihn von klein auf oft zum Bowling mitgenommen. Sobald er groß genug gewesen war, eine Kugel zu heben, hatte er darauf bestanden, mitzuspielen, und wie sich bald zeigte, war der Junge ein Naturtalent. Jennifer meldete ihn im örtlichen Bowlingclub an und er wurde das jüngste Juniorenmitglied, das je den jährlichen Ausscheid gewann. Bis heute tauchte Glens Name regelmäßig in der Stadtzeitung auf, wenn über die Bowlingerfolge berichtet wurde. John war stolz auf ihn. Er bewunderte seinen Sohn für seine Leidenschaft und Ausdauer. Die Verbissenheit jedoch, mit der Glen und Jennifer an die Sache herangingen, den ewigen Wettkampfgeist und der Spott und die Verachtung gegenüber anderen, die weniger erfolgreich waren, hatten ihn oft angewidert.

Er öffnete wahllos eine der Schranktüren und entdeckte die Metallbox mit den 120 Künstlerstiften, die er Glen erst im Mai zum Geburtstag geschenkt hatte. Die Box hatte John ein Wochengehalt gekostet, aber es hatte ihm gefallen, dass sich Glen auch noch für andere Dinge als Bowling zu interessieren schien. Doch letztlich hatte er die Stifte nicht angerührt und nun einfach zurückgelassen. Es machte John traurig. Wie gern hätte er Glens Zeichnungen gesehen, hätte ihm bei seinen Skizzen geholfen und ihn ermutigt, dranzubleiben, wenn er an seinen Versuchen zweifelte.

John schob die Schranktür wieder zu. Er betrachtete den Fingerabdruck, den er auf der hellgrauen Hochglanzoberfläche hinterlassen hatte. Die Einrichtung des Zimmers ließ nicht vermuten, dass hier ein Junge gelebt hatte, der noch nicht mal im Teenageralter war. Der schwarze Teppich war von metallenen Fäden durchsetzt und neben dem Fenster stand ein riesiger Spiegel. An den Wänden hingen zwar Poster von Bands, die Glen wohl tatsächlich mochte, aber diese Plakate waren nicht mit Tesafilm oder Reißzwecken an die Wand gebracht, sondern professionell gerahmt worden. Das Herzstück des Zimmers war die Designerlampe in Form einer futuristischen Taschenlampe, die von der Decke baumelte und ein hässliches stahlblaues Licht verbreitete, wenn man sie anschaltete. Seltsamerweise hatte Jennifer nur in diesem einen Zimmer Hand angelegt. Im Rest des Hauses hatte sie nichts verändert. Für John hatte es immer den Anschein gehabt, als hätte sie gegenüber dem Haus kapituliert. Als wüsste sie, dass sie das Wesen des Hauses auch mit Hochglanztapeten, Satinvorhängen oder verspiegelten Schränken nicht ändern würde. Nur in Glens Zimmer hatte sich Jennifer ausgetobt.

John fröstelte. Aber es war nicht der hereinströmende kalte Luftzug, der ihn frieren ließ, sondern die sterile Atmosphäre des Zimmers. Ihm kam der Gedanke, dass Glens abweisende, kühle Art aus dieser ungemütlichen Umgebung resultieren mochte. Vielleicht wäre das Verhältnis zwischen seinem Sohn und ihm anders gewesen, wenn der Junge mit Kiefernmöbeln aufgewachsen wäre.

In diesem Moment klingelte das Telefon. *Phil.* John hatte ihn anrufen wollen. Es gab so vieles zu bereden ... Er hastete aus dem Zimmer und noch bevor die Tür hinter ihm ins Schloss fiel, wusste er, dass er so bald nicht hierher zurückkommen wollte.

»Hallo, Phil«, meldete sich John, nachdem er die Treppe hinuntergerannt war.

»John.« Es war Jennifer. Obwohl sie noch nichts weiter zu ihm gesagt hatte als seinen Namen, war da etwas in ihrer Stimme gewesen, das ihn erschreckte.

»Geht es Glen gut?« Johns Puls beschleunigte sich.

»Ja, mit Glen ist alles okay«, beruhigte sie ihn schnell. »Aber ...«

»Aber?« Die Panik in Johns Brust verebbte. Glen ging es gut und Jennifer war offenbar wohlauf. Was konnte also Schlimmes passiert sein? Weil Jennifer zögerte, kam ihm in den Sinn, dass sie mit ihrem Millionär Schluss gemacht hatte und nun wieder hier bei ihm einziehen wollte. Er spürte, wie sich eine kleine Welle der Hoffnung in seinem Körper ausbreitete. »Sag's mir, Jennifer.«

»Es geht um Phil. Wie es aussieht, hat er sich letzte Nacht selbst getötet.« Die Worte waren so schnell aus ihr herausgesprudelt, dass John einen Moment brauchte, um deren Bedeutung zu verstehen. In der Leitung wurde es still. »Was?«, fragte er irgendwann, doch es kam nur als ein leises Krächzen über seine Lippen.

»Es tut mir ehrlich leid.«

»Wie ... wie kommst du auf so etwas?« Es musste ein Irrtum sein. Jennifer brachte da sicher nur etwas durcheinander!

Er hörte sie tief atmen.

»Es scheint, als wäre seine Großmutter schon vor ein paar Tagen gestorben. Die Pflegekraft, die einmal in der Woche vorbeikommt, hat sie heute in der Frühe in ihrem Bett gefunden.«

Johns Hand krallte sich um den Telefonhörer und drückte fest zu, als könnte er so verhindern, dass Jennifers Worte zu ihm durchdrangen.

»Und Phil ... Er hat sich erhängt.«

Erst, als John nach Luft schnappte, wurde ihm bewusst, dass er die ganze Zeit über den Atem angehalten hatte. Ihm wurde schwindlig. Er beugte sich vor und hielt sich an der Kommode fest.

»John?«

Er schüttelte den Kopf, wollte es nicht glauben, aber er wusste, dass Jennifer ihn nicht belogen hatte.

»Sheriff Spencer hat es mir eben gesagt. Er wollte nicht, dass du es von jemand anderem erfährst.«

»Danke.« Seine Luftröhre schien auf einmal furchtbar eng zu sein. Es fühlte sich an, als würde eine zähflüssige Gummimasse innerhalb seiner Kehle hinablaufen und sie zusetzen.

»Ich kann später bei dir vorbeikommen«, hörte er Jennifer sagen.

John schüttelte den Kopf. »Nicht nötig.«

Sie schwieg eine ganze Weile, bevor sie antwortete.

»Dann lass uns in ein paar Tagen treffen?«

»Ja, gut.« Er legte auf.

Zu später Stunde lag John zusammengerollt in der Mitte des Bettes. Im Wohnzimmer hatte er das verdammte Mondlicht nicht ausgehalten, das viel zu grell durch das Fenster auf das Sofa fiel. Doch auch hier im Schlafzimmer kam ihm der Nachthimmel hinter der Scheibe unerträglich hell vor. Es schien ihm, als würde das Licht des Mondes gleichzeitig durch sämtliche Fenster des Hauses dringen. John zog die Bettdecke vollständig über sich. Seine Hand hielt die Wodkaflasche fest umschlossen. Bisher hatte er noch keinen einzigen Schluck getrunken. Es erschien ihm falsch, sich jetzt zu betrinken. Trotzdem klammerte er sich an diese Flasche wie an eine Rettungsboje.

John kam sich vor, als wäre er von der Welt abgeschnitten. Nun gab es auch Phil nicht mehr. Die einzige Konstante in seinem Leben. Still kauerte er unter der Decke wie ein verängstigtes Kind, das sich vor dem Ungeheuer aus seinen Alpträumen zu verstecken versuchte. Er weinte und seine Tränen tränkten die Matratze. Er dachte an gestern Nacht. Wenn er geahnt hätte, dass er Phil zum letzten Mal sah, hätte er ihn nicht so schlecht behandelt. Sein Freund hatte sich nur deshalb so stark betrunken, weil seine Großmutter gestorben war. Doch er hatte kein Wort darüber verloren. Vermutlich, weil John solch ein Wrack gewesen war, dass Phil ihn nicht damit belasten wollte. Die Vorstellung zerriss John fast das Herz. So war Phil. Selbst in dieser Situation hatte er Rücksicht auf John genommen. Er erinnerte sich an die Panik seines Freundes, dass alles auffliegen würde. Es musste unerträglich für ihn gewesen sein. Und John hatte ihn einfach gehen lassen. Mit dieser Angst. Zurück in das Haus, in dem der kalte Leichnam seiner Großmutter lag.

Johns Lunge schien sich krampfartig zusammenzuziehen und die Luft vollständig aus ihm herauszupressen. Er schluchzte.

Irgendwann spürte er eine sanfte Berührung. Eine Hand, die sich zart auf seinen Rücken legte. *Ann ist hier.* Er rührte sich nicht, als sie behutsam zu ihm unter die Decke kroch. Ihre Hand fuhr um seinen Körper und legte sich auf seine Brust. Sie war kühl, aber auf eine seltsame Weise wärmte sie ihn. Ann schob sich dicht an ihn. Langsam beruhigte sich seine Atmung. Er konzentrierte sich auf die Nähe ihres Körpers, den er in seinem Rücken spürte und auf den Hauch ihres Atems in seinem Nacken. Ihre Hand ruhte noch immer auf seinem Herzen und schien einen Teil des Schmerzes, der darin brannte, zu lindern. Auf einmal verspürte er eine unfassbare Müdigkeit. Er kämpfte dagegen an, die Augen zu schließen. Er wollte nicht einschlafen. Denn morgen früh würde sie wieder verschwunden sein.

34

Ein ohrenbetäubendes Krachen weckte John aus einem traumlosen Schlaf. Erschrocken fuhr er hoch. Es war so hell im Schlafzimmer, dass er die Augen zusammenkneifen musste. Seine Hand tastete neben sich über die Matratze, obgleich er wusste, dass der Platz verlassen war. Dann fasste er sich an die Brust. Genau hier hatte ihre Hand gelegen. Auf eine seltsame Weise fühlte sich John besser. Es war nicht mehr so qualvoll wie gestern Abend. Es war, als wäre ein Teil der Schmerzen von ihm gewichen und hätte Platz für Traurigkeit gemacht.

Er stieg aus dem Bett und sah die Flasche auf dem Boden, die er im Schlaf von der Matratze gestoßen haben musste. Er trug noch immer die Sachen von gestern. Die dunkelgraue Jeans und das sandfarbene Hemd. Auf Strümpfen ging er nach unten in die Küche und drehte den Wasserhahn auf. Seine Kehle war so trocken, als hätte er tagelang nichts getrunken. Er füllte eine Tasse und trank sie gierig leer. Nach wenigen Sekunden schien die kalte Flüssigkeit in seinem Magen angelangt zu sein, der sich jetzt auf unangenehme Weise dehnte. John stellte die Tasse ab und drückte seine Finger in die Magengrube. Sein Leib fühlte sich ausgemergelt an. Von draußen ertönte eine

Autohupe und John ging automatisch in Deckung, während er sich am Rand der Spüle festhielt. Vorsichtig erhob er sich, gerade so hoch, dass er aus dem Fenster blicken konnte. Das Postauto. John fiel das Mädchen in den kurzen Hosen wieder ein. Der Gedanke an sie war ihm zuwider. Er trat etwas zur Seite, bevor er sich ganz aufrichtete, aus Angst, sie könnte ihn hinter dem Fenster entdecken. Dann erkannte er, dass nicht sie, sondern der alte Postbote am Steuer saß. John war sich nicht darüber im Klaren, ob er erleichtert sein sollte. In gewisser Weise war Carl noch lästiger als das Mädchen. Er war genauso neugierig wie der Sheriff. Genauso neugierig wie die Hälfte der Bewohner dieser Stadt.

John beschloss, sich nicht zu zeigen. Ein Gespräch über Nichtigkeiten ertrug er einfach nicht. Nicht heute. Doch dann kam ihm in den Sinn, dass Phil ihm womöglich einen Abschiedsbrief hinterlassen hatte. John beobachtete, wie der Wagen des Postboten vor der Haustür zum Stehen kam. Der Schlamm der Pfütze spritzte mehrere Meter weit.

John befand sich noch immer in seiner Deckung, als es klopfte. Er wollte nicht öffnen. Sollte der Alte den Brief doch durch den Spalt unter der Tür schieben! Aber vermutlich würde Carl ihn wieder mitnehmen und später noch einmal wiederkommen, in der Hoffnung, John dann persönlich anzutreffen. Es klopfte erneut.

John trommelte mit der Faust auf seine Kniescheibe. Er kämpfte mit sich. Schließlich überwand er sich und lief zur Tür. Als er öffnete, war der Alte bereits im Begriff, kehrtzumachen, um zu seinem Wagen zurückzugehen. Johns Blick ging zu Carls Händen. Sie waren leer. Wo war der Brief?

»John, wie schön«, begrüßte der Mann ihn überrascht. »Ich störe doch nicht.« In Johns Ohren klang es mehr nach einer Behauptung als nach einer Frage.

Der Alte musterte ihn für ein paar Sekunden, als stünde John nicht leibhaftig vor ihm, sondern lediglich in Form einer lebensgroßen Fotografie, die man ungeniert anglotzen durfte. John glaubte, die Gedanken des Mannes lesen zu können. Er hielt ihn für ein Wrack, für einen Schatten seiner selbst.

»Sag, wie geht's dir, Johnny?«

»Es geht, danke«, antwortete John etwas zu schnell. Es klang seltsam, wenn der Alte ihn Johnny nannte. Anmaßend. Er war schon Postbote gewesen, als John ein kleiner Junge gewesen war, aber jetzt war er erwachsen. Und auch wenn der Kerl ihn sein ganzes Leben kannte, hatte er nicht das Geringste mit ihm zu tun. Carl sah ihn mit sorgenvollem Gesichtsausdruck an. John hasste das. Gestern war sein bester Freund gestorben. Er hatte das Recht, beschissen auszusehen.

»Wo ist denn Ihre Nachfolgerin?«, fragte John, nur um die unangenehme Stille zu beenden.

»Wendy? Du lieber Himmel, frag nicht!« Er machte eine abfällige Handbewegung und für John war das Thema damit abgehakt.

»Wie sich rausgestellt hat, ist sie nicht vertrauenswürdig. Und nicht besonders verschwiegen. Aber das muss man sein, in diesem Job!«, erklärte Carl mit erhobenem Zeigefinger.

»Natürlich«, stimmte John zu und starrte auf den abgekauten Nagel des Postboten, bevor der den Finger wieder sinken ließ.

»Sie wäre sowieso früher oder später rausgeflogen. War schlau von ihr, selbst das Handtuch zu werfen. Jedenfalls ist sie wohl mit einem Buchhalter aus Iowa durchgebrannt.«

John nickte, nachdem Carls Monolog zu einem Ende gekommen schien. Er hatte keine Ahnung, worin der Zusammenhang zwischen der unzureichenden Arbeitsleistung der Postbotin und ihrer Beziehung mit wem auch immer bestand. Es war ihm egal.

»Hast du nichts für mich?«, fragte er den Postboten.

»Wie?«

»Post«, half John ihm auf die Sprünge. Er musste sich zusammenreißen, nicht das Gesicht zu verziehen.

»Ist nichts für dich dabei gewesen, Johnny. Es ist ein Jammer ... Heute schreibt ja niemand mehr Postkarten. Nur E-Mails. Sogar Rechnungen und Mahnungen kommen per E-Mail.«

John nickte und der Alte winkte erneut ab. »Was reg' ich mich überhaupt auf. In ein paar Wochen hab ich meine Pensionierung. Aber wenn du mich fragst, geht's mit der Menschheit bergab.«

»Wegen E-Mails?« John schob die Hände in die Hosentaschen und ballte sie zu Fäusten.

»Was?«

John seufzte. »Schon gut. Warum bist du hier?«, wollte er wissen. Das Gespräch fühlte sich an, als dauerte es schon ewig.

»Kannst du dir doch denken, mein Junge.« Der Alte hatte wieder seine besorgte Miene aufgesetzt und legte John eine Hand auf die Schulter. »Ich weiß doch, dass Philip McLeary dein Freund war. Mein Beileid, Sohn.«

»Danke.«

»Er war kein übler Kerl, dieser Phil. Und längst nicht der Verlierer, für den ihn alle hielten.«

Johns Muskeln verkrampften sich. Seine Fingernägel drückten sich ins Fleisch seiner Handballen.

»Also, wenn es sonst nichts mehr gibt«, presste er hervor, »würde ich gern wieder reingehen.« Er rieb sich die Oberarme, um dem Alten zu signalisieren, dass ihm hier draußen langsam kalt wurde.

»Was macht eigentlich Jennifer? Geht's ihr gut?«, hörte er den Postboten fragen. Unglaublich. Merkte der Idiot überhaupt noch etwas? Außerdem hatte dieser Naseweis vermutlich mehr Informationen aus Jennifers aktuellem Leben als John.

»Ja, ihr geht's prima«, antwortete er knapp. »Einen schönen Tag noch, Carl.« Dann schloss er die Tür vor der Nase des Mannes, ohne ihm die Möglichkeit zu einer Antwort zu geben.

John fühlte sich, als hätte ihm dieses kurze Gespräch die komplette Energie aus dem Körper gesaugt. Er versicherte sich, dass der Wagen davonfuhr, dann ging er in die Küche, um noch einen Schluck zu trinken. Jetzt hatte das Leitungswasser einen widerlich schalen Geschmack. John verzog das Gesicht und würgte die Flüssigkeit hinunter. Dann wandte er sich den Flaschen neben dem Kühlschrank zu und suchte nach etwas Trinkbarem. Als er den Whiskey auf seiner Zunge spürte, war es zunächst ein Gefühl der Erleichterung. Doch im nächsten Moment schnürte es ihm die Kehle zu. Ihn ergriff eine solch heftige Übelkeit, dass er den Schnaps ausspuckte. Er stolperte zur Spüle und erbrach sich. Die beißende Flüssigkeit schien sich wie glühende Lava aus seinem tiefsten Inneren zu ergießen. Und auch als sein Magen nichts mehr hergab, schüttelten ihn noch immer Krämpfe. Sein Körper fühlte sich vollkommen leer an. Schweiß lief ihm den Rücken hinab. Seine Knie waren weich. John öffnete den Wasserhahn und beobachtete, wie der Dreck im Ausguss verschwand. Dann wusch er sich das Gesicht. Das kalte Wasser tat gut und die Erfrischung half, dass sich sein Kreislauf stabilisierte.

35

Am späten Nachmittag saß John an einem kleinen Tisch im Bistro und hatte sich bereits einen Kaffee bestellt, als Jennifer das Lokal betrat. Wie immer, wenn sie ein Restaurant oder einen anderen öffentlichen Ort in der Stadt besuchte, ging ihr Blick zunächst durch den Raum, um festzustellen, welche Menschen anwesend waren. Dieser Vorgang dauerte höchstens zwei Sekunden.

Lächelnd kam sie auf John zu. Sie zog ihren Mantel aus, legte ihn ordentlich über die Stuhllehne und setzte sich ihm gegenüber. Dieses Mal gab es keine Umarmung und keinen Begrüßungskuss. Jennifer hatte schließlich Zuschauer. Für einen Fremden mussten sie beide wie flüchtige Bekannte oder Arbeitskollegen wirken. Nicht wie zwei Menschen, die miteinander verheiratet waren.

»Wie ist es gelaufen?«, wollte Jennifer wissen.

John nickte und zuckte gleichzeitig mit den Schultern. Er hatte nicht die Absicht, ihr die Details seines Treffens mit dem Bestatter zu erzählen. Über eine Stunde hatte er mit einem völlig Wildfremden in dessen stickigem Büro verbracht und ihm Dinge über Phil erzählt, die in die Begräbnisrede einfließen konnten. Er hätte sich gern gegen den Termin gewehrt, aber dann wäre der Kerl womöglich an Brooks, den Tankstellenbesitzer, herangetreten und der hätte sicher nur Mist über Phil geredet.

Nach einem kurzen Blick in die Karte bestellte Jennifer einen Milchkaffee, wie immer. Sie trug ein dunkelblaues Kleid, das John noch nie an ihr gesehen hatte.

»Du siehst hübsch aus«, sagte er vorsichtig, weil er nicht wusste, ob sie es ihm heute gestattete, ihr ein Kompliment zu machen. Noch dazu in der Öffentlichkeit. Sie lächelte ihn liebevoll an. John vermutete, dass der Grund dafür Mitleid war. Ihre Zuneigung für ihn war vor langer Zeit so gut wie erloschen, aber sie war auch kein gefühlloser Eisklotz.

»Du bist tapfer«, hörte er sie sagen, und dann streckte sie die Hand über den Tisch und berührte sein Gesicht. Sie strich ihm über die Wange, wie sie es neulich schon einmal getan hatte. Verwirrt bemerkte John ein leichtes Zucken ihrer Unterlippe. Er legte seine Hand auf ihre, zog sie von seiner Wange zurück auf die Tischplatte und hielt sie dann fest.

»Kommst du zurecht?«

Das war typisch für Jennifer. Vermutlich sorgte sie sich ernsthaft um ihn. Doch, statt ihn zu fragen, wie er sich fühlte, legte sie diesen geschäftlichen Ton an den Tag.

Er streichelte ihren Handrücken und nickte. »Ja. Ich komme klar«, antwortete er bestimmt. Es war die Wahrheit. Er würde klarkommen, auch ohne Phil. Weil er keine andere Wahl hatte.

Als der Milchkaffee kam, zog sie ihre Hand zurück und bestellte ein Stück Apfelkuchen. Der Angestellte brachte es so schnell, als hätte er es schon vorbereitet gehabt. In fast ebenso hohem Tempo hatte Jennifer es aufgegessen. Sie schien hungrig zu sein. Bestimmt hatte sie den ganzen Tag während der Arbeit keine Gelegenheit gefunden, eine Pause einzulegen. Schweigend betrachtete John ihr angespanntes Gesicht, die fahrigen Bewegungen ihrer Finger.

»Du hast doch was…«, sagte sie unvermittelt, nachdem sie die Gabel wieder beiseitegelegt hatte.

Einen Moment lang sah er sie ungläubig an. »Was denkst du wohl? Phil ist tot.« Er verstand nicht, was diese Frage sollte. Es ging ihm so schlecht wie noch nie zuvor in seinem Leben. Bis vor ein paar Minuten hatte er mit dem Leichenbestatter über seinen toten besten Freund gesprochen. Johns Augen füllten sich mit Tränen und seine Kehle zog sich zusammen. Schnell blinzelte er und kämpfte gegen den Drang an, zu weinen.

Jennifer schüttelte den Kopf. »Nein, ich meine, schon bevor das passiert ist. Du bist… einfach seltsam.« Sie wirkte unsicher, als fürchtete sie sich davor, dieses Gespräch mit ihm zu führen. Sie nahm wieder die Gabel in die Hand und drehte sie zwischen den Fingern, bevor sie sie zurück auf den Teller legte.

John drückte den Rücken gegen die Stuhllehne und starrte sie an. »In letzter Zeit ist auch alles etwas *seltsam*, das kannst du mir glauben.«

Mit einer Mischung aus Neugier und Bedenken in ihrem Blick sah sie ihn an und wartete darauf, dass er weitersprach.

»Ich habe einen Geist gesehen, Jennifer. In unserem Haus«, sagte er geradeheraus. Jennifer schaute kurz zum Nachbartisch, als wollte sie sich vergewissern, dass niemand der anderen Bistrogäste ihre Unterhaltung verfolgte. John zog die Augenbrauen hoch. Eigentlich grenzte es an ein Wunder, dass sie überhaupt bereit gewesen war, sich in der Stadt mit ihm zu treffen. Sie hätte schließlich auch ein Café in einem anderen Bundesstaat auswählen oder schlicht mit ihm telefonieren können. Ihr Gesichtsausdruck hatte sich verändert, aber John konnte nicht deuten, was hinter ihrer Stirn vor sich ging.

»Willst du mich auf den Arm nehmen?«

John schüttelte den Kopf.

»Du weißt, wie verrückt das klingt?«, flüsterte sie. John hatte mit keiner anderen Reaktion gerechnet. Wenn er darüber nachdachte, konnte er wohl froh sein, dass sie nicht in Lachen ausgebrochen war.

Er beugte sich ihr ein Stück entgegen. »Dieser Geist ist real. Er bringt mich dazu, über meine Vergangenheit nachzudenken. Über meinen Vater.«

Aus Rücksicht auf Jennifer sprach er mit gedämpfter Stimme, obwohl er sicher war, dass niemand es darauf anlegte, sie beide zu belauschen. Die wenigen Menschen, die an diesem Nachmittag im Bistro saßen, unterhielten sich entweder selbst miteinander oder lasen Zeitung. In diesem Moment verspürte John einen starken Drang, Jennifer *alles* zu erzählen. Vielleicht lag es nur daran, dass Phil fort war und es außer ihr nun keinen Menschen mehr gab, mit dem er überhaupt reden konnte. Trotzdem würde er ihr gegenüber so vage wie möglich bleiben.

»Dein Vater.« Ihre Miene verfinsterte sich, wie jedes Mal, wenn John ihn erwähnte. Sie reagierte geradezu allergisch auf dieses Thema. John konnte es ihr nicht verdenken.

»Ich hatte immer so ein Gefühl, dass mit dem Haus etwas nicht stimmt«, meinte sie und presste die Lippen aufeinander.

John sah sie überrascht an. »Was?«

»Es ist ein grässlicher Ort, will ich damit sagen. Schäbig und verlassen. Dort muss man zwangsläufig irgendwann depressiv werden oder durchdrehen.«

»Ich dreh nicht durch.«

Sie schob wieder ihre Hand über den Tisch und legte sie auf seine. »Das glaube ich dir doch, John. Aber Geister gibt es nicht wirklich.«

»Manche Dinge kann man eben nicht erklären. Aber sie passieren. Sie passieren in unserem Haus.« Er blickte ihr fest in die Augen, hoffte, sie würde erkennen, wie ernst es ihm war. Plötzlich wirkte sie beunruhigt. Wieder sah sie sich im Bistro um, versicherte sich, dass sie keine Zuhörer hatten. John stöhnte auf. Er versuchte, ihr etwas Wichtiges mitzuteilen und alles, worum sie sich sorgte, war, was die Leute sagen würden.

»Ich meine es hundertprozentig ernst, Jennifer. Wenn du mir nicht glaubst, verstehe ich das. Dann werde ich nie wieder mit dir darüber reden. Aber halt mich nicht für einen Spinner.«

Sie sah ihn an. »Ich weiß, dass du nicht lügst, aber ...«

»Aber was?«

»Ich hab die leeren Whiskeyflaschen gesehen.«

Er nickte »Ja. Ja, ich weiß, dass ich zu viel getrunken habe. Doch es ist nicht so, dass ich mir Dinge einbilde, die nicht da sind.«

Erst als sie den Blick auf ihre Hand senkte, wurde ihm bewusst, wie fest er sie umschlossen hielt. Schnell lockerte er den Griff.

»Gut. Aber weißt du, was ich denke, John? In dem Haus kann man einfach nicht in Frieden leben. Der Ort wird immer mit diesem schrecklichen Mann verbunden sein.«

John sah sie irritiert an. Jennifer hatte jedes Mal, wenn er auf seinen Vater zu sprechen kam, sofort das Thema gewechselt. Deshalb konnte sie unmöglich wissen, welch brutaler Vater, was für ein Monster Harvey Godek gewesen war.

»Du hast manchmal im Schlaf über ihn gesprochen«, sagte sie dann. »Meistens waren es nur einzelne Worte, aber es ging um Blut und um Gewalt. Da konnte ich mir einen Reim drauf machen. Dein Vater war ein Barbar. Er hat dich schlimm behandelt. Und auch deiner Mutter hat er sicher Furchtbares angetan, nicht wahr?«

John zog seine Hand zurück. Er hatte nicht gewusst, dass er im Schlaf redete, wenn er träumte. Er dachte an all die Albträume. Es hatte Phasen gegeben, in denen sie ihn Nacht für Nacht heimgesucht hatten. Und die Erkenntnis, dass Jennifer in diesen Nächten tatenlos neben ihm im Bett gelegen hatte, während er die schlimmen Geschehnisse wieder und wieder durchmachte, traf ihn wie ein Schlag. Warum hatte sie nie eingegriffen, hatte ihn wachgerüttelt und ihn aus der Hölle in die Realität zurückgeholt?

»Du hast mich nie darauf angesprochen«, meinte er zögerlich.

»Ich wollte dich schützen.« Ihre Worte hätten ihn zum Lachen gebracht, wäre er nicht so schockiert gewesen. Sie hatte ihn schützen wollen?

Vermutlich hatte sie eine Familientragödie der Extraklasse gerochen, nachdem ihr der Verdacht gekommen war, dass sein Vater nicht nur ein Mistkerl gewesen war, der seinen Sohn prügelte, sondern jemand, der noch ganz andere Verbrechen begangen hatte. Bestimmt hatte sie gehofft, dass diese Dinge niemals ans Tageslicht kommen würden.

»Ist dir nie in den Sinn gekommen, dass es mir vielleicht geholfen hätte, darüber zu sprechen, was mich in meinen Träumen beschäftigt?«

Jennifer antwortete nicht, aber er sah ihr an, wie unwohl sie sich fühlte. Er atmete tief ein und rieb sich die Schläfen. Dann blickte er ihr fest in die Augen. »Seit Kurzem habe ich begonnen, mich mit meiner Vergangenheit zu befassen. Ich versuche, mich mit den

Dingen auseinanderzusetzen, die mein Vater mir und anderen Menschen angetan hat. Es fällt mir schwer. Es quält mich, und doch ist es wichtig für mich ... falls dich das überhaupt interessiert. Ich fühle mich auf eine gewisse Weise erleichtert, auch wenn ich noch nicht alles begreifen kann ... Und jetzt will ich deine Zeit nicht länger in Anspruch nehmen.«

Er schob die Tasse von sich und stand auf, aber Jennifer griff nach seinem Arm und hielt ihn fest. Er zögerte, dann ließ er sich seufzend zurück auf den Stuhl fallen.

»Ist ja auch egal«, brummte er. »Du hältst mich ohnehin für verrückt. Aber was ich dir eben erzählt habe, die Sache mit dem Geist, ist die Wahrheit.«

»Ich kenne dich, John. Du bist sensibel und Tag und Nacht allein da draußen. Ich glaube dir, wenn du sagst, dass du etwas gesehen hast, das aus den Eingeweiden dieses gottverdammten Hauses gekrochen ist.« Sie hatte in ganz normaler Lautstärke zu ihm gesprochen, als hätte sie für den Moment vergessen, wo sie sich befanden. John blickte sie fragend an. Hatte sie gerade wirklich gemeint, dass sie an etwas Übernatürliches glaubte?

Ihre Zungenspitze glitt über ihren Zeigefinger. Dann tupfte sie die wenigen Kuchenkrümel vom Teller auf und leckte sie sich von der Fingerspitze.

»Verkauf das Haus, John. Oder verschenke es. Hauptsache, du wirst es los.«

John musste lächeln. »Keine Sorge ... so ist es nicht. Ich bin nicht in Gefahr.«

Ihre Augen verengten sich. »Wie bitte? Das Haus ist absolut schäbig, selbst ohne Geist jagt es einem einen Schauer über den Rücken. Es hat diese Atmosphäre von Tod und Verzweiflung. Und jetzt erzählst du mir auch noch, es spukt!« Jennifer brach ab, weil sie merkte, dass sie zu laut geworden war. Sie atmete durch, um sich zu beruhigen.

Ihre Fassungslosigkeit brachte John erneut zum Lächeln.

»Was grinst du da noch? Es ist dir ernst, oder? Du siehst keinen Anlass, dort zu verschwinden?«, fragte sie verständnislos.

Er schüttelte den Kopf. »Es ist mein Zuhause.«

»Du bist dort ganz allein. Statt dich mal wieder mit Menschen zu umgeben, verschanzt du dich und jagst Schatten nach.« Wie vorwurfsvoll sie klang. John ging durch den Kopf, dass sie es war, die ihn allein gelassen hatte. Und sie hatte dafür gesorgt, dass er nicht mehr zur Arbeit ging.

»Wirklich John, mir wäre wohler, wenn du das Haus aufgeben und dir ein Zimmer hier in der Stadt nehmen würdest. Wenigstens für eine Weile.«

»Diese Stadt ist weitaus gruseliger als mein Haus.«

Jennifer stöhnte genervt auf. »Dann tu mir einen Gefallen.« Ihr Blick war jetzt ernst und kühl. »Sag bloß niemandem, was du mir eben erzählt hast, klar? Die sperren dich weg, wenn du es tust.«

John antwortete nicht, aber mit einem schwachen Nicken zeigte er ihr an, dass er verstanden hatte.

»Und damit das klar ist ... es gibt keine Geister. Aber dass in diesem Haus irgendwelche bösen Energien herrschen, halte ich für möglich.«

»Es sind keine bösen Energien ...«

»Und noch etwas!«, unterbrach sie ihn. John lehnte sich zurück und wartete darauf, dass sie weiterredete.

»Solange du dort weiter haust, sprich mit mir nie wieder über Geister oder irgendwelche anderen Dinge dieser Art!«

»Ja ... Okay.« Er trank den Rest seines Kaffees aus und sie griff ebenfalls zu ihrer Tasse. »Gut«, gab sie zurück. Es klang wie das Schlusswort nach einer Diskussion, aus der sie als Siegerin hervorgegangen war und John wusste, dass das Thema damit beendet war.

Sie räusperte sich, stellte ihre Tasse wieder ab und wirkte auf einmal wieder friedlich. Als hätte sie die Dinge, über die sie eben geredet hatten, einfach abgeschüttelt und von einem Moment auf den nächsten ausgeblendet. Nun lächelte sie sogar. Ihre Wandlung war so schnell gegangen, dass es John surreal erschien. Jennifer beugte sich ihm entgegen und stützte das Kinn auf ihre Hand. John hatte den Eindruck, dass es einzig dem Zweck diente, ihm ein paar Zentimeter näherzukommen. Fast rechnete er damit, gleich ihren Fuß zu spüren, der unter dem Tisch Kontakt zu ihm suchte.

Ohne dass er es verhindern konnte, wanderte sein Blick zu ihrem Dekolleté, das jetzt deutlicher zum Vorschein kam. Weil es ihr nicht entging, lachte sie leise auf. Was passierte hier? Die Signale, die Jennifer ihm auf einmal sendete, waren mehr als deutlich. Wie sie ihn anblickte, die Art, wie ihr Mund ein wenig geöffnet war ... Es wirkte, als hätte sie Lust auf ihn. War das so abwegig? In der letzten Zeit schien sie ihm gegenüber nur zwei Verhaltensweisen zu kennen: Entweder behandelte sie ihn wie Dreck oder sie machte sich an ihn heran.

John war unsicher. Wahrscheinlich war er gerade dabei, sie völlig misszuverstehen. Es war schließlich Jennifer. Die Frau, die die Nase voll von ihm hatte. Die Frau, der jedes Mal schlecht wurde, wenn sie ihn ansah. So hatte sie es ihm vor nicht allzu langer Zeit gesagt. In einem Moment, als sie wieder einmal gefrustet gewesen war. Innerhalb von Sekunden schossen verschiedene Theorien durch Johns Kopf. Sie wollte mit ihm schlafen, weil sie ihn aufheitern wollte. Aus Mitleid. Oder sie spielte ihm etwas vor und sobald er anbiss, würde sie mit dem Finger auf ihn zeigen und ihn auslachen. Doch das sah ihr nicht ähnlich. Womöglich hatte sie ihn auch einfach nur vermisst und sehnte sich danach, ihm nahe zu sein.

»Zu mir können wir nicht, da ist Steve.« Sie flüsterte hinter vorgehaltener Hand und wirkte wie ein aufgeregter Teenager, der etwas Verbotenes im Sinn hatte.

»Shit«, war alles, was John hervorbrachte. Er rieb sich die Stirn, bis sie nach seiner Hand griff und sie zurück auf den Tisch zog. Dann schob sie den Hemdärmel ein Stück nach oben, tätschelte seinen

Unterarm und sah ihm in die Augen. Ihre Wangen waren leicht gerötet.

»Ich komme mit zu dir«, entschied sie. »Es regnet, du kannst sowieso nicht den ganzen Weg mit dem Rad fahren.«

John ging durch den Kopf, dass sie ihre Bedenken gegenüber dem Haus ziemlich schnell über Bord geworfen hatte. Und dann dachte er an Ann. »Nein«, widersprach er einen Tick zu ruppig. Jennifer sah ihn irritiert an.

»Weil … Es ist zu weit«, fügte er schnell hinzu und das leichte Zucken ihres Mundwinkels zeigte ihm, dass sie ihm die vermeintliche Ungeduld abkaufte.

»Glaub nicht, dass ich es mit dir auf der Bistrotoilette treibe.« Sie zwinkerte ihm zu. Vermutlich hätte sie doch eingewilligt, mit ihm zu den Toiletten zu verschwinden, wenn er gewollt hätte. John sah zu dem großen Panoramafenster. Draußen war es bereits dunkel und der Regen peitschte gegen die Scheibe. Jennifer wandte den Kopf und folgte seinem Blick. Sie kicherte. »Du willst, dass wir es im Auto machen?«, flüsterte sie.

»Ich zahle« sagte John und stand auf. Auch Jennifer sprang auf, schlang sich eilig den Schal um den Hals und schlüpfte in den Mantel.

36

Es hatte nichts von Romantik gehabt. Es war das reinste Abreagieren gewesen und erst als es vorbei war, merkte John, unter welchem Druck er gestanden hatte. Jennifer schien es nicht anders ergangen zu sein. Es überraschte ihn, dass er überhaupt noch imstande dazu war. Je schlechter es damals mit Jennifer lief, desto öfter hatte er den Eindruck gehabt, dass sein Sexualtrieb verkümmerte und irgendwann hatte er fast gar nicht mehr darüber nachgedacht.

Er war zumindest für eine kurze Zeit abgelenkt gewesen. Es hatte sich gut angefühlt, sich fallen zu lassen und sich der Lust hinzugeben, die so unerwartet und heftig in ihm entfacht worden war. Aber jetzt, nachdem es vorbei war, fühlte er sich nicht besser. Der Regen wurde stärker und trommelte hart auf die Frontscheibe. Johns Herz klopfte im selben Rhythmus. Neben sich hörte er Jennifer leise keuchen. Sie knöpfte bereits wieder ihr Kleid zu.

Auf einmal wünschte er sich, so schnell wie möglich zu verschwinden. Die Situation war grotesk. Es fühlte sich falsch an.

Ein Windstoß peitschte einen großen Schwall Regen gegen das Seitenfenster wie eine Eimerladung Wasser. Das Rad würde er wohl stehen lassen müssen. Ihm kam der Gedanke, dass Jennifer vielleicht darauf bestehen würde, ihn mit dem Auto nach Hause zu fahren.

»Ich nehme den Bus«, sagte er, um ihr zuvorzukommen. Mit dem Bus würde er etwa zwei Meilen fahren. Von der Haltestelle aus hätte er dann nur noch eine halbe Stunde nach Hause zu laufen.

»Wann fährt denn dieser Bus?«, wollte Jennifer wissen, während sie versuchte, ihre Strumpfhose hochzuziehen.

John sah auf die digitale Uhrzeitanzeige. Die grünen Leuchtziffern verrieten ihm, dass es noch anderthalb Stunden dauern würde, bis der Bus kam.

»Er kommt demnächst.«

Jennifer schien ihm kaum zuzuhören. Sie kämpfte immer noch mit der Kleidung und fluchte leise wegen der Enge im Wagen. John musste innerlich schmunzeln. Eben, als sie übereinander hergefallen waren, hatte der Platz ausgereicht.

»Wenn du noch Zeit hast, könntest du zurück ins Bistro und doch etwas essen«, schlug sie vor.

John presste die Lippen aufeinander und nickte. Auch wenn er erleichtert darüber war, dass sie nicht darauf bestand, ihn heimzufahren, machte ihn ihre Reaktion betroffen. Sie wollte ihn jetzt einfach so ziehen lassen, obwohl es regnete und er ohnehin schon im Wagen saß. Es hätte für sie nur einen Umweg von etwa einer Viertelstunde bedeutet, ihn nach Hause zu fahren.

Jennifer hatte aufgehört, an sich herumzuzupfen, und kontrollierte nun ihr Make-up und ihre Frisur im Rückspiegel. Sie schien es jetzt eilig zu haben. Natürlich. Sie wollte zurück zu Glen und ihrem Kerl. Zurück in ihr Leben.

John wusste nicht, ob er ihr zum Abschied einen Kuss auf die Wange geben sollte oder ob das unangebracht war. Vielleicht erwartete sie von ihm, dass er den Wagen schnellstmöglich verließ. Doch ihm erschien es seltsam, einfach zu verschwinden, direkt nachdem ... Aber er wusste auch nicht, worüber sie noch reden sollten.

John ließ es nicht darauf ankommen, dass sie ihn aufforderte, aus dem Wagen zu steigen. Er legte die Hand auf ihren Kopf und strich ihr übers Haar. Dann öffnete er die Tür. »Machs gut, Jennifer.« Sie lächelte ihn an und nickte etwas zu eifrig. Sie wirkte erleichtert darüber, dass er es ihr so einfach machte. Er stieg aus dem Wagen, klappte die Tür hinter sich zu und eilte davon.

John war froh, dass der Bus noch auf sich warten ließ. Er wollte jetzt noch nicht nach Hause, weil er sich davor fürchtete, auf Ann zu treffen. So kurz, nachdem er mit Jennifer geschlafen hatte. Es fühlte sich an, als hätte er sie betrogen. Natürlich war ihm klar, wie abwegig dieses Schuldgefühl war, aber es war nun einmal da. Vermutlich würde sie es sofort spüren, wenn sie ihn nur ansah. So wie sie immer zu spüren schien, was in ihm vorging. Sie hatte bestimmt einen sechsten Sinn dafür. John seufzte. Das war doch verrückt. Er konnte schlafen, mit wem er wollte. Erst recht mit seiner Ehefrau. Außerdem hatte er es nicht gewollt. Sie hatte ihn völlig überrumpelt.

Mit eingezogenem Kopf ging er an seinem Rad vorbei, das jetzt als einziges an den Ständer gekettet war, und näherte sich wieder dem Bistro. Doch ein paar Meter vor dem Eingang schlug er einen anderen Weg ein und betrat kurz darauf die nahe gelegene Kneipe.

Er war noch nie in seinem Leben allein im *Jimbo's* gewesen. Manchmal war er mit Phil hergekommen, aber das letzte Mal lag schon ein paar Monate zurück. Trotzdem empfand er den Geruch von Tabak und Suff vertraut. Die Kneipe war relativ gut gefüllt, aber John entdeckte einen freien Tisch am Rand des Raumes. Er vermied es, sich umzusehen und nach bekannten Gesichtern Ausschau zu halten, weil er keine Lust hatte, mit irgendwem ins Gespräch zu kommen. Er wollte einfach nur einen Schnaps trinken. Oder zwei. So viele Schnäpse, wie er brauchte, um sich nach Hause zu trauen.

In Gedanken legte er sich zurecht, wie er reagieren würde, falls ihn doch jemand ansprach. Er würde dem Störenfried sagen, dass er seine Ruhe haben wollte. Das Letzte, was er jetzt ertrug, waren Mitleidsbekundungen oder Heucheleien darüber, was für ein guter Kerl Phil doch gewesen war. Keiner von denen hatte ihn gekannt. Phil war *sein* bester Freund gewesen, aber nun war er tot und hatte ihn allein zurückgelassen.

Er war froh, als er endlich den ersten Whiskey vorgesetzt bekam und bestellte sofort Nachschub. »Diesmal einen Doppelten.« Jimbo nickte wortlos. Er schien sich zu denken, dass John die Trauer um seinen Kumpel mit Alkohol betäuben wollte. Dass er die Klappe hielt, war das Beste an Jimbo. Nach über zwei Jahrzehnten als Barbesitzer dachte man wahrscheinlich nicht mehr über das Trinkverhalten der Kundschaft nach.

»John Godek. Dich hab ich hier eine Ewigkeit nicht mehr gesehen!«

John hob den Kopf und blickte in das Gesicht von Tom Jackson, der grinsend seine dunklen Zähne entblößte.

»Ja.« John konzentrierte sich wieder auf sein leeres Glas und nahm den beißenden Gestank von Schweiß und Fusel wahr, als Jackson sich zu ihm über den Tisch beugte.

»Und wie geht's dir so, Spinner?«

John antwortete nicht. Er versuchte, flach zu atmen, denn der Geruch, den Jackson verströmte, war unerträglich.

»So toll kann's dir nicht gehen, nach allem. Job verloren, Frau weggelaufen.« Jackson leierte die Worte und es klang, als hätte der Alkohol seine Zunge fast völlig betäubt. Er war so besoffen, wie John es gern gewesen wäre. »Siehst auch ziemlich beschissen aus, Godek.«

Erst jetzt hob John wieder den Kopf, um Jackson anzusehen. Der Kerl war vielleicht der hässlichste Bewohner der Stadt. Aufgedunsen von jahrelangem Alkoholkonsum und ungepflegt. Und ausgerechnet er hatte es nötig, ihm zu sagen, wie beschissen er aussah?

John betrachtete Jacksons geröteten Wurstfinger, die die Stuhllehne umklammerten, als würde er sich ohne ihre Unterstützung nicht auf den Beinen halten können.

»Hab gehört, in der Tankstelle ist gerade eine Stelle freigeworden.« Jackson lachte dreckig. »Hoffentlich nimmst du's nicht so schwer, Kleiner. Um Philip McLeary ist es nun wirklich nicht schade. Die Stadt hat nun einen Verlierer weniger, würde ich sagen.«

Unter der Tischplatte verkrampften sich Johns Hände. Jacksons Mundwinkel zuckten. Er schien Johns Erregung zu spüren und das stachelte ihn nur noch mehr an. Als legte er es darauf an, heute noch einen Schlag ins Gesicht zu bekommen. John wusste, dass der Schwachkopf es nicht wert war, sich die Finger dreckig zu machen. Der Mistkerl hatte vermutlich nie ein Wort mit Phil gewechselt. Er war besoffen und versuchte nur, John zu provozieren.

Dann kam der Drink. John griff nach dem Glas, sobald Jimbo es abgestellt hatte, und kippte sich die Flüssigkeit hinunter. Der Whiskey brannte in der Kehle wie siedendes Öl. Als der Schmerz nachließ, spürte er den Schweiß unter seinem Shirt.

»McLeary war doch nur ein Weichei. Ein Verlierer, der die paar Dollar, die er verdient hat, sofort in Bier steckte. Der hat sich doch sein Leben lang von seiner Großmutter aushalten lassen. Da ist es naheliegend, dass er sich aufknüpft, sobald sie hinüber ist. Wer sollte ihm jetzt schließlich den Hintern wischen?«

John war so schnell aufgesprungen, dass Jackson keine Chance hatte, den Angriff kommen zu sehen. Johns Faust schoss auf das dümmlich grinsende Gesicht zu und traf die Nase mit Wucht.

Jackson stand da und hielt sich beide Hände vors Gesicht. Zwischen den Fingern rann Blut. Er taumelte zurück, als er die Hände herunternahm. Seine untere Gesichtshälfte hatte sich dunkelrot verfärbt.

In der Bar war es totenstill, als wäre außer ihnen beiden niemand mehr anwesend. Der erschrockene Ausdruck in Jacksons Augen wich und John ahnte, was folgen würde. Der Kerl war einer, der zurückschlug, wenn man ihn provozierte. John schoss durch den Kopf, dass eine blutende Nase für ihn durchaus Anlass genug sein mochte, einen Menschen zu töten. Jackson war verroht, aggressiv und wesentlich stämmiger als er. John rechnete sich die besten Überlebenschancen aus, wenn er einfach aus der Bar rannte. Jackson war bestimmt nicht schnell genug, ihn zu fassen. Vielleicht würde er nicht einmal versuchen, ihn zu verfolgen. Aber John blieb, wo er war. Er wünschte sich, dass dieses Schwein sich endlich rührte. Ihn endlich verprügelte. Er würde *nicht* vor ihm weglaufen.

Als Jackson die Schultern zurückzog und sich weiter aufrichtete, schien er noch ein Stück zu wachsen. Seine Augen erinnerten an den Blick einer Bestie, kurz bevor sie sich auf ihre Beute stürzte. John ballte die Hand zur Faust. Er atmete ein. Und dann kam Jackson auf ihn zu.

Die Wucht der Schläge traf ihn zuerst in den Magen, dann im Gesicht. Nachdem John zu Boden gegangen war, konnte er nicht mehr sagen, ob es immer noch Jacksons Fäuste oder seine Fußtritte waren, die er im Rücken, in den Rippen und Schultern spürte. Einen Moment lang hielt er es sogar für möglich, dass Jackson ein Messer gezogen hatte und die Klinge in rasender Wut überall in seinen Körper trieb. John krümmte sich, versuchte, sich aufzurichten, doch Jackson hinderte ihn daran.

John keuchte. Bevor ihm hier gleich die Lichter ausgingen, wollte er diesem Schwein noch etwas entgegensetzen. Und wenn es nur ein Kratzer war. Für Phil.

Jacksons geleiertes Lachen klang seltsam dumpf. John drehte mühsam den Kopf, um zu sehen, wo genau sein Angreifer stand. Vielleicht bekam er einen Fuß zu packen und konnte ihn zu Fall bringen. John blinzelte. Er war nicht sicher, ob er überhaupt noch in der Lage war, sich zu bewegen. Dann spürte er einen festen Griff um seine Schulter, und im nächsten Moment wurde er hochgezogen.

John landete hart auf dem Stuhl. Schwindel überkam ihn und es dauerte eine Weile bis er halbwegs klar sehen konnte. Die fremden Hände umklammerten seine Schultern fest und hielten ihn so auf dem Platz. Die Person stand hinter ihm. Jackson war es nicht, denn der wurde gerade von ein paar Männern zum Ausgang befördert. Jimbo öffnete ihnen die Tür und dann waren sie verschwunden.

Die Hände ließen so unvermittelt von John ab, dass er glaubte, vom Stuhl zu rutschen. Er klammerte sich an der Sitzfläche fest, schloss die Augen und atmete durch. Und dann kamen die Schmerzen.

In einem Anflug von Panik riss er die Hand hoch und betastete zitternd seine rechte Gesichtshälfte. Zum Glück schien sein Schädel nicht deformiert zu sein, auch wenn es sich so anfühlte, als wäre Jackson darauf herumgetrampelt. Die Haut glühte, und John spürte eine Schwellung über dem Wangenknochen. Vorsichtig holte er Luft. Als Jimbo dicht vor ihm auftauchte, hob John zu schnell den Kopf. Der reißende Schmerz in seinem Nacken ließ ihn aufstöhnen. Jimbo stellte ein Schnapsglas auf den Tisch, verschränkte die Arme vor der Brust und blickte ihn streng an.

»Trink aus und dann machst du dich auf den Heimweg, John.«

John betrachtete den Schnaps.

»Bist du dazu in der Lage?«, wollte Jimbo wissen.

John nickte automatisch, bis die Schmerzen im Nacken ihn daran erinnerten, den Kopf besser nicht unnötig zu bewegen.

»Mir geht's gut«, bestätigte er. Jimbo nickte ebenfalls »Die Rechnung geht auf mich«, brummte er, dann drehte er sich um und ging zurück hinter den Bartresen.

»Danke«, murmelte John so leise, dass er es fast selbst nicht hören konnte. Die übliche Geräuschkulisse der Kneipe hatte sich bereits wieder eingestellt. Die Leute setzten ihre Unterhaltungen fort oder nippten an ihrem Bier, als wäre nichts passiert.

Zwei Minuten später erhob sich John von seinem Stuhl, so langsam wie ein Greis. Er hielt sich am Tisch fest, für den Fall, dass ihm schwindelig wurde. Obwohl jede Faser seines Körpers schmerzte, schaffte er es, sich die Jacke überzuziehen und aus der Bar zu gehen, ohne eine Miene zu verziehen. Erst draußen stöhnte er auf. Die frische Luft tat gut. Er war froh über den Regen, der sein Gesicht und den Oberkörper kühlte und er war froh über den Schnaps, der ihn ein wenig betäubte. Vorsichtig setzte sich John in Bewegung. Er musste nach Hause. Umständlich schob er den Jackenärmel hoch und versuchte, in der Dunkelheit das Zifferblatt der Armbanduhr zu lesen, aber das Licht reichte nicht aus. John gab auf. Er wusste auch so, dass es noch etwa eine Stunde dauern würde, bis der Bus kam. In der Zeit war er mit dem Rad längst zu Hause. Sofern er imstande war, zu fahren. Noch einmal wog er die Möglichkeiten ab, doch es blieb dabei. Er wollte keine Minute länger in dieser Stadt bleiben und vermutlich würde ihn der Busfahrer so, wie er aussah, ohnehin nicht mitnehmen.

Entschlossen ging John zu seinem Rad. Er versuchte, die Schmerzen zu ignorieren, und blendete die Vorahnung aus, dass es ihm morgen noch schlechter gehen würde. Auch wenn es wohl nur Hämatome und Prellungen waren, taten sie doch verflucht weh.

Das Geräusch einer zuschlagenden Tür, gefolgt von Gelächter, ließ ihn zusammenschrecken. Er fuhr herum und stellte fest, dass es nicht Jackson war. Nur zwei Männer, die gerade die Bar verlassen hatten und jetzt die Straße hinuntergingen. John atmete auf. Er sagte sich, dass die Typen, die Jackson aus der Kneipe geschleift hatten, ihn bestimmt direkt bei seiner Frau abgeliefert hatten. Vor ihm hatte er, zumindest in dieser Nacht, nichts mehr zu befürchten. Und morgen, so hoffte er, würde der Idiot gar nicht mehr wissen, was heute passiert war.

Er ging die letzten Meter zu seinem Rad schneller und suchte in der Jackentasche nach dem Schlüssel-bund. Der stechende Kopfschmerz, als er sich vorbeugte und versuchte, den Schlüssel in das Fahrradschloss zu stecken, ließ ihn erneut aufstöhnen. Endlich sprang das Schloss auf. John kämpfte sich zurück in die aufrechte Position. Kurz spielte er mit dem Gedanken, sich hier einfach irgendwo ins hohe Gras zu legen. Dann dachte er an Ann. Er biss die Zähne zusammen und stieg aufs Rad.

37

Nach einer Weile tat es etwas weniger weh. Die Kälte betäubte seine Schmerzen und der Regen fühlte sich angenehm auf der Haut an. Ein wenig kam es John vor, als könnte dieser Regen ihn von den Ereignissen des Tages reinwaschen: das zermürbende Gespräch mit dem Bestatter, die Sache mit Jennifer und die Auseinandersetzung mit Jackson.

Das Licht an seinem Fahrrad hatte einen Wackelkontakt und flackerte nur von Zeit zu Zeit auf. Jetzt, da er die Stadt hinter sich gelassen hatte, gab es keine Straßenlaternen mehr, deshalb konnte er den Asphalt kaum sehen. Seit dem Verlust seines Autos war er viele Male mit dem Rad hier entlanggefahren und er wusste, dass der Belag voller Risse und Schlaglöcher war. Falls er sich überschlug, würde er sich vermutlich das Genick brechen und vom nächsten Truck überrollt werden, an dessen Steuer der übermüdete Fahrer mit viel zu hoher Geschwindigkeit die Straße entlang bretterte. Wegen des Regens konnte John kaum die Augen offen halten. Trotzdem trat er noch kräftiger in die Pedalen.

Vor seinem Haus ließ er das Rad achtlos zur Seite fallen. Die Kälte hatte seine Finger betäubt und so hatte er Mühe, den Schlüssel in das Türschloss zu bekommen. Ohne sich Zeit zu nehmen, die nasse Jacke auszuziehen, eilte er durch den Flur und öffnete die Kellertür. Er fand Ann auf der obersten Stufe. Aus irgendeinem Grund hatte er gewusst, dass sie dort war.

Vor seinen Füßen kauernd, wirkte sie wie ein verängstigtes Kind, das von seinen Eltern bestraft und in den dunklen Keller gesperrt worden war. Sie sah ihn erschrocken an. »Was ist dir passiert?«, wollte sie wissen.

»Nichts weiter. Aber ... Ist alles in Ordnung mit *dir*?«, fragte John besorgt. Er stieg über sie hinweg, ging in die Knie und griff nach ihrer Hand. Ihre Augen waren gerötet, als hätte sie geweint. Dann schüttelte sie den Kopf.

John strich ihr über den Arm. Gleichzeitig verstärkte sich in ihm die dunkle Vorahnung, dass etwas Schlimmes passiert war.

»Penny«, flüsterte sie.

»Penny?« Noch bevor er den Namen ausgesprochen hatte, wusste er, dass der Hund nicht mehr am Leben war. Sein Herz verengte sich augenblicklich.

»Wo hast du sie gefunden?«, fragte er zögerlich.

»Hier, im Keller.«

John fuhr herum und ignorierte die Schmerzen. Anns Finger bekamen seinen Unterarm zu fassen und hielten ihn zurück.

»Bitte sei mir nicht böse!« Ihre weit aufgerissenen Augen ließen ihn erstarren.

»Warum sollte ich dir böse sein?«, fragte er verwirrt. »Was ist los?«

Sie zögerte, schien all ihren Mut zusammenzunehmen, sich zu erklären. »Ich wollte nicht, dass du sie findest. Ich wollte sie begraben, hinter dem Haus. Aber ich konnte es nicht verlassen.«

Der Schmerz über Pennys Tod hatte John noch nicht wirklich erreicht. Vermutlich würde das Gefühl zeitverzögert eintreten. Vielleicht hatte er auch so viel wegen des Verlusts von Phil gelitten, dass dieser Schmerz aufgebraucht war. Es rührte ihn, dass Ann versucht hatte, die Hündin nach draußen zu schaffen, um sie zu begraben. Um ihn nicht damit zu belasten. Vielleicht hatte sie sogar gehofft, er würde annehmen, Penny sei ausgerückt und hätte irgendwo ein neues Zuhause gefunden. Doch dann verstand er es. Sie hatte verhindern wollen, dass er Penny sah. Aber nicht, weil der Verlust ihn so schwer treffen würde, sondern weil er schuld an Pennys Tod war. Die Erkenntnis brannte sich wie ein glühendes Eisen in seine Brust.

»Es tut mir leid«, hörte er sie sagen. Langsam löste er sich von ihr. Er sprang auf und stolperte die Stufen hinunter. Wie ein Wahnsinniger wirbelte er herum, starrte in die Ecken des Raumes, bis er das Bündel entdeckte. Zögernd ging er davor in die Knie. Hinter sich hörte er Anns Schritte, dann spürte er ihre Hand auf seinem Arm, als wollte sie ihn daran hindern, Penny anzusehen. Doch er *musste* sie sehen.

Zitternd öffnete er die Decke und befreite den Hund aus der Stoffhülle. Trotz des schwachen Lichts bot das Tier einen schrecklichen Anblick. In verzerrter, steifer Haltung lag es auf dem Boden. Die Augen waren weit aufgerissen. Aus dem offenen Maul drang blutroter Schleim. Das war nicht mehr Penny. Der Schrei erstickte in Johns Kehle.

»Ich habe sie auf dem Gewissen.«

»Nein.« Ann zog an seinem Arm, wollte, dass er aufstand, doch er blieb auf dem Boden hocken und starrte auf den Kadaver. Die Gedanken rasten durch seinen Kopf. Er hatte nicht aufgepasst ... Er hatte Penny wohl hier unten eingesperrt. Und er war so sehr mit sich selbst beschäftigt gewesen, dass er es gar nicht bemerkt hatte. Vor Durst musste sie von dem giftigen Wasser aus dem Putzeimer getrunken haben. Das Zeug hätte er längst entsorgen müssen!

»Es ist meine Schuld«, sagte er leise.

»Penny war sehr alt. Vielleicht ging es ihr schon schlecht, als sie hier herunterkam«, hörte er Anns zittrige Stimme. Langsam erhob er sich.

»Sieh sie dir doch an ... Sie hat von dem giftigen Wasser getrunken«, entgegnete John bitter.

»Dann bin ich genauso schuld«, erwiderte Ann. »Den Keller hast du doch nur wegen mir geputzt. Es wäre nicht soweit gekommen, wenn ich ...«

»Schon gut«, schnitt er ihr das Wort ab.

Ihm tat der Kopf weh. Er rieb sich die Augen, doch die Schmerzen ließen nicht nach. Phil, seine Familie, Penny ... Der Gedanke, dass jeder Einzelne, an dem ihm etwas lag, tot war oder ihn verlassen hatte, fraß sich wie Säure durch sein Hirn.

»Es ist wie ein Fluch ... Vielleicht hat Jennifer doch recht«, flüsterte er.

»Wie meinst du das?«

John schüttelte den Kopf. »Schon gut ... ich weiß, dass es Blödsinn ist. Sie sagt, dass das Haus Unglück bringt.«

Schweigend sah sich Ann um.

»Vielleicht ist es so«, meinte sie dann. »Anscheinend ist es unmöglich, in diesem Haus glücklich zu werden. Es vergiftet alles und jeden, der es betritt.«

»Das ist doch Unfug.«

Anns Blick fiel auf Pennys leblosen Körper. »Wieso hat sie das Chlorwasser getrunken? Das macht keinen Sinn. Sie war nicht lange hier unten eingesperrt. Irgendetwas hat sie dazu gebracht ...«

John schüttelte den Kopf, doch bevor er etwas sagen konnte, redete Ann weiter. »Hier ist so Vieles passiert. Die Taten deines Vaters, all die Schmerzen und Ängste seiner Opfer.«

Und nun der Tod von Penny, führte John die Liste in seinen Gedanken fort. Es gab so viel Grauenvolles, das er mit dem Haus verband. Seine gesamte Kindheit hatte er hier in Angst vor seinem gewalttätigen Vater verbracht und als John später selbst eine Familie gründete, war die Beziehung zu Jennifer und Glen den Bach heruntergegangen. So, wie sein ganzes verdammtes Leben den Bach herunterging.

Anns Berührung, als sie sich an seinen Oberkörper lehnte, zog ihn aus den Gedanken. Er legte die Arme um Ann und drückte sie an sich. Es tat gut, sie zu umarmen. Seine Augen füllten sich mit Tränen.

»Ich bin verantwortlich für das, was ich getan habe. So wie mein Vater für *seine* Taten verantwortlich war. Ich kann nicht dem Haus die Schuld für all das geben«, sagte John. »Außerdem ... Häuser, die Unglück bringen, gibt es nicht. Oder kannst du mir erklären, wie so etwas möglich sein soll?« Während er sie immer noch umschlungen hielt, strich er ihr übers Haar.

»Ich kann es nicht erklären«, hörte er sie sagen. »Aber ich kann dir genauso wenig erklären, wie es möglich ist, dass *ich* hier bin. Und doch ist es so.«

John seufzte. Er wünschte, er könnte daran glauben, dass es diese dunkle Kraft gab, die von diesem Ort ausging. Eine höhere Macht, die das Schicksal der Bewohner ins Unglück lenkte. Doch so leicht konnte er sich seiner Schuld nicht entziehen.

»Kann Penny nicht auch zurückkommen? Bei dir hat es schließlich funktioniert.« Es klang wie ein Flehen. Doch tief in seinem Inneren war ihm klar, dass das ebenso unsinnig war, wie die Theorie von dem Unglückshaus. Er konnte sich die Toten nicht einfach herbeiwünschen.

John begrub Penny direkt hinter dem Haus, wie Ann es vorgehabt hatte. Es tröstete ihn ein wenig, den Hund in der Nähe zu wissen. Der Regen prasselte die ganze Zeit auf ihn herab, aber die Nässe und die Kälte nahm er kaum wahr. Es war nicht leicht, das Erdloch auszuheben, weil der Regen immer wieder Schlamm nachspülte. Deshalb musste sich John beeilen. Er versuchte, die quälenden Gedanken an Pennys grauenhaften Tod aus seinem Kopf zu verbannen. Und er hoffte, dass er sie so in Erinnerung behalten würde, wie sie zu Lebzeiten gewesen war. Unweigerlich tauchte das schreckliche Bild ihres toten Körpers vor seinem geistigen Auge auf. Wenn es Ann nur gelungen wäre, Penny zu begraben. Ihr Anblick wäre ihm erspart geblieben und er hätte sich einreden können, dass sie friedlich eingeschlafen war. Er verurteilte sich für diesen feigen Wunsch. Penny war qualvoll zugrunde gegangen. Er würde die Wahrheit und die Erinnerung an ihren grausigen Anblick ertragen müssen! Mit der Schuld musste er leben.

Erst nachdem er fertig war, wurde er sich seiner Erschöpfung bewusst. All die Dinge, die ihm heute widerfahren waren, hatten ihn vollkommen entkräftet. Er stellte den Spaten ab und schleppte sich zurück ins Haus.

Ann wartete im Flur auf ihn. Müde streifte er die Jacke ab und ließ sie neben der Kommode zu Boden fallen. Mit einem angedeuteten Nicken gab er Ann zu verstehen, dass er okay war, bevor sie ihn danach fragen konnte. Doch ihre sorgenvolle Miene blieb. Sie sah ihm in die Augen, als versuchte sie, zu ergründen, wie schlimm es tatsächlich um ihn stand. Dann glitt ihr Blick an seinem Körper hinunter. »Erzählst du mir jetzt, was mit dir passiert ist?«

Er sah selbst an sich hinab. Er war bis auf die Haut durchnässt. Seine Klamotten waren dreckig vom Ausheben des Grabes und weil Jackson auf ihm herumgetrampelt war. Trotz der Regendusche entdeckte John ein paar Blutspritzer auf dem Hemd, die wohl von Jackson stammten. Jetzt, im Schein der Deckenleuchte, waren die Spuren der Tracht Prügel, die er heute Abend eingesteckt hatte, bestimmt gut sichtbar.

Ann näherte sich, doch bevor sie sein Gesicht berühren konnte, wich er zurück. »Das ist nichts. Eine dumme Schlägerei«, sagte John. Ein paar Schritte entfernt hing der Spiegel, aber er wollte nicht hineinsehen. »Es ist eine miese Stadt«, seufzte er. »Und es war ein mieser Tag.« Er wollte nicht über Jackson reden. Oder über Phil oder Penny. Und am wenigsten wollte er über Jennifer sprechen. Beim Gedanken an sie senkte er den Blick und starrte auf Anns zerschundenen Schuhe.

»Hast du Schmerzen?«, fragte sie, immer noch besorgt.

»Mir tut alles weh«, gab er zu. Beim Versuch, die Schultern zu bewegen, erfasste ihn eine unerwartet heftige Schmerzwelle und er stöhnte auf. Ann umfasste ihn schnell, um ihn zu stützen. Anscheinend sah er so übel aus, dass sie fürchtete, er könnte sich nicht länger aufrecht halten. Vielleicht hatte sie damit recht. Es wunderte John, dass er es überhaupt von der Stadt nach Hause geschafft und dass er die Kraft aufgebracht hatte, Penny unter die Erde zu bringen. Sein Körper hatte wohl schlichtweg funktioniert, solange er es musste. Doch nun fühlte sich John mehr tot als lebendig.

»Ich kann allein gehen.« Er riss sich zusammen, versuchte, sich aus eigener Kraft zu bewegen, aber seine Beine fühlten sich an, als wollten sie jeden Augenblick unter ihm einknicken.

»Okay«, entgegnete sie, ohne den festen Griff um seinen Oberkörper zu lösen. Auf diese Weise gab sie ihm Halt, während sie sich auf die Couch zubewegten.

Kaum hatten sie das Sofa erreicht, ließ er sich darauf fallen. Ann stand einen Moment lang nur da und schien nicht zu wissen, was sie tun sollte. Dann zog sie die Decke von der Armlehne und reichte sie ihm.

»Du willst dir sicher die nassen Sachen ausziehen. Ich kann dir etwas Trockenes zum Anziehen von oben holen.«

Sie wandte sich zum Gehen.

»Nein, warte«, rief John und war froh, als sie stoppte. Auch wenn sie in weniger als einer Minute zurück gewesen wäre, ertrug er den Gedanken nicht, sie durch diese Tür verschwinden zu sehen. Darüber hinaus beunruhigte ihn auch die Vorstellung, dass sie die Unordnung in den Schränken sehen würde. Es war lächerlich. Nach allem, was passiert war und trotz seiner schlimmen Verfassung bereitete es ihm Kopfzerbrechen, was Ann über ihn denken würde? Außerdem wusste sie längst, dass er hier hauste wie ein Schwein.

Als ihm klar wurde, dass Ann ihn seit Sekunden fragend ansah, räusperte er sich. »Die Decke genügt mir. Danke.«

Sie blickte auf sein Hemd, das ihm nass am Körper klebte, und wirkte nicht überzeugt.

»Du willst mich wohl unbedingt nackt sehen.« Kaum hatte er es ausgesprochen, hielt er die Luft an. Hatte er das wirklich laut gesagt? Anscheinend hatte sein Verstand aufgehört, zu funktionieren. Um ihr zu signalisieren, dass er nur einen Scherz gemacht hatte, zwang er sich zu einem Lächeln. Zu seiner Verwunderung wich ihre sorgenvolle Miene, und auch ihre Mundwinkel hoben sich. Vielleicht war sie erleichtert, dass er noch lebendig genug war, um solche dummen Sprüche von sich zu geben.

»Dann bringe ich dir ein Glas Wasser«, beschloss sie und diesmal hielt er sie nicht zurück. Bevor sie in die Küche ging, knipste sie die kleine Tischlampe an und drehte das grelle Oberlicht ab. John fingerte an der Knopfreihe seines Hemdes herum, bis er merkte, dass es gar nicht zugeknöpft war. Nach der Sache mit Jennifer im Auto hatte er sich nicht darum gekümmert. Mühevoll richtete er sich etwas weiter auf. Dann hielt er die Luft an und zog Hemd und Shirt gleichzeitig über den Kopf. Ein Blick nach unten bestätigte, was er längst geahnt hatte. Unterhalb der Brust hatte sich ein riesiger Bluterguss gebildet. Die Haut schimmerte violett. Da musste Jackson ihn mit dem Fuß erwischt haben. Vorsichtig legte John die

Hand auf die Stelle und fuhr die Rippen nach, die sich hart unter der Haut abzeichneten.

Er hatte nicht mitbekommen, dass Ann zurückgekehrt war. Jetzt stand sie mit dem Glas in der Hand vor ihm und starrte auf seinen Brustkorb.

»Nichts gebrochen«, sagte er schnell und griff sofort nach dem Wasserglas, um ihr zu zeigen, dass er noch gut imstande war, sich zu bewegen. Er trank und merkte, wie durstig er war. Gierig leerte er das Glas und als er es ihr zurückgab, starrte sie noch immer auf die Blessuren seines Körpers.

John kämpfte dagegen an, einzuschlafen. Er lag auf dem Sofa und versuchte, flach zu atmen und jede unnötige Bewegung zu vermeiden. Das Licht der kleinen Lampe vermochte kaum, das Zimmer auszuleuchten, aber er konnte Ann sehen, die sich wieder auf dem Sessel zusammengerollt hatte. Ihre Anwesenheit beruhigte ihn. Er zog die Decke höher, ohne den Blick von ihr zu lösen. Ihr Gesicht konnte er in der Dunkelheit nicht erkennen, und doch war er sicher, dass sie ihn in diesem Moment ebenfalls ansah. Sie wachte über ihn. Bald schaffte er es nicht mehr, sich gegen die Müdigkeit zu wehren. Kaum hatten sich seine Augenlider geschlossen, versank er in einen tiefen Schlaf, bis ihn das Licht des neuen Tages weckte.

38

Johns erster Blick ging zum Sessel, doch Ann war nicht mehr dort. Sofort erfasste ihn wieder die Melancholie, die längst zu seiner ständigen Begleiterin geworden war. Das tiefe Gefühl der Traurigkeit und der Einsamkeit lastete schwer auf seiner Brust. Ihm war nicht klar, wie er es schaffen sollte, sein Leben weiterzuführen. Ein Leben ohne Phil, ohne Jennifer und Glen und ohne Penny. Es war nicht zu ertragen. Er konnte es nur dann aushalten, wenn er schlief. Und wenn Ann bei ihm war. Eine Träne lief ihm über das Gesicht. Er wollte die Augen wieder schließen und versuchen, noch einmal einzuschlafen, als er Ann sah. Mit ihrem Auftauchen löste sich augenblicklich ein Teil der ungeheuren Last von ihm, und er vermochte wieder, frei zu atmen. Lautlos kam sie näher und hockte sich vor das Sofa. John betrachtete ihr Gesicht, das ihm so vertraut war, und spürte, wie ganz langsam die Kälte aus seinem Körper wich und dem wärmenden Gefühl der Zuneigung Platz machte. Ann war blass, wie immer, und ihre Lippen hatten den gewohnten leicht violetten Farbton. Ihr Haar war ein wenig zerzaust. Vermutlich hatte sie es in der Nacht auf dem Sessel nicht sehr bequem gehabt.

Er lächelte sie an, doch ihre Lippen bewegten sich nicht. Er versuchte, sich etwas aufzurichten, aber ein heftiger Schmerz in seinem Rücken hielt ihn davon ab. Stöhnend ließ er sich zurück auf das Sofakissen fallen. »Es kommt mir vor, als hätte man mich durch die Mangel gedreht. Ich hoffe, ich sehe besser aus, als ich mich fühle?« Er schaffte es, zu grinsen. Ann betrachtete ihn noch immer schweigend.

Er atmete durch und wartete, dass die Schmerzen abebbten. Er war froh, dass sie bei ihm war. Sein Leben war ein Trümmerhaufen. Er hatte *alles* verloren. Und doch hatte er das seltsame Gefühl, dass es gut werden würde, so lange sie da war. Er verspürte den Wunsch, die Hand auszustrecken und ihr Gesicht zu berühren, aber er wagte es nicht. Er begnügte sich damit, sie nur anzusehen.

»Ich sollte gar nicht mehr hier sein«, sagte sie, als hätte sie eben seine Gedanken gelesen.

»Was?« Während er noch hoffte, dass sie nicht davon redete, aus seinem Leben zu verschwinden, spürte er bereits die Panik, die tief in seinem Inneren erwachte.

»Wie lange soll es so weitergehen?«, fragte sie.

»Ich weiß es nicht«, entgegnete er verwirrt. »Warum sehen wir nicht einfach, was passiert?« Jetzt richtete er sich auf und die Schmerzen spürte er kaum.

Ann schüttelte den Kopf »Ich meine, wie geht es mit *dir* weiter? Du bist so traurig und allein ... Schon dein ganzes Leben. Du verlässt das Haus nur, wenn du es musst. Du ziehst dich in dich selbst zurück. Du erträgst es nicht, jemanden um dich zu haben.«

»Ich ertrage es, *dich* um mich zu haben«, witzelte er und versuchte ein Lächeln.

»Ich spreche von lebendigen Menschen«, entgegnete Ann.

John schwieg.

»Du fürchtest, wie dein Vater zu sein. Du schottest dich ab und lässt niemanden in dein Leben. Weil du glaubst, dass du es nur auf diese Weise aufhalten kannst. Dass du nur so verhindern kannst, zu etwas Bösem zu werden.«

Die Worte ließen ihn erstarren. Er wich ihrem Blick aus und sah auf die Decke, die überall Fäden gezogen hatte. Es war die Wahrheit.

»Das ist Unsinn«, widersprach er halbherzig.

Ann legte die Hand auf die Decke. »John? Du bist nicht wie er.«

John musste sich zwingen, ihr wieder in die Augen zu sehen. Er verschränkte die Arme vor der Brust. »Aber das liegt doch auf der Hand, oder? In meinen Adern fließt sein Blut. Wir haben dieselben Gene. Er hat mich großgezogen.« Er schluckte schwer. »Eigentlich habe *ich* dich umgebracht. Wegen mir bist du da unten gestorben.« Es überraschte ihn, wie leicht es ihm über die Lippen gegangen war. Vielleicht hatte sein Verstand inzwischen aufgehört, sich vor der Wahrheit zu verschließen und akzeptierte, was er war. Ein Mörder.

»Du bist ein kleines Kind gewesen.« Ihre Augen füllten sich mit Tränen. »*Er* hat es getan.«

John griff nach ihrer Hand und drückte sie sanft. »Ja. Aber ich bin ihm in so vielem ähnlich, dass ich mich vor mir selbst erschrecke. Und um mich herum passieren all die furchtbaren Dinge, die ich zu verantworten habe. Vielleicht bin ich ein schlimmeres Monster als er.«

Ann entzog ihm die Hand. Sie holte tief Luft und als sie ausatmete, hörte er, dass sie zitterte. Dann hob sie etwas vom Boden auf und legte es ihm auf den Schoß. In dem Bündel erkannte John seine Sachen.

»Bitte komm mit mir in den Keller«, sagte sie leise. Dann erhob sie sich und ließ ihn allein.

Es hatte John Überwindung gekostet, vom Sofa aufzustehen und sich die noch immer feuchten Hosen und das Hemd anzuziehen. Doch nachdem er ein paar Schritte gegangen war, ließen die Schmerzen nach und es fiel ihm leichter, sich zu bewegen.

Ann stand in der Mitte des Kellerraums. Langsam ging er auf sie zu und als er kurz vor ihr anhielt, nahm sie das Messer von der Werkbank. Es war ihm zuvor nicht aufgefallen. Verwirrt starrte er sie an.

»Wenn du dir so sicher bist, dass du ein Mörder bist, wie er ... möchte ich dich um etwas bitten, bevor ich gehe.«

Johns Gedanken überschlugen sich. Er wusste nicht, was ihn mehr erschreckte. Die Tatsache, dass sie schon wieder davon sprach, ihn zu verlassen oder das Messer, das sie jetzt mit beiden Händen umklammerte.

»Ich weiß, was du vorhast«, keuchte er, während erneut Panik in ihm hochkroch. »Ich soll herausfinden, ob ich jemandem wehtun kann ... Aber so läuft das nicht. Ich werde dich nicht verletzen.«

»Du weißt, dass mir nichts geschehen wird.«

»Hör sofort auf damit«, rief John, doch Ann wirkte fest entschlossen. Was sie von ihm verlangte, war unglaublich. Es war völlig absurd. John hatte Angst. Weil er wusste, dass er *alles* tun würde, worum sie ihn bat.

Er betrachtete das schmutzige Messer, das in ihren Händen zitterte. Es war alt, doch die Klinge war scharf. Es war dasselbe Messer, mit dem sich Ann vor ein paar Tagen die Arme zerschnitten hatte. Er sah auf und entdeckte eine Träne, die ihr die Wange hinab rann und schließlich zu Boden tropfte.

John war nicht mehr imstande, klare Gedanken zu fassen. Sie stürzten auf ihn ein wie ein Schwarm wildgewordener Bienen. Er wusste nur eines: Er konnte Ann niemals wehtun! Und doch hatte sie recht. Er musste endlich Gewissheit haben. Er musste herausfinden, ob er das Böse in sich trug. Ob es unter der Oberfläche lauerte und nur auf den richtigen Moment wartete, aus ihm hervorzubrechen.

Langsam nahm er das Messer an sich. »Es ist verrückt«, flüsterte er und fühlte den kalten Griff. »Komm wieder mit rauf.«

Sie legte ihm die Hände auf die Brust. »Bitte, John.« Ihre Finger klammerten sich in sein Hemd.

Noch einmal betrachtete er das Messer. »Es ist ganz dreckig«, meinte er, doch er wusste, dass dieser Umstand sie nicht von ihrem Vorhaben abbringen würde.

»Ich will es nicht tun.«

Ann nickte kaum merklich. »Du musst die Klinge tief in mich stoßen. Nur einmal.«

»Das ist krank«, presste er hervor. Ihm wurde übel. Hilflos richtete er den Blick zur Decke, die voller schwarzer Spinnweben hing, nur wenige Zentimeter über seinem Kopf.

»Finde heraus, wie es sich anfühlt.« Sie flüsterte, als wollte sie ihn beschwören.

John schüttelte den Kopf. Allein der Gedanke, ihr mit dem Messer wehzutun, fühlte sich schrecklich an. Und doch blieb die Furcht, dass das Monster in ihm erweckt werden würde, wenn er es tat. Erweckt durch das Adrenalin und den Geruch von Angst und Opferblut. Er atmete tief durch. Die Luft schien fast vollständig aus dem Keller gewichen zu sein. Noch immer hoffte er, dass sie mit diesem Wahnsinn aufhörte, aber in ihren Augen konnte er lesen, dass sie nicht nachgeben würde.

»Tu es einfach«, drängte sie. John presste die Kiefer aufeinander. Er wollte das Messer wegwerfen, Ann bei den Schultern packen und sie schütteln, bis sie zur Vernunft kam. Stattdessen umfasste er ihr Handgelenk. Mit dem Daumen strich er über die kühle Haut, unter der ein schwacher Puls schlug. Er verstärkte seinen Griff und hielt den Atem an. Zitternd setzte er die Spitze der Messerklinge auf ihre Armbeuge. Er spürte einen leichten Ruck durch ihren Arm gehen, als das Metall die Haut berührte. Noch einmal sah John Ann in die Augen. Sie nickte entschlossen. Dann zog er die Klinge durch ihr Fleisch.

Er hatte ihr einen etwa fünf Zentimeter langen Schnitt in den Unterarm zugefügt. Blut quoll aus der Wunde und färbte ihre weiße Haut tiefrot.

»Verdammt«, keuchte er. Ihm wurde bewusst, dass er ihr Handgelenk viel zu fest umklammert hielt, und er lockerte den Griff. Sie starrte auf den Schnitt, bewegte ihren Unterarm, während das Blut auf den Boden tropfte. »Du hast nur an der Oberfläche gekratzt«, hörte er sie flüstern. »Du musst es richtig machen, wenn du es verstehen willst.«

»Was?« Er schrie sie an. Immer mehr Blut sickerte aus ihrem Unterarm. Er hatte ihr das angetan. Und nun verlangte sie von ihm, dass er weitermachte?

Er schüttelte den Kopf. »Nein.«

Langsam legten sich ihre Finger um seine Hand, in der er das Messer hielt. John wusste, was gleich geschehen würde. Er musste dagegen ankämpfen, doch sein Körper gehorchte ihm nicht mehr.

Die Klinge bohrte sich tief in Anns Leib. Sie riss die Augen auf und rang nach Luft. John schrie vor Entsetzen. Sein erster Gedanke war, dass sie sehr wohl verwundbar war. Vielleicht hatte sie die Schmerzen neulich nur deshalb kaum gespürt, weil sie sich die

Verletzungen selbst zugefügt hatte. Man konnte sich schließlich auch nicht selbst erschrecken oder zum Lachen bringen. Panisch riss er das Messer aus ihrem Körper und ließ es fallen. Ann keuchte auf. Sie versuchte, an sich hinunterzusehen, um die Wunde zu betrachten, doch die Bewegung schien ihr zu sehr wehzutun. Sie drückte die Hand auf ihre Hüfte und John sah das Blut, das augenblicklich zwischen ihren Fingern hervorquoll. *Was, wenn es diesmal anders ist? Wenn sie stirbt?* Er schob ihre Hand beiseite und presste seine eigene auf die Stelle, während er Ann mit der anderen festhielt. Sie atmete heftig, als versuchte sie so, die Qualen erträglicher zu machen.

»Es hat funktioniert«, keuchte sie. Obwohl die Schmerzen ihr sichtlich zusetzten, meinte John, ein Lächeln auf ihren Lippen zu erkennen.

Vorsichtig schob er sie ein paar Schritte rückwärts zur Wand. Dort ließen sie sich zu Boden sinken. John zog sich das Hemd aus und drückte es auf die Wunde. Eine solche Verletzung war mit Sicherheit tödlich ... Vielleicht hatte die Klinge auch innere Organe getroffen. Es würde nicht lange dauern, bis Ann verblutete. Um sich selbst zu beruhigen, um nicht den Verstand zu verlieren, sagte er sich, dass sie es überstehen würde. Wie beim letzten Mal.

Ihre blutige Hand strich über den Boden. Sie lehnte den Kopf gegen die Wand und schloss die Augen.

Besorgt beobachtete John ihre Atmung, die sich langsam beruhigte. »Ich hab dir das angetan«, sagte er leise, doch er konnte noch immer nicht fassen, dass es dazu gekommen war. Er konzentrierte sich auf seine Hand, die das Hemd auf ihre Wunde presste, um nicht zu viel Druck darauf auszuüben.

»Aber es hat funktioniert«, antwortete sie noch einmal. Sie öffnete die Augen und blickte ihn an. Sie sah müde aus, aber ihre Gesichtszüge waren entspannt. Und dann lächelte sie.

39

»Du bist nicht wie dein Vater.«

John betrachtete ihr Profil. Wegen der blassen Haut konnte er ihre Gesichtszüge gut erkennen.

»Nein«, sagte er ruhig.

»Dich trifft keine Schuld an meinem Tod. Du bist auch nicht verantwortlich für den Selbstmord deines Freundes. Und dein Hund ... Letztlich war es ein Unglück. Du hattest nie die Absicht, ihnen wehzutun oder jemanden zu töten.«

»Bis auf dieses eine Mal. Meinen Vater *wollte* ich töten«, widersprach John.

Ann nickte schweigend. Vorsichtig nahm er den blutgetränkten Stoff von ihrer Wunde. Wegen des schwachen Lichts konnte er es nicht gut erkennen, aber es schien nicht mehr so stark zu bluten. Er tastete nach ihrer Hand und rückte noch näher an Ann heran. Behutsam lehnte er sich an sie und lauschte ihren Atemzügen. Minutenlang saß er neben ihr, ohne ein Wort zu sagen. Er ignorierte die Kälte des Bodens, die in ihn kroch.

»Wie ist er gestorben?«, fragte sie nach einer ganzen Weile.

John atmete tief durch. Phil und er hatten nie mit jemandem darüber gesprochen. John hatte es sogar all die Jahre vermieden, daran zu denken. Es fühlte sich seltsam an, dass Ann ihn danach fragte. Irgendwie hatte er immer geglaubt, sie wüsste es. »Ich war dreizehn, als ich meinen Vater umgebracht habe.« Er hielt inne, sah Ann ins Gesicht und wartete auf ihre Reaktion, doch sie sagte nichts. »An diesem Tag hatte er mich verprügelt.« Er erinnerte sich jetzt genau. Die Sommerferien hatten gerade erst begonnen und sein Vater konnte sicher sein, dass die Hämatome und Beulen rechtzeitig verheilen würden, bevor sein Sohn zurück in die Schule musste. Er hatte sich hinterrücks angeschlichen, ihm einen harten Schlag mit dem Baseballschläger in den Rücken verpasst und ihn so zu Fall gebracht. Und dann hatte er wie ein Tollwütiger auf ihn eingeprügelt. Womit John das verdient hatte, wusste er bis heute nicht. Vielleicht hatte es überhaupt keinen Grund gegeben.

»Nachdem er sich an mir abreagiert hatte, betrank er sich. Irgendwann war er völlig weggetreten. Nur deshalb hatte ich den Mut, es zu tun.«

Eine winzige Bewegung in seinem Augenwinkel lenkte Johns Aufmerksamkeit kurz auf sich. Eine Spinne lief einen guten Meter entfernt über den Boden und verschwand im nächsten Moment im Schatten des Flaschenregals.

»Bitte sprich weiter«, bat Ann und drückte seine Hand, wie um ihm Mut zu machen.

»Phil hat mir geholfen, das Gift zusammenzumischen. Wir nahmen, was wir finden konnten.« John überlegte, doch er erinnerte sich nicht mehr an die genauen Zutaten. Wahrscheinlich war es eine Mixtur aus Rattengift und Abflussreiniger gewesen, die Phil in die Flasche mit dem verbliebenen Whiskey getan hatte.

»Wir rollten ihn auf den Rücken und dann flößten wir ihm das Zeug mit einem Trichter ein. Zuerst hat er nur geröchelt, so, als würde er schnarchen.« John erinnerte sich daran, dass er sich schon früher oft vorgestellt hatte, seinen Vater umzubringen. Doch in seiner Fantasie hatte er ihn weit mehr leiden lassen.

»Mir kam es vor, als dauerte es endlos lange. Ich hab es nicht mehr ausgehalten, bin aus dem Keller gerannt und als ich später zurückkam, war es vorbei.« Vielleicht hatte Phil den Todeskampf irgendwie beschleunigt. Vielleicht hatte John ihn sogar aus genau diesem Grund allein gelassen.

»Phil hatte sich danach um alles gekümmert.« Johns Augen füllten sich mit Tränen. Er atmete tief durch. Ann hielt seine Hand ganz fest.

»Nach dem Tod meines Vaters habe ich mich tagelang oben ins Bett verkrochen. Ich stand vermutlich unter Schock. Und als ich irgendwann wieder zu mir kam und hier herunterging, war seine Leiche nicht mehr da. Sogar die Blutspuren seines letzten Opfers auf der Werkbank waren verschwunden, ebenso wie die Kette und das Messer. Phil muss wie ein Irrer geputzt haben. Und meinen Vater hatte er nachts irgendwo ziemlich weit draußen verscharrt. Er hat ihn ganz allein in den Handwagen gehievt und dort raus gebracht. Er hat mir nie gesagt, an welcher Stelle er ihn genau begraben hat. Doch das war noch nicht alles ...«

Das Flackern der Glühbirne lenkte John für einen Moment ab. Er atmete durch und kontrollierte erneut Anns Verletzung. Sie zuckte nicht einmal zusammen, als er den Stoff hochnahm. Anscheinend blutete sie nicht mehr. Vielleicht war die Wunde bereits dabei, sich zu schließen. Auch das Blut auf ihrem Unterarm war fast getrocknet. Vorsichtig fuhr John mit der Fingerspitze den Schnitt entlang, der jetzt kaum noch zu spüren war.

»Sprich weiter«, bat sie. John überlegte, wo er eben gestoppt hatte.

»Phil hatte an alles gedacht, damit die Sache nicht aufflog. Er hat es so aussehen lassen, als wäre mein Vater abgehauen. Es war verrückt.«

»Er wollte dich nicht verlieren.«

John nickte nachdenklich. Phil hatte genau wie er nie eine richtige Familie gehabt. Es gab nur seine Großmutter, die kaum mitbekam, was er täglich ausheckte. Gewissermaßen war John seine Familie gewesen und Phil wollte um jeden Preis verhindern, dass man sie voneinander trennte.

»Er schrieb einen Brief im Namen meines Vaters, adressierte ihn an mich und fuhr per Anhalter bis nach Idaho, um ihn herzuschicken. Im Brief stand nicht viel, nur vages Zeug ... Er wäre eine Weile unterwegs und würde so bald wie möglich zurückkommen. Ich sollte besser keinem davon erzählen, denn es wären sicher nur ein paar Tage, die er mich allein lassen müsste.«

Ann schüttelte langsam den Kopf. »Wie lange hat es gedauert, bis jemand merkte, dass du allein hier draußen warst?«

»Fast zwei Monate. Dann zeigte ich ihnen den Brief und für die Leute war die Sache eindeutig. Mein Vater hatte mich sitzen lassen. Er war als Säufer bekannt und hatte gelegentlich Streit in der Stadt angezettelt. Natürlich glaubten sie, er hätte sich diesmal schlimmeren Ärger eingehandelt und wäre gezwungen gewesen, unterzutauchen. Die Meisten rechneten nicht mehr damit, dass er noch einmal zurückkehren würde. Phils Plan hatte funktioniert, nur … ich durfte natürlich nicht hierbleiben. Das Heim lag vierzig Meilen entfernt. Ich war dort, bis ich volljährig wurde und ich habe jeden einzelnen Tag gehasst.«

»Es tut mir leid. Alles«, hörte er sie sagen. John lächelte. Sie verurteilte ihn nicht für das, was er getan hatte. Es war befreiend, endlich darüber zu reden.

»Ich habe nie bereut, ihn getötet zu haben. Mein Vater war ein Monster.«

»Ja, das war er.«

John fror. Er rückte noch enger an Ann heran. »Warum willst du mich allein lassen?«, fragte er leise.

»Ich muss es … Ich bin tot.«

»Kannst du nicht einfach bleiben?« Er ahnte, dass es sinnlos war, ihr diese Frage zu stellen.

»*Du* wirst weggehen.«

Im ersten Moment dachte John, er hätte sie falsch verstanden. Wie kam sie darauf, dass er verschwinden würde?

»Ich gehe nirgendwo hin. Ich lass dich nicht allein hier«, antwortete er bestimmt. Er legte den Arm um sie und zog sie an sich. Ihr Haar duftete nach Regen und Erde. Dieser Geruch war ihm so vertraut, dass er ihn sein Leben lang nicht mehr vergessen würde. »Ohne dich hätte ich längst aufgegeben«, flüsterte er. »Du hast mich die ganze Zeit am Leben gehalten.«

»John. Ich bin damals gestorben. Du aber nicht. *Du* kannst diesen Ort hinter dir lassen.« Sie drückte seine Hand sehr fest und schien sich dessen gar nicht bewusst zu sein. »Du musst gehen, sonst wird es so sein, als wärst du ebenfalls tot.«

»Du irrst dich. Ich werde nicht gehen.« Ein Weiterleben ohne sie erschien ihm unvorstellbar. Doch tief in seinem Inneren wusste er, dass er nichts dagegen tun konnte.

40

John stand am Fenster seines Wohnzimmers, das gleichzeitig sein Schlafzimmer war, und starrte nach draußen. Von hier oben im sechsten Stock hatte er einen guten Blick über den Parkplatz vor dem kleinen Supermarkt und über jede Menge Gebäude, die alle gleich aussahen. Irgendwie hatte die Aussicht, die immer dieselbe war, etwas Beruhigendes und manchmal vergaß John völlig die Zeit, wenn er hinaussah. Dann merkte er erst, wie lange er schon dort stand, wenn der Himmel am Abend die Farbe wechselte. Im Moment war dieser Himmel noch tiefblau. Dem Wetterbericht nach war es ein kalter Januarmorgen.

John war vor vierzehn Monaten nach Portland gezogen. Er hatte kaum Hoffnung gehabt, dass ihm die Luftveränderung, die fremden Menschen und die Distanz zu seinem alten Leben helfen würden und tatsächlich hatte er im vergangenen Jahr kaum die Wohnung verlassen. Um Geld für die Miete und das Essen zu verdienen, gab er Nachhilfestunden. Gerade so viele, dass es reichte, über die Runden zu kommen. Und einmal die Woche rief er Jennifer an. Manchmal bekam sie sogar Glen ans Telefon. Die Gespräche blieben stets oberflächlich. Meistens tauschten sie dieselben Sätze aus und von Mal zu Mal musste sich John mehr dazu zwingen, überhaupt die Nummer zu wählen. Er empfand die Telefonate als kräftezehrend. Trotzdem war es ihm wichtig, ihre Stimmen zu hören, weil sie bedeuteten, dass Glen und Jennifer noch immer da draußen existierten und ihr Leben führten.

John fühlte sich einsam. Die Tage zogen ereignislos an ihm vorbei und die ganze Zeit hatte er das Gefühl, auf etwas zu warten, von dem er nicht wusste, ob es je eintreffen würde. Vielleicht würde er als Greis immer noch aus diesem Fenster starren und warten.

Er hatte viel Zeit, um über Ann nachzudenken. Zuweilen stellte er sich die Frage, ob er sie sich nur eingebildet hatte. Ob er sie erschaffen hatte, weil er verrückt geworden war. Verrückt vor Einsamkeit. Verrückt wegen der Erinnerungen aus seiner Kindheit, die endlich an die Oberfläche gedrungen waren. Vielleicht auch verrückt wegen der monatelangen Trinkerei.

Wahrscheinlich war er wirklich geisteskrank. Nicht das Haus war Schuld, sondern er allein. Genau genommen war er seit seinem fünften Lebensjahr schuldig. Seit er Ann in dem dunklen Keller hatte sterben lassen. Er war Schuld daran, dass seine Familie zerbrochen war, Schuld an Phils Selbstmord und an Pennys Tod. Er versuchte die Erinnerungen daran, wie die Hündin gestorben war, zu verdrängen, doch es gelang ihm nicht. Er würde ihren Tod wohl nie begreifen können ... War er nicht stets fürsorglich gewesen? Aber womöglich hatte er sich auch das nur eingebildet. Vielleicht hatte er sie vernachlässigt, sie tagelang im Keller eingesperrt, ohne es wahrzunehmen.

Am Ende kam John jedes Mal zu der Überzeugung, dass zumindest Ann real gewesen war und er fühlte sich schlecht, weil er ihre Existenz angezweifelt hatte.

Immer wieder versuchte er, sich ihr Gesicht, den Klang ihrer Stimme und den Geruch ihres Haares in Erinnerung zu rufen. Es machte ihn nervös, wenn es ihm nicht auf Anhieb gelang und manchmal verbrachte er den ganzen Tag damit, über sie nachzudenken. John vermisste sie. Und er war einsamer denn je.

Das Telefonläuten riss ihn mit einem Schlag aus seiner Lethargie. Er zuckte zusammen und starrte zunächst auf das Telefon, das auf dem Tisch lag, und dann zur Wanduhr. Jennifer rief ihn normalerweise nicht außer der Reihe an, und falls doch, dann nicht um diese Zeit. Außerdem hatten sie erst vorgestern miteinander gesprochen. Es klingelte ein viertes, dann ein fünftes Mal, bevor sich John in Bewegung setzte.

Er sah Jennifers Nummer auf dem Display aufleuchten und spürte, wie sein Herz schneller zu schlagen begann. Unweigerlich musste er an ihren Anruf von damals denken, als sie ihm die Nachricht von Phils Tod übermittelt hatte. Er spürte die Angst, die in ihm hochstieg und griff rasch zum Telefon, um zu verhindern, dass sie zu einer lähmenden Panik heranwuchs und er es nicht mehr wagen würde, abzunehmen.

»Hey Jennifer.«

»Hallo John, wie geht es dir?«

»Und euch?«, fragte John zurück, ohne ihr eine Antwort zu geben.

»Uns geht es gut. Ich habe trotzdem schlechte Nachrichten für dich.«

Einige Sekunden lang wartete er angespannt darauf, dass sie weiterredete. Er fand, es war eine Unart, wenn Leute einem eröffneten, dass sie eine schlimme Botschaft zu verkünden hätten und dann einfach nicht mit der Sprache rausrückten. Als würden sie es genießen, den anderen noch ein wenig länger in der Angst vor dem Ungewissen zu lassen.

»Vielleicht ist es sogar eine gute Nachricht ... ich weiß es nicht«, stammelte sie.

John seufzte ungeduldig, um ihr zu signalisieren, auf den Punkt zu kommen.

»Dein Haus ist abgebrannt.« Als John die Bedeutung der Worte verstand, fühlte es sich an, als hätte Jennifer eine Pistolenkugel auf ihn abgefeuert.

»Ein paar Kids sind dort eingebrochen. Sie fanden wohl, ein verlassenes Haus wäre der perfekte Spielplatz für sie. Anscheinend wollten sie ein Feuer machen, um sich zu wärmen, und haben die Kontrolle verloren. Die beiden hatten kein Handy, um Hilfe zu rufen, und bis sie endlich in der Stadt waren, war es zu spät. Vom Haus ist nicht mehr viel übrig.«

Jennifers Worte drangen nur schwer zu ihm durch. Er konnte nur noch an eines denken. *Was ist mit Ann?*

41

John stand vor den Überresten seines Hauses. Dort, wo einst Wände gewesen waren, gab es nur noch die verkohlten Grundmauern. Er versuchte, die Stelle auszumachen, an der die Stufen hinab in den Keller geführt hatten, doch sie waren unter einer dicken Schicht aus Schutt und Dreck begraben. Der Geruch von verbranntem Holz lag in der Luft. Der Anblick erschien John wie ein Sinnbild seines Lebens. Nur noch ein Haufen Schutt und Asche.

Auch wenn es keinen einzigen Tag gegeben hatte, an dem er nicht an Ann gedacht hatte, vermisste er sie in diesem Moment mehr als in dem ganzen vergangenen Jahr. Er klammerte sich an die Hoffnung, dass sie nicht hier gewesen war, als es gebrannt hatte. Dass sie sich an einem schöneren Ort befand, an dem es sicher war.

Ein Windstoß fegte ihm Asche entgegen. John wandte sich ab und wischte den Dreck aus seinen Augen. Er fror, weil er den Mantel im Wagen gelassen hatte. Doch es lohnte nicht, ihn zu holen. Ann war nicht hier und so gab es nichts, das ihn noch an diesem Ort hielt. Es wunderte ihn selbst, wie wenig es ihn berührte, dass sein Haus zerstört war. Nie wieder würde er das vertraute Knarzen der alten Dielen unter seinen Füßen hören oder das Klappern der Fenster im Wind. Er würde nie wieder auf seinem Sofa liegen, während der Mond ins Wohnzimmer schien. Und auch Pennys Grabstelle würde er nicht mehr besuchen.

Wenig später stieg er zurück ins Auto. Er hatte den Wagen gemietet und war 140 Meilen gefahren, um dann nach nicht einmal fünf Minuten wieder umzukehren. Wahrscheinlich würde er auch nicht mehr bei Jennifer vorbeischauen. Sie hatten vereinbart, gemeinsam zu Mittag zu essen, aber jetzt wollte er so schnell wie möglich zurück. Die Dinge, die es wegen der Versicherung zu besprechen gab, konnten sie auch telefonisch klären.

Ein letztes Mal blickte er auf die Überreste seines Hauses. Außer diesen Trümmern gab es weit und breit nichts als trockene Steppe. Ein trostloser Anblick.

John war müde und sein Magen so leer, dass er schmerzte. Trotzdem drängte es ihn, zunächst ein gutes Stück Entfernung zwischen sich und diesen zu Ort bringen. Erst, wenn er weit genug weg war, würde er sich eine Pause gönnen.

Er betrachtete sein Gesicht im Rückspiegel. Jetzt, im Tageslicht, wirkte es blasser als im gelblichen Licht seiner Badezimmerlampe, und die Ringe unter seinen Augen sahen zum Fürchten aus. Er runzelte die Stirn, dann steckte er den Schlüssel ins Zündschloss. Als er den Spiegel richtete, entdeckte er Ann. Erschrocken riss er den Kopf herum, aber die Sitzbank war leer. Da lag nur der Mantel, den er während der Herfahrt ausgezogen und nach hinten geworfen hatte. John streckte den Arm aus und bekam ein Ende des Mantels zu fassen. Er zog ihn näher zu sich heran und betastete den kühlen Stoff, der etwas plattgedrückt war, als hätte tatsächlich jemand darauf gesessen. John beugte sich weiter vor und suchte den Fußbodenbereich hinter den Vordersitzen ab. Dort war nichts zu sehen. Er lächelte und nickte langsam. So war es auch damals gewesen. Er hatte sie am Anfang nicht sehen können, obwohl er längst gespürt hatte, dass sie in seiner Nähe war.

Er wandte sich wieder um, drückte den Rücken in den Sitz und lockerte seine Schultermuskeln. Er holte tief Luft und atmete aus. Es war so kalt, dass sich vor seinem Mund ein feiner weißer Nebel bildete, der sich sofort wieder auflöste. Wie ein Geist, den man nur für eine Sekunde erblickte und dann aus den Augen verlor, sodass man nicht sagen konnte, ob man sich die Erscheinung nur eingebildet hatte.

In der Gewissheit, dass er nicht hierher zurückkehren würde, drehte er den Schlüssel im Zündschloss herum und startete den Wagen. Er lenkte das Auto die sandige Straße entlang und versuchte, den größten Schlaglöchern auszuweichen.

»Ich dachte, ich sehe dich niemals wieder«, flüsterte er. Kurz darauf spürte er ihre Hand auf seiner Schulter. Eine Welle der Geborgenheit durchströmte ihn augenblicklich. »Aber John ... Du bist es, der mich nicht gehen lässt«, antwortete sie leise. Er hatte ihre

Stimme vierzehn Monate nicht gehört. Er hatte sich davor gefürchtet, dass es ihm eines Tages nicht mehr gelingen würde, sich an ihren Klang zu erinnern. Er neigte den Kopf zur Seite und schmiegte seine Wange an ihre Hand.

Als sie endlich die Weggabelung erreichten und auf die asphaltierte Straße bogen, beschleunigte er den Wagen. So schnell wie möglich wollte er sich und Ann von hier fortbringen.

2. Auflage, Juli 2021
Copyright © 2021 Anna Gasthauser

Covergestaltung: Laura Newman – design.lauranewman.de
Lektorat: Anke Höhl-Kayser

Bibliografische Information der Deutschen Nationalbibliothek:
Die Deutsche Nationalbibliothek verzeichnet diese Publikation in der
Deutschen Nationalbibliografie; detaillierte bibliografische Daten
sind im Internet über http://dnb.dnb.de abrufbar.

Impressum
Anna Gasthauser
c/o R. Wolff
Lindenstraße 17
14467 Potsdam

Herstellung und Verlag: BoD – Books on Demand, Norderstedt
ISBN: 978-3-749-45602-4